小额贷款公司实务

XIAO E DAI KUAN GONG SI

SHI WU

谷新生◎著

XIAO E DAI KUAN GONG SI

SHI WU

安徽师范大学出版社

责任编辑：汪鹏生　靳徐进
装帧设计：丁奕奕

图书在版编目（CIP）数据

小额贷款公司实务/谷新生著．—芜湖：安徽师范大学出版社，2011.7（2014.3 重印）
ISBN 978-7-81141-322-9
Ⅰ.①小…　Ⅱ.①谷…　Ⅲ.①贷款—组织机构—研究—中国　Ⅳ.①F832.4

中国版本图书馆 CIP 数据核字（2011）第 145816 号

小额贷款公司实务
谷新生　著

出版发行：安徽师范大学出版社
芜湖市九华南路 189 号安徽师范大学花津校区　邮政编码：241002
网　　址：http：//www.ahnupress.com/
发 行 部：0553-3883578　5910327　5910310（传真）　E-mail：asdcbsfxb@126.com
经　　销：全国新华书店
印　　刷：安徽芜湖新华印务有限责任公司
版　　次：2011 年 11 月第 1 版
印　　次：2014 年 3 月第 3 次印刷
规　　格：700×1000　1/16
印　　张：19.375
字　　数：250 千
书　　号：ISBN 978-7-81141-322-9
定　　价：40.00 元

序

小额贷款，是针对中低收入群体和小型、微型企业提供的额度较小的贷款服务，传统的小额贷款主要是小额无担保（抵押）贷款服务。2008 年 5 月国家银监会与央行《小额贷款公司试点管理指导意见》文件发布后，我国小额信贷业务进入了一个全新的发展阶段。这种“只贷不存”的专业小额贷款公司改变了以扶贫为主的贷款模式，将之转变成以服务中小微型企业、解决“三农”资金难为主的信贷方式。

开展小额贷款公司试点工作，是国家引导和规范民间融资行为的积极尝试和有益探索。小额贷款公司对优化与合理配置地方金融资源、规范引导资金流向农村和欠发达地区、缓解“三农”和中小微型企业发展面临的资金短缺问题将发挥不可忽视的作用。大力发展小额贷款公司，对政府而言，是调结构、促增长、扩内需的重要部署；对社会而言，是惠民生、维稳定、促发展的重要保障；对“三农”而言，是助农民、保农业、富农村的重要支撑；对企业而言，是抓机遇、赢大势、成事业的重要途径。

本书作者多年从事财务管理、企业管理和信用担保、小额贷款公司工作，有着丰富的实践经验。作者在辛勤的工作之余，努力钻研，系统思考，终有所成。全书是一部全面、系统、详细介绍小额贷款公司业务知识和方法的学习指导书。本书分为“设立篇”、“经营篇”、“管理篇”、“展望篇”和“案例篇”五个部分，涵盖了小额贷款公司工作的各个方面。此书的出版发行，必将对小额贷款公司的发展起到积极的推动作用。

谷新生先生谦虚、好学、刻苦，为人真诚，他盛邀我为其作序，我为他的精神所感动，盛情难却，欣然命笔，是为序。

徐东华

二〇一一年四月二十五日

◎**徐东华**　著名经济学家，国务院发展研究中心研究员，国务院国资委研究中心研究员，国资委机械工业经济管理研究院总经济师，国资委高级职称专家评审委员会主任，中国社科院经济研究所博士生答辩评审委员会成员，北京大学光华管理学院博士生答辩评审委员会成员，中央电视台特邀财政观察员。

目录

第二编　经营篇

第三编　管理篇

第一编

设立篇

根据中国银行业监督管理委员会、中国人民银行银监发〔2008〕23号《关于小额贷款公司试点的指导意见》和各省、自治区、直辖市的相关规定，本着“审慎、规范”的原则，确保资金到位和公司治理，重点防范经营风险，开展小额贷款经营管理工作。小额贷款公司的设立一般分为筹建和开业两个阶段进行。

一、小额贷款公司设立的主要工作

1. 确定主要的发起人和全部股东。

2. 成立筹建工作小组并明确其工作职责。

3. 确定设立方式。

小额贷款公司按照《中华人民共和国公司法》的相关规定设立，其中采用股份有限公司形式的小额贷款公司以发起人方式设立。

4. 确定公司架构和公司治理。

5. 从业人员资格的审查和认定。

二、申请材料报送程序要求

1. 筹建工作小组是组建小额贷款公司申请人。筹建申请书、开业申请书主送县（市、区）人民政府，由县（市、区）金融办（或政府指定的其他机关）受理。

2. 申请材料的格式要求和装订要求。这一点，每个省（直辖市、自治区）都有规定，且不完全一样，有按一般公文要求的，也有作了一些特殊规定的。

3. 申请材料一式多份，分别送受理机关和决定机关。

第一章　小额贷款公司的筹建

小额贷款公司的筹建，主要是指在小额贷款公司开业前的一系列准备落实工作，包括确定组建地点、履行法律手续、制定筹建方案、预先核准名称和申请筹建的工作。

第一节　申请筹建的工作、程序和条件

一、申请小额贷款公司筹建的工作和程序

1. 确定组建地点

主要发起人（企业法人、自然人或其他社会组织）向拟设立小额贷款公司所在地的县（市、区）政府提出初步申请后，开展筹建准备工作。

2. 履行法律手续

全体发起人（出资人）按照《中华人民共和国公司法》规定，签订发起人（出资人）协议书，确定拟组建小额贷款公司的组织形式、出资方式和股本结构，明确发起人（出资人）的权利和义务。召开发起人大会（出资人会议），按照法定程序审议通过出资设立小额贷款公司、成立筹建工作小组并授权筹建工作小组履行组建工作职责的有关决议。

3. 制定筹建方案

筹建工作小组应对拟设立的小额贷款公司进行充分论证和可行

性分析，制定筹建工作方案。

4. 预先核准名称

筹建工作小组应向有名称核准管辖权的工商行政管理部门提交企业名称预先核准申请书。

5. 申请筹建

在各项筹建准备工作完成后，筹建工作小组向所在地县（市、区）政府提出筹建申请。如安徽省政府金融办的具体规定为：由县（市、区）政府金融办（或政府指定的机构）受理，报经县（市、区）政府初步审核后在20个工作日内以县（市、区）政府名义将初步审核意见及承担小额贷款公司监督管理和风险处置第一责任人的责任承诺书报市政府，经市政府初审转报省政府金融办。省政府金融办自收到完整申请材料之日起按规定程序在1个月内作出批准或者不予批准筹建的书面决定。

图1-1 小额贷款公司发展如火如荼

二、申请小额贷款公司筹建的条件

（一）设立小额贷款公司应当具备下列条件

1. 有符合规定的章程。

2. 发起人或出资人应符合规定的条件。

3. 小额贷款公司组织形式为有限责任公司或股份有限公司。根据《公司法》的规定：有限责任公司应由50个以下股东出资设立；股份有限公司应有2～200名发起人，其中须有半数以上的发起人在中国境内有住所。但小额贷款公司的特殊规定是：单一自然人、企业法人、其他社会组织及其关联方持有的股份，不得超过小额贷款公司注册资本总额的10%。

安徽省在持股比例方面的规定是：主发起人持股原则上不超过20%，其他单个股东和关联股东持有的股份不超过注册资本总额的10%。因此，小额贷款公司以有限责任公司形式设立的，股东数为9～50人，以股份有限公司形式设立的，股东数为9～200人。

4. 小额贷款公司的注册资本来源应真实合法，全部为实收货币资本，由出资人或发起人一次足额缴纳。有限责任公司的注册资本不得低于500万元，股份有限公司的注册资本不得低于1 000万元。

安徽省在注册资本和主发起人股东条件方面的规定是：有限责任公司的注册资本不得低于2 000万元；股份有限公司的注册资本不得低于4 000万元。主发起人原则上净资产不得低于2 000万元，资产负债率不高于70%，连续三年赢利且利润总额在500万元以上。

5. 有符合任职资格条件的董事和高级管理人员。

6. 有具备相应专业知识和从业经验的工作人员。

7. 有必需的组织机构和管理制度。

8. 有符合要求的营业场所、安全防范措施和与业务有关的其他设施。

9. 有权监管部门规定的其他审慎性条件。

（二）境内企业法人和经济组织投资入股小额贷款公司，应符合以下条件

1. 在工商行政管理部门登记注册，具有法人资格。

2. 财务状况良好，入股上一年度盈利。

3. 入股资金来源真实合法，不得以借贷资金入股，不得以他人委托资金入股。

4. 公司治理良好，内部控制健全有效。

5. 有良好的社会声誉、诚信记录和纳税记录。

6. 有较强的经营管理能力和资金实力。

7. 拟入股的企业法人属于原企业改制的，原企业经营业绩可以延续作为新企业的经营业绩计算。

8. 有权监管部门规定的其他条件。

（三）境内自然人投资入股小额贷款公司的，应符合以下条件

1. 有完全民事行为能力。

2. 有良好的社会声誉和诚信记录。

3. 入股资金来源合法，不得以借贷资金入股，不得以他人委托资金入股。

4. 有权监管部门规定的其他条件。

（四）申请小额贷款公司董事和高级管理人员任职资格，应符合下列条件

1. 董事应具备与其履行职责相适应的知识、经验及能力。

2. 董事长和高级管理人员应具备从事银行业或投融资业务的工作经验。

3. 公司高级管理人员没有犯罪记录和不良信用记录。

第二节　筹建申请材料目录、内容和要求

一、申请筹建材料的目录、内容和要求

（一）筹建申请书

内容应载明拟设立机构名称、住所、机构性质、组织形式、拟设定的注册资本、业务范围，发起人（或出资人）基本情况及出资比例，是否符合设立小额贷款公司的条件。

××小额贷款有限责任公司筹建申请书（参考文本）

××县（区）金融办（监管部门）：

按照《××省小额贷款公司试点暂行管理办法》(×政办发〔2008〕××号）与《××省小额贷款公司设立工作指引》（×金办〔2008〕××号）的要求，××有限公司拟作为发起人与××公司、×××、×××等（9个以上）股东共同设立××小额贷款公司。

拟设立机构名称：××小额贷款有限责任公司

住　　　　所：××县（区）××路××号

组　织　形　式：小额贷款公司机构

性　　　　质：有限责任公司

注　册　资　本：××××万元

业　务　范　围：小额贷款，咨询、顾问服务

小额贷款主发起人情况及出资比例，其他出资人出资金额及比例。

出资人符合筹建小额贷款公司的条件。

筹建申请人：公司名（盖章）

年　　月　　日

（二）可行性报告

内容包括当地经济金融发展情况，组建的可行性和必要性，市

场前景分析、未来业务发展计划、风险处置预案。其中，未来业务发展计划包括拟设机构开业后3年的业务发展目标、财务发展目标、风险管理目标。业务发展目标包括经营机制、目标市场、资金投向、发展战略、网点布局、业务规模及资产组合；财务发展目标包括盈利能力及利润分配预案；风险管理目标包括加强内部控制、风险控制策略及控制目标、不良贷款控制指标、呆账准备提取方案等。

参考文本见本章附录。

（三）筹建工作方案

内容包括筹建工作的组织，拟设立机构的注册资本、股本结构、公司治理架构、董事及高级管理人员配备数量、部门设置和从业人员配置、主要管理制度起草计划、筹建工作步骤和时间安排等。

（四）发起人（出资人）协议书

内容包括总则、经营宗旨、机构性质、名称、住所、业务范围、注册资本、股本结构、发起人（出资人）入股金额和占总股份比例、发起人（出资人）权利和义务、主动声明关联入股的义务（约定：如果存在任何隐瞒，则该发起人、出资人在本公司的投票权受到限制）和附件。全体发起人（出资人）应在协议书上签名盖章（自然人股东可以委托代理人签字）。

发起人（出资人）协议书的附件内容包括：

1. 发起人（出资人）名录，包括发起人（出资人）名称、企业法人代码、住所、成立日期、拟入股金额及占总股份比例、净资产比例、上一年度盈利状况、归还银行贷款情况。

2. 自然人发起人（出资人）名录，包括发起人（出资人）姓名、身份证号码、住所、拟入股金额以及占总股份比例。

3. 企业法人的有权机构（股东大会或董事会）同意向小额贷款公司出资入股的决议及其企业法人营业执照复印件或其他有效证明

文件。

4. 企业法人关于入股资金来源真实合法性、其本身及关联企业向小额贷款公司入股情况、关联企业向境内其他金融机构投资入股情况（包括所持股份与股份比例）以及企业法人提供上述资料真实性的书面声明。

5. 发起人（出资人）基本情况及最近两年经审计的会计报告。

6. 境内金融机构作为发起人（出资人），应提供其注册地监督管理机构出具的书面意见。

7. 发起人承诺书。

出资人承诺书（法人）（参考文本）

××集团有限公司拟入股设立××小额贷款有限责任公司，现郑重承诺如下：本公司自愿出资×××万元，入股设立××小额贷款有限责任公司，占股份总额20%。作为股东，保证按时足额交纳出资，不以借贷资金和他人委托资金入股，确保入股资金来源真实合法。本公司严格按照《××省小额贷款公司试点暂行管理办法》（×政办发〔2008〕××号）与《××省小额贷款公司设立工作指引（试行）》（×金办〔2008〕××号）的规定办理相关手续，上报的申请材料真实、准确、完整、不存在虚假陈述或重大遗漏。本公司承诺成为××小额贷款有限责任公司股东之后，将严格遵守《公司法》、《××省小额贷款公司试点暂行管理办法》（×政办发〔2008〕××号）、《公司章程》等有关规定，认真履行股东义务，参与管理并承担风险，不从事吸收公众存款等非法金融活动。以上承诺若有虚假，本公司愿承担相关责任。

法定代表人：

公司（公章）：××公司

年　　月　　日

出资人承诺书（自然人）（参考文本）

×××拟入股设立××小额贷款有限责任公司，现郑重承诺如下：本人自愿出资×××万元，入股设立××小额贷款有限责任公司，占股份总额10%。作为股东，保证按时足额交纳出资，不以借贷资金和他人委托资金入股，确保入股资金来源真实合法。本人严格按照《××省小额贷款公司试点暂行管理办法》（×政办发〔2008〕××号）与《××省小额贷款公司设立工作指引（试行）》（×金办〔2008〕××号）的规定办理相关手续，上报的申请材料真实、准确、完整、不存在虚假陈述或重大遗漏。本人承诺成为××小额贷款有限责任公司股东之后，将严格遵守《公司法》、《××省小额贷款公司试点暂行管理办法》（×政办发〔2008〕××号）、《公司章程》等有关规定，认真履行股东义务，参与管理并承担风险，不从事吸收公众存款等非法金融活动。以上承诺若有虚假，本人愿承担相关责任。

承诺人（签名）：

年 月 日

（五）发起人大会（出资人会议）同意出资设立小额贷款公司以及成立筹建工作小组并授权其履行组建工作职责的决议

××小额贷款有限责任公司（筹）发起人协议（参考文本）

第一章 总 则

第一条 为充分发挥优势，集合社会优势资源，集中开展资本运作和金融服务业务，促进中小企业和为农服务水平更好更快发展。××公司作为主发起人，联合××家法人及×个自然人，共同发起设立××小额贷款有限责任公司。本着平等互利、协商一致的原则，各方发起人根据国家法律、法规及相关规定，对××小额贷款公司所涉及的主要事项，达成本协议，并共同信守。

第二章 公司经营宗旨和机构性质

第二条 公司严格按照《公司法》及国家有关政策法规，是由全体股东共同投资设立，不吸收公众存款，经营小额贷款业务和投资业务的有限责任公司。

第三条 公司执行国家金融方针和政策，在法律、法规规定的范围内开展业务，自主经营，自负盈亏，自我约束，自担风险。

第四条　公司为有限责任公司，股东以其出资为限对公司承担有限责任、分享利润和承担风险及亏损。××小额贷款公司以其全部资产对公司债务承担责任。

第三章　公司名称、住所、注册资本、股本结构和业务范围

第五条　公司名称为××小额贷款有限责任公司。法定注册地为××县（区）。

第六条　××小额贷款公司注册资本为人民币××××千万元整。公司注册资本为等额××××千万股，每股人民币壹元，由各发起人按认缴比例足额交纳。

第七条　业务范围为：办理各项小额贷款、投资、咨询和服务等业务。

第四章　发起人认缴入股金额和占总股份比例

第八条　公司发起人认缴入股金额和占总股份分别为：

××集团总公司（组织机构代码证：××××—×），入股金额为人民币××××千万元整，占总股份比例20%，系主发起人。2009年末企业净资产××亿元，资产负债率××%，2009年末企业净利润××××千万元。

×××（身份证号码：××××××××××），入股金额为人民币×××万元整，占总股份比例××%。

×××（身份证号码：××××××××××），入股金额为人民币×××万元整，占总股份比例××%。

……

第九条　发起人出资方式为人民币，货币资金一次性足额交纳。

第五章　发起人权利和义务

第十条　发起人应如实、及时提供为设立公司所需要的相关文件，并按照规定及时签署有关文件，按时足额交纳认缴的全部出资。

第十一条　各发起人郑重承诺，主发起人在公司持股不超过注册资本

20%，其他单个出资人持有的股份不超过注册资本总额的10%。

第十二条 发起人持有的股份可依法转让、继承和赠与，但自公司成立之日起1年内不得转让或质押。

第十三条 经国家有关部门批准，××小额贷款公司增资扩股时，发起人有权依其原持有公司的股份比例优先购买新股。

第十四条 ××小额贷款公司被批准设立后，严格按照《公司法》规定要求建立健全公司治理结构，明确股东大会、董事会、监事会和经营层之间的权责关系，制定稳健有效的议事规则、决策程序和内审制度，提高公司治理的有效性。

第十五条 公司由于客观原因（非因发起人过错）无法设立时，因筹建、设立行为所产生的债务和费用，发起人同意按照认缴小额贷款公司的比例分担。

第六章 公司筹建工作组

第十六条 发起人同意设立××小额贷款公司筹建工作组，筹建工作组成员共××人。具体人员为：×××、×××。

筹建工作组作为发起人的代表，全权负责处理××小额贷款公司筹备、设立过程中相关事宜。

第七章 公司的组织机构

第十七条 公司依照《公司法》的规定设立股东大会。股东大会是公司的权力机构，股东大会的职权由公司章程作出规定。

第十八条 公司根据《公司法》的规定设立董事会。公司营业执照签发之日，为公司董事会成立之日。

董事会是股东大会的常设机构，向股东大会负责。在股东大会闭会期间负责股份公司的重大经营决策。董事会的职权和议事规则由公司章程作出规定。

第十九条 ××小额贷款公司的首届董事会成员由发起人提名，经公司创立大会选举产生，董事每届任期3年，可以连选连任。董事可以接受董事会的聘请兼任公司的行政职务。

第二十条 ××小额贷款公司董事会由3人组成，设董事长1人，由董事会选举产生，董事长和每届任期3年，可连选连任。

董事长系公司法定代表人。

第二十一条 ××小额贷款公司按照《公司法》的规定设立监事会，监事会是公司的监督机构。监事由3人组成，监事会设主席1人。监事会的职权由公司章程规定。

公司的首届监事会成员由发起人会议提名，经公司创立大会选举产生。监事每届任期3年，可连选连任。

第二十二条 各发起人同意，在××小额贷款公司创立大会依法正式提出首届董事会、监事会成员候选人时，其候选人名单应事先经发起人会议充分协商并表决同意。

第二十三条 ××小额贷款公司的日常经营管理由公司的总经理负责，经营管理机构的组成及其职权由公司章程规定。

第二十四条 公司设立贷款审查委员会，由董事会批准。本着“敬业、专业、谨慎、高效”的原则，贷审会暂由5人组成，每次选择3人负责公司贷款业务的审定。

第八章 税务、财务、审计

第二十五条 公司按国家有关规定建立财务会计制度，并依照国家有关法律、法规和规定缴纳各项税金。

第二十六条 公司按国家规定提取各项基金，提取的比例由董事会讨论后报股东大会批准。公司的财务审计按国家有关规定执行。

第九章 本协议修改、变更与解除

第二十七条 本协议的修改，须经全体发起人协商，并达成书面协议后方能生效。

第二十八条 由于不可抗力因素，本协议无法履行，经发起人表决通过，可以终止本协议。

第二十九条 各发起人应本着诚实、信用的原则，自觉履行本协议，如因一方不履行本协议规定的义务，公司无法设立或无法达到本协议规定的经营目的，其他方发起人有权向违约方索赔。

第十章 违约责任

第三十条 发起人一方如未按本协议规定按期足额缴纳出资额，每逾期一天，违约方应付出资额的万分之六作为违约金给履约方。如逾期15日仍未缴纳出资额，即视为违约方自动放弃股份。由于一方发起人的违约，本协议不能履行或不能完全履行时，由违约方承担违约责任，并按照有关规定赔偿履约方因此遭受的经济损失。

第十一章 不可抗力

第三十一条 发起人一方因不可抗力事件的发生，直接影响其按约定的条件履行本协议时，应立即将事故情况通报其他发起人，并应在10日内，提出不可抗力详情及不能完全履行、或者需要延期履行协议的理由及有效证明文件。其他发起人有权根据该不可抗力对履行协议影响的程度，决定是否免除或部分免除该项不可抗力事件所涉及一方发起人履行本协议的责任。

第十二章 争议的解决

第三十二条 凡因本合同引起的或与本合同有关的任何争议，应友好协商解决。协商不成的，应提交公司注册地仲裁委员会，按照申请仲裁时该会实施的仲裁规则进行仲裁。仲裁裁决是终审决定，对相关争议方均有约束力。

第十三章 协议生效及其他

第三十三条 本协议从协议各方签字、盖章之日起生效。

第三十四条 本协议一式××份，协议各方各执一份，审批机关及公司登记机关按规定报送，每份正本具有同等法律效力。

第三十五条　本协议未尽事宜，可由发起人另行协商确定，并签订补充协议。经发起人各方签署的补充协议具有同等的法律效力。

发起人：（签字盖章）

年　　月　　日

（六）筹建工作小组成员名单及简历

（七）加盖筹建工作小组印章的《企业名称预先核准通知书》复印件

（八）申请人的联系人、联系电话、传真电话、电子邮箱、通讯地址（邮政编码）

（九）有权监管部门规定的其他文件

图1－2　小额贷款公司宣传画

二、监管部门对筹建申请材料的审核要点

1. 申报材料齐全，格式符合要求。
2. 组建对象符合规定条件，可行性报告论证充分。
3. 履行的法律手续合法有效，决议内容齐全。

4. 发起人（出资人）符合规定的条件。

5. 对筹建工作小组的委托授权合法有效。

6. 筹建工作方案中关于股本结构、公司治理、内部控制制度等内容符合监管要求，组建方案切实可行。

7. 业务发展规划周密详实，有明确的服务目标和手段，金融服务能够覆盖适当地域和人群。

第三节 按程序申报完成前期审批工作

一、公司向所在县（区、市）政府（金融办或政府确定的监管组织）申报所有筹建阶段的材料。

二、所在县（区、市）政府（金融办或政府确定的监管组织）对申报材料进行审查，并予确认，及时向上一级机关报送材料并同时向上级政府报送负责承诺意见。

三、所在市（地区）政府（金融办或政府确定的监管组织）对申报材料进行审查，并予确认，及时向上一级机关报送材料并同时向上级政府报送负责承诺意见。

四、所在省（自治区、直辖市）政府（金融办或政府确定的监管组织）召集相关部门研究，决定是否同意筹建。

附录：设立××小额贷款公司的可行性报告（参考文本）

目　录

第一章　××县（区）经济社会和金融发展情况

一、县（区）经济社会发展基本情况

……

二、县（区）金融工作情况

……

三、县（区）中小微型企业和“三农”发展状况和对资金的需求情况

……

第二章　组建的可行性和必要性

××县（区）农村经济快速发展，农业产业化企业众多，发展过程中对资金需求较为迫切，由于农业企业和个人的产权建立还不完善，许多中小微型企业和个人融资较为困难，国有银行和农村信用合作社准入难度较大，虽然县（区）域金融系统贷款增长较快、覆盖面积大，但是中小微型企业和“三农”经济融资难问题十分突出，影响了中小企业和“三农”的发展，制

约了××县（区）域农村经济的发展和壮大。由××公司作为主发起人，联合××县（区）城乡建设投资有限公司和相关企业和自然人决定投资组建小额贷款公司，推动县（区）域金融创新，发展壮大自身实力，服务地方经济。主发起人××公司是一家国有企业，运行规范，具有较强的经济实力，诚信度较高，其他出资人资金合法，实力较强，为小额贷款公司的发展提供了坚实的基础和持续发展的保证，县（区）域经济发展的需要和为“三农“服务的要求，组建小额贷款公司是必要的，也是可行的，符合相关政策，符合发展需要。

第三章 市场前景分析

目前××县（区）经济发展势头良好，县（区）域农村经济发展迅猛，资金需求旺盛，国有金融企业和合作银行准入标准高，难以满足和适应农村经济发展的资金需求，国有金融企业的增长只能满足原有较大企业的发展。由于中小微型企业和“三农”自身的产权制约，很难在短期内达到国有银行的贷款准入要求，据测算，未来几年的农业、中小微型企业和个人创业、发展资金在20亿元以上，资金缺口较大，需求较为迫切，有必要成立小额贷款公司作为正规金融的重要补充，来满足县（区）域经济发展的需要，同时，国家积极推进农村金融改革创新，鼓励有实力的单位和个人投资农村金融的改革和发展，并出台对小额贷款公司的大量扶持政策。为此，小额贷款公司今后业务发展前景非常广阔，市场前景良好。

第四章 未来业务发展计划

第一节 业务发展目标

第一条 经营机制

公司定位服务农村经济的经营策略，为“三农”服务的市场定位和责任，充分利用在县域的资金、网络和专业等方面的优势，不断提高服务“三农”的水平，确保县（区）域农村个人和农业产业化企业贷款逐年增加，切实发挥在农村金融体系中的作用，更好地为“三农”和县（区）域农村经济服务。坚持城乡联动，推动城市金融产品向农村延伸，城市金融业务向“三农”辐射，更好地服务社会主义新农村建设。加强内部管理，以更有力的措施、更扎实的工作，做好内部控制和风险防范工作。

小额贷款公司的业务范围根据规定，不能从事吸收存款业务，不得超过规定的利率，因此，规范发展是小额贷款公司的职责所在。

第二条　目标市场与资金投向

公司目标市场为县（区）域内中小微型企业和“三农”的企业和自然人，资金投向面向本区域农村客户，包括农业开发企业、小企业和农户；对农业开发企业的资金投向原则：对大型农业开发企业采取补充资金的办法，支持企业的发展和壮大；对小型农业开发企业和小企业采取主要融资方式支持，帮助小型农业企业成长壮大。对广大农村农户，只要产业对路，产品竞争力较强，客户信誉较好，公司全力灵活支持，帮助做大做强，增加收入。

第三条　发展战略

公司的发展战略是未来三年打造成全省较好的小额贷款公司之一。公司计划在201×年营运资金达到×亿元，营业收入达××××万元，营业利润达×××万元，税收达×××万元以上，就业人数达15人，服务客户800户以上，制度健全，管理先进，机制灵活。

为了实现持续快速发展，企业应该依赖自身的资金优势、客户优势和资源优势全力夺取在直接融资市场的竞争优势，坚定不移地走专项经营道路。这应该成为企业在相当长一段时间内坚持的业务发展战略。

第四条　网点布局

公司组建时建立一个办公机构，进行营业场所运作，考虑到公司不开展存款和结算业务，公司计划在20××年在××县（区）开发区设立营业处，20××年底计划在全县（区）经济发达乡镇设立营业处，计划五年内网点建设布局合理，完整覆盖县域农村。

第五条　业务规模及资产组合

××县（区）××小额贷款有限公司确定未来3年业务发展目标：按照业务目标实施，公司一期投入资本××××万元，用于企业运作初始资本，通过公司的经营运作，公司股东准备加大投资资金和吸收有志向有实力的股东充实，加上公司运作的自身积累，争取在20××年×月底前增资到×亿元，20××年底增资到×亿元，20××年增资到×亿元、营业收入达××××元以上。

第二节 财务发展目标

盈利能力及利润分配预案

盈利能力：根据发展战略，建立符合小额贷款公司经营管理的财务管理体制，实现公司盈利能力最大化目标。通过合理经营及最优的财务决策，不断增加公司财富，使总价值达到最大。实现公司价值最大化，同时统筹处理好短期利益和长期利益、风险和效益、利润和价值创造之间的关系，在有效防范和降低财务风险的前提下，实现小额贷款公司利润的持续和稳定增长，提高资本的回报水平，争取股东利益最大化。

利润分配预案：（1）按照国家有关财务制度规定，正确核算财务成本；（2）公司利润分配按税后利润的10%提取法定公积金，用于弥补公司亏损，扩大经营规模或增加公司资本；（3）公司法定公积金累计额为公司注册资本的50%以上的，可不再提取；（4）公司弥补亏损和提取公积金后的剩余利润，公司按照股东实缴的出资比例分配红利。

第三节 风险管理目标

第一条 内部控制

公司作为农村新型金融机构，必须建立严格的内部控制制度，加强企业风险管理，公司对客户进行授信管理，贷款贷前资信详细调查，包括实地调查和外围调查，调查客户的诚信、资产、产品、管理水平，确定客户的贷款方式、金额、担保方式，公司设立客户业务部和风险管理部，客户业务部对客户进行全面尽职调查，调查资料送交风险管理部进行审核，风险管理部应进行实质性和合规性勤勉审查，但不得与客户接触，对审查的问题形成书面的文字反馈客户业务部，重新调查和补充，直至审查完备合法，报贷审委员会会议审查，贷审委员会由专业的人员担任，可适当聘请知名的法律人员、金融专家和专业技术人员作为补充。贷审委员会对审核的意见必须形成书面的形式，并阐述理由，对实质性难以贷款的贷审委员会可以否定，对需要补充调查的必须返回重申，对通过审查的交有关部门按程序办理贷款。

根据金融企业的实际情况，借鉴成功经验，切实加强金融企业内部控制建设及风防范：

第一，加强金融企业内部控制环境的建设。重点加强以下方面的工作：

1. 完善董事会的工作机制，控制决策风险。建立科学的决策机制是现代企业制度建设追求的一个重要目标，当然也是完善法人治理结构的基本目标。在优化董事会的前提下，建立比较有效的决策机制，完善董事会工作机制，主要是：(1) 请专家进董事会，帮助董事会提高其决策的科学性；(2) 建立有效的决策咨询机构；(3) 建立重大决策委员会制度等等。

2. 加强以监事会为中心的监控体系的建设。现代公司法人治理结构由股东会、董事会、监事会及经营层组成。监事会的监督权是法定的，代表全体股东来行使，监事会既独立于董事会又独立于经营层。监事会有较广的职权范围，发挥好监事会的职责，在科学的监事会运作机制下完成的使命，提高公司法人运行的质量。

3. 建立有效的内部控制激励机制。

4. 培育金融企业内部控制文化。要使企业的所有工作人员都了解内部控制的重要性，并理解和掌握内控要点，努力发现问题和风险，并积极参加内部控制，使企业内部形成良好的内控环境和文化。一个高效的风险管理和控制体系的主要特征是对风险很敏感和了解，并将风险意识贯穿在企业所有员工的言语和行为中。

第二，建立健全风险识别、鉴定和评估体系。

1. 要借鉴国际先进经验并运用现代科技手段，逐步建立覆盖所有业务风险的监控、评价和预警系统。

2. 应用以风险价值为基础的风险管理方法来进行日常的风险管理和控制，并进行持续的监控和定期评估。

3. 要及时根据不断变化的环境和情况，适时修改有关内部控制制度，以适应新形势下的风险管理和内部控制的要求。

第三，建立有效的内部控制操作系统，建立业务经营管理的“三道监控防线”。

1. 第一道防线：业务一线岗位实行双人、双职、双责操作，对于因业务需要而单人单岗处理业务的，必须有后续监督机制。

2. 第二道防线：以各部门、岗位之间的相互监督、制约为主。

3. 第三道防线：内部监督部门对各部门、各岗位、各项业务全面实施监督，使风险管理体系与业务管理流程相匹配。

第二条 风险控制策略及控制目标

建立全面风险管理体系。业务拓展，风险先行。严格控制过度使用财务杠杆、严防风险失控。为了促进企业的健康有序发展，必须建立全面的业务风险管理体系。

董事会是最高的风险管理机构，对业务承受的风险承担最终责任和义务。董事会对执行业务的风险管理制定整体的战略，确定风险管理的基本理念和原则，并对风险控制政策进行审批。为保证风险管理战略和政策得到遵守并保持适应性，董事会应要求通过独立的风险管理部门和独立的内部审计部门实施和评估。

在操作上，为了实现对企业业务风险的控制，在企业业务委员会的基础上设立授信部门和风险管理部门，直接对董事会负责，针对产品的立项和风险控制出具独立意见，并且对相关业务不断进行常规检查和定期风险评估。

建立科学的考核机制、配置相关资源和推动业务快速发展。业务的快速发展离不开科学的考核激励机制和从全公司范围内配置相关资源。建立起与综合经营相适应的考核机制，对各业务线协同效应进行有效的识别、计量和考核的精算方法和评价体系，增强企业盈利能力。建立长期、稳定、明确的经营机构收入分享机制和风险承担机制。业务发展离不开全公司的平台和资源，必须建立起调动各方积极性的收入分配机制，予以明确后长期执行。经营部门要形成稳定的预期，有节奏、有重点地推动业务发展，兼顾短期、中期和长期发展的需要。同时，根据相关业务特点明确具体风险承担。

第三条 不良贷款控制指标

积极处置不良贷款，努力提高资产质量和效益。不良贷款进行严格的控制，首先严禁不良贷款的发生，确定贷款第一责任人制度，贷款责任人对贷款的风险负主要责任，贷款客户部、风险管理部、贷审委员会签字通过的责任人都负连带责任，发生不良贷款，按贷款总额的20%由贷款第一责任人负担，并在该责任人工资薪酬中扣除，发生三次不良贷款记录的一律辞退，并追究造成的损失，如有故意舞弊，可追究刑事责任，对其他连带责任人可按金额大小和责任轻重给予处罚。不良贷款率严禁突破营业额3%，除去赔偿后净不良贷款率不得超过营业额1.8%。

企业要确定对已发生不良贷款比例下降目标，认真分析和研究不良贷款形成的原因和结构，制定清收和盘活计划。强化清收激励机制，树立风险资产营销意识，加强风险管理。要建立降低不良贷款工作责任制，要将降低不良贷款计划完成情况作为对各部门的主要业绩之一进行考核，实行绩效挂钩。

努力增加贷款规模，积极搞好市场营销，提高企业利润水平，采取各种行之有效的措施，提高消化不良贷款的能力。增提并足额使用呆账准备金，加大不良贷款核销力度。

对不良贷款，积极采取措施对债务人进行追索。必要时应通过市场化运作方式处置这部分资产，既可以吸引社会各种实体参与风险投资、继续经营，也可以将这部分资产转让、拍卖或租赁。

第四条　呆账准备提取方案

公司为了防范经营风险，增强金融企业抵御风险能力，准确核算损益，促进金融企业稳健经营和健康发展，制定提取呆账准备方案，加强公司风险防范。

企业承担风险和损失的资产应提取呆账准备，具体包括贷款（含抵押、质押、担保等贷款）、应收利息等资产。

企业应当于每年年度终了根据承担风险和损失的资产余额的一定比例提取一般准备。一般准备的计提比例由企业综合考虑其所面临的风险状况等因素确定，原则上一般准备余额不低于风险资产期末余额的1%。

企业应当按季对各项债权和股权资产进行检查，分析各项债权和股权资产的可收回性，根据谨慎性原则，合理预计各项资产可能产生的损失。对预计可能发生的贷款损失，计提贷款损失准备，对预计可能产生的坏账损失，计提坏账准备。

企业可参照《贷款风险分类指导原则》对计提坏账准备的资产进行风险分类，并根据风险分类结果参照贷款专项准备计提比例确定坏账准备的计提比例。

企业必须根据资产的风险程度及时、足额提取呆账准备。呆账准备提取不足的，不得进行税后利润分配。

第五章 金融人员情况说明

企业金融机构有特殊性，具有极强的专业特点，主营业务的对象为货币资金，因此，企业的管理要求很高，必须具有金融企业经验的人员进行管理，公司在筹建期间，与多名有金融工作经验人士达成工作意向。

第六章 风险处置预案

由于企业金融机构的特殊性，为保障经济、金融的健康安全运行，努力防范和化解金融风险，维护金融稳定，依据金融法律法规，结合公司和××县（区）的工作实际，特制定本预案。

一、组织机构及职责

1. 组织机构

成立××县（区）××小额贷款有限公司金融风险应急处置领导小组（以下简称领导小组）。

2. 职　责

由金融风险应急处置领导小组负责公司金融风险的处置工作。领导小组各成员单位要充分认识维护金融稳定对促进地方经济发展和保持社会稳定的重要作用，在领导小组办公室的统一协调下，各负其责，密切配合，做好对企业金融风险的监测预警，及时报告突发金融风险情况，维护金融稳定。

二、工作制度

1. 领导小组例会制度

领导小组例会每半年召开一次，会议的主要任务是分析辖内当期金融形势，研究金融风险工作中的重大问题，明确工作责任。

2. 突发事项报告制度

出现可能影响金融风险的重大事项，成员单位应及时向领导小组报告，按照领导小组的安排，领导小组办公室在事件发生后24小时内提交书面详细报告。

3. 日常工作协调制度

由领导小组办公室负责收集有关金融风险信息，报送有关报告，及时掌握金融风险突发事件，加强与各成员单位的联系，根据需要建议领导小组不定期地组织召开领导小组成员会议，及时沟通情况，协调解决有关问题。

4. 预　警

发生金融风险突发事件后，应及时正确判断事件的风险级别，于2小时内将有关情况报领导小组办公室，领导小组办公室在接到金融风险状况报告后，对风险紧急程度和变化发展趋势进行分析，与政府有关部门进行信息沟通。同时，在事件发生后24小时内向上级有关部门提供书面报告。

三、风险处置

1. 组　织

领导小组视情况组织召开成员会议，对形势进行分析，研究处置预案，明确各单位责任，形成最终决策。

2. 实　施

制定针对不同类别风险的处置措施，建立应对不同情况金融危机的快速反应机制。对已发生和可能发生的风险事件，应及时提出化解矛盾、消除隐患的具体建议，在已有处置预案的基础上针对个体事件进行调整和完善。领导小组办公室对工作实施情况进行严密持续地监督，并向领导小组及时提出工作建议与改进措施。

3. 善　后

对突发事件的全过程进行彻底调查，查清事件的原因，统计直接损失和间接损失，明确相关人的责任并提出相应的处理建议。

4. 总结与上报

在风险处置完毕后应总结整个事件始末、经验教训和处理结果，并向领导小组提交书面报告，提出下一步工作措施和完善相关制度的建议，并视情况向上级有关部门汇报。

第七章 结 论

鉴于以上理论与事实的分析，为实现我县（区）域经济持续良好发展，为满足中小微型企业和非公有制经济发展以及农民小额信贷的迫切要求，充分发挥小额贷款公司在县（区）域经济发展中的积极补充作用，××小额贷款有限公司将按照《公司法》依法成立，以追求利润最大化为目标，以服务县（区）域"三农"为己任，按照"政府引导、市场运作、自主经营、自负盈亏、自我约束、自担风险、自我发展"为原则；聘请熟悉业务并具有良好道德的专业人员从事日常经营管理，组织好员工的职业技能培训，严格按照国家经济、金融政策及《××省小额贷款公司试点管理办法》的要求开展业务，规范运作，自觉接受政府金融办、人民银行、银监局及公安、工商、税务等部门的监督、检查、管理、指导。

综上所述，组建××小额贷款有限公司能更好地促进地方经济和自身发展，是非常必要和迫切的，也十分可行，组建条件也已成熟，项目可行。

××小额贷款公司筹备工作组

××××年×月××日

第二章　小额贷款公司的开业

小额贷款公司的开业，主要是指小额贷款公司在筹建工作完成后准备开业的系列落实工作，包括验资、就公司董事和高级管理人员的确定由公司筹建工作组与管理机关（金融办或政府确定的监管组织）进行沟通、起草公司章程草案及有关各项规章制度、召开创立大会（股东大会）或董事会等会议确定公司章程（草案）等重大事项以及申请开业等的各项工作。

第一节　申请开业的工作、程序和条件

筹建工作小组接到省政府金融办或政府指定机构同意筹建小额贷款公司的批复后，就要开展申请开业的各项工作。

一、申请小额贷款公司开业的工作和程序

1. 验资。发起人（出资人）认缴全部出资后，筹建工作小组聘请中介机构（会计师事务所）进行验资，出具验资报告。

2. 筹建工作小组就拟任董事和高级管理人员人选与当地政府金融办或政府指定机构进行沟通。

3. 起草公司章程草案及有关各项规章制度。筹建工作小组应按照政府的要求和实际情况起草小额贷款公司章程草案及财务、信贷、风险控制、审计、人力资源、安全保卫等各项管理制度。

4. 召开创立大会（股东会）、董事会等有关会议，审议通过章

程草案，选举董事及聘任高级管理人员，审议通过内部管理机构设置、主要管理制度等议案。

5. 申请开业。筹建工作完成后，筹建工作小组提出开业申请。安徽省政府金融办规定：小额贷款公司的开业申请，由县（市、区）政府金融办或其指定机构受理，报市（县、区）政府初步审核后在20个工作日内将初步审核意见报市政府，经市政府初审后转报省政府金融办。省政府金融办自收到完整申请材料之日起按规定程序在1个月内作出批准或不予批准开业的书面决定。

筹建工作小组在收到省政府金融办核准开业的批复文件后，应即时到当地工商行政管理部门办理登记，领取营业执照。在营业执照、凭证、印章、牌匾等所有工作准备就绪后依照有关规定开业。未到工商行政管理部门办理登记、领取营业执照的，不得办理各项业务。筹建工作小组应在收到批复开业文件后立即向当地公安机关、银监会派出机构和人民银行分支机构报送相关资料。

二、申请小额贷款公司开业的条件

（一）公司治理

小额贷款公司应实行简洁、灵活的公司治理，针对其机构规模小、业务简单的特点，按照因地制宜、运行科学、治理有效的原则，建立和设置公司组织架构。

小额贷款公司要科学设置业务流程和管理流程，精简设置职能部门，确保机构高效、安全、稳健运行。

（二）从业资格

对小额贷款公司负责人进行必要的任职资格审查，相关人员应具有银行业或投融资工作经历，具备一定的银行金融知识，没有犯罪记录和不良信用记录。

第二节　开业申请材料的目录、内容和要求

一、申请开业材料的目录、内容和要求

（一）开业申请书

内容包括拟开业机构名称、住所、注册资本、股本结构、业务范围，章程制定，拟任高级管理人员情况，经营方针及计划，主要管理制度，营业场所安全防范设施是否符合开业条件，以及其他需要说明的情况。

（二）拟任职董事和高级管理人员的任职资格申请书（按董事和高级管理人员分类逐人说明情况）

（三）筹建工作报告

内容包括筹建过程、筹建工作落实情况以及是否符合开业要求等。

（四）小额贷款公司的章程草案

（五）法定验资机构出具的验资证明

1. 验资报告，应详细说明股东资格情况。

2. 附件：包括注册资本实收情况汇总表，企业法人股东资格一览表（每个企业法人股东住所、企业法人代码、入股金额和占总股份比例、净资产比例、上一年度盈利状况、归还银行贷款等情况），自然人股东名册及其出资额，验资事项说明。持有注册资本5%及以上法人股东近2年经审计的资产负债表、损益表和资信证明（包括资金来源、财务状况、资本补充能力和诚信状况）；法定验资机构及注册会计师的资质证明（自然人股东名册、股东入股凭证复印件和持有注册资本5%以下法人股东近2年经审计的资产负债表、损益表由受理机关保存，不报送决定机关，由受理机关在初审意见中反映）。

（六）拟任职董事和高级管理人员任职资格的相关材料

1. 任职资格申请表（筹建工作小组须加盖印章）。

2. 对拟任人的品行、业务能力、管理能力、工作业绩等方面的综合鉴定（拟任人为银行业金融机构退休人员的，由筹建工作小组出具综合鉴定，内容包括拟任人在职期间的履职情况和合规情况）。

3. 离任审计报告或经济责任审计报告（离任审计报告要客观、公正地披露被审计人任职期间所在机构的经营管理情况、风险状况及变化趋势，拟任人履职情况、存在的问题及责任认定，审计报告要有明确的审计结论，由审计人和被审计人双方签字）。

4. 身份证、专业技术职称和国家认可的学历证明材料复印件。

5. 个人承诺书（对是否有大额负债、违法违纪行为及诚信和公正履职等进行承诺）。

除董事长、副董事长外，其他董事拟任人不提供综合鉴定和离任审计（经济责任审计）报告。

（七）监督机构（岗位）的设置情况及人员简历

（八）有权机构（股东大会、董事会）审议通过以下有关事项的决议

1. 筹建工作报告。

2. 章程草案。

3. 有关组织机构的议事规则。

4. 选举董事。

5. 选举董事长。

6. 聘任高级管理人员。

7. 部门设置、职责及主要管理制度。

各项决议应标明决议编号。创立大会（股东大会）审议通过的决议应如实记录实到人员所持表决权占全部表决权的比例以及通过决议的赞成、反对、弃权表决权数及比例，由监票人、唱票人和计票人以及全体表决人员签字，选举董事（理事）、监事的决议应注明当选人的赞成、反对和弃权的表决权数及比例，董事会决议应由全体董事签名，监事会决议应由全体监事签名。

（九）公司治理和主要管理制度，内容包括有关组织机构的议事规则、财务、信贷、风险管理、审计、人力资源、安全保卫等制度

（十）职能部门设置、职责及主要负责人名单

（十一）从业人员基本情况（包括人员的年龄、从事金融工作时间、学历和所学专业、职称等）

（十二）组织结构图

（十三）发展规划

未来3年的业务发展计划、财务发展计划及风险管理计划。业务发展计划包括目标市场、发展战略、网点布局、支农业务、存贷规模、市场份额、金融创新、资产组合。财务发展计划包括盈利能力、收入结构、利润总额、分红计划、利润分配方案。风险管理计划包括对各类风险的预测及评价、风险控制策略、风险控制目标，完善公司治理、提高人员素质的措施和步骤。

（十四）营业场所所有权或使用权的证明材料

（十五）公安、消防部门对营业场所出具的安全、消防设施合格证明

（十六）筹建批复或延期筹建批复的复印件

（十七）申请人的联系人、联系电话、传真电话、电子邮箱、通讯地址（邮政编码）

（十八）有权监管部门规定的其他文件

二、监管部门对开业申请材料的审核要点

1. 申请材料齐全，格式符合要求。

2. 有关会议审议通过各项决议程序完备、内容合法合规。

3. 公司章程草案合法合规，内容完备可行。

4. 拟任职董事和高级管理人员符合任职资格条件。

5. 股东符合规定的条件，股本结构符合监管规定。

6. 验资报告符合法律规定，约定的审计内容完备，验资机构资质合法。

7. 公司治理合理，组织架构清晰，内控制度健全，高管人员配备合理。

8. 有相应的专业从业人员。

9. 营业场所所有权或使用权的证明以及安全、消防设施合格证明材料齐备。

第三节 正式开业

在接到省金融办（有权审批部门）批准小额贷款公司开业的文件后，筹建工作小组需要办理小额贷款公司正式开业工作：

图2-1 小额贷款公司开业庆典

一、证件、印章和营业执照的办理

取得省（自治区、直辖市）金融办（有权审批部门）开业批复后及时向工商行政管理部门申请办理小额贷款公司《企业法人营业执照》；接着依次或同时办理以下事项：刻制小额贷款公司印章和财务印鉴章、在银行开设基本账户；在质量技术监督管理部门办理小额贷款公司的组织机构代码证；在税务管理部门办妥小额贷款公司税务登记证。至此，企业合法经营的证照章全部办妥。

二、员工招聘

开业申请材料报出后，小额贷款公司筹备组就必须着手进行员工招聘工作。按照《××小额贷款公司人力资源管理办法》的规定，拟定《××小额贷款公司员工招聘方案》，成立数人组成的员工招聘委员会。从报名应聘的员工中，通过资格审查确定进入笔试的人员，再根据笔试成绩确定若干名组织参加面试，员工招聘委员会根据面试情况，进行综合分析研究，再经进一步沟通面谈后，最后确定员工聘用人选。

三、岗位培训

公司确定的高管人员及所有到岗员工都必须参加岗前培训。培训内容：（1）信贷业务、风险控制业务流程及操作规范；（2）有关金融法律、法规、政策的知识；（3）使用小额贷款公司管理软件的，由××软件公司负责安装培训；（4）公司拟定公司规章、制度、规定。

在培训学习过程中，对具体操作层面可能出现的问题进行集中研究和讨论。

四、业务经营启动前的准备工作

在省金融办（或有权审批部门）批复开业和证照办妥后，立即拟定《××小额贷款公司关于推荐优质客户的通知》，函发各股东单位和合作银行，请求他们推荐优质客户。与此同时，加强前期的市场调研并积极与同行进行交流，拟定公司近期工作计划和后期的经营工作思路。

一项重要的工作是：聘请法律顾问，请其协助拟定有关业务的合同文本。

五、有关办公软件、硬件设施基本配置到位

在小额贷款公司筹建期间扎实有效工作的基础上，经过大家的共同努力，使办公家具和用具配置到位，完成公司开业前的各项准备工作。

六、举行小额贷款公司正式开业仪式

在以上各项工作落实到位的基础上，小额贷款公司就要举办开业仪式，正式开业。

开业仪式上，有四个方面的工作要做好：

一是邀请政府和各级金融办和人民银行等部门的领导莅临指导，也便于以后的工作监管和沟通协调。

二是各位股东和全体员工，要以饱满热情的精神面貌、积极向上的工作状态和明确的经营管理风格向世人展示，向社会各届表明我们准备好了。

三是邀请合作银行和即将成为或可能成为公司客户的企业或个人到场，为以后开展工作奠定良好的基础。

四是要在当地有较大影响的媒体上做一个公司开业的广告。

附录：××小额贷款有限责任公司章程（参考文本）

第一章 总 则

第一条 为维护公司、股东的合法权益，规范公司的组织和行为，根据《中华人民共和国公司法》（以下简称《公司法》）、《关于小额贷款公司试点的指导意见》和其他有关法律、行政法规的规定，制订本章程。

第二条 公司名称：××市（县、区）××小额贷款有限责任公司（以下简称公司）。

第三条　公司住所：××市（县、区）××路××号。

第四条　公司营业期限：自公司设立登记之日起至××××年××月××日）。

第五条　公司法定代表人：×××。

第六条　公司是企业法人，有独立的法人财产，享有法人财产权。股东以其认缴的出资额为限对公司承担责任。公司以全部财产对公司的债务承担责任。

第七条　本章程自生效之日起，即对公司、股东、董事、监事、高级管理人员具有约束力。

第二章　经营范围

第八条　公司的经营范围：

（一）办理各项小额贷款；

（二）办理小企业发展、管理、财务等咨询业务；

（三）其他经批准的业务。

（以上经营范围以公司登记机关核定为准。）

第三章　公司注册资本

第十条　公司由××个股东共同出资设立，注册资本为人民币××××万元。

股东姓名或名称	出资额（万元）	出资方式	出资比例（%）	出资时间

……

（注：出资方式应注明为货币出资）

第十一条 股东应当在缴纳出资后，经依法设立的验资机构验资并出具证明。

第十三条 公司可以增加或减少注册资本。公司增加或减少注册资本，按照《公司法》以及其他有关法律、行政法规的规定和公司章程规定的程序办理。

第十四条 公司成立后，应当向股东签发出资证明书。

第四章 股 东

第十五条 公司置备股东名册，记载下列事项：

（一）股东的姓名或者名称及住所；

（二）股东的出资额；

（三）出资证明书编号。

第十六条 股东享有如下权利：

（一）按照其实缴的出资比例分取红利，公司新增资本时，优先按照其实缴的出资比例认缴出资；

（二）参加或委托代理人参加股东会，按照认缴出资比例行使表决权；

（三）优先购买其他股东转让的股权；

（四）对公司的经营行为进行监督，提出建议或者质询；

（五）选举和被选举为公司董事或监事；

（六）查阅公司会计账簿，查阅、复制公司章程、股东会会议记录、董事会会议决议、监事会会议决议和财务会计报告；

（七）公司终止后，按其实缴的出资比例分得公司的剩余财产；

（八）法律、行政法规或公司章程规定的其他权利。

第十七条 股东承担如下义务：

（一）遵守法律、行政法规和公司章程，不得滥用股东权利损害公司或者其他股东的利益；

（二）按期足额缴纳所认缴的出资；

（三）在公司成立后，不得抽逃出资；

（四）国家法律、行政法规或公司章程规定的其他义务。

第十八条　自然人股东死亡后，由合法继承人继承其股东资格，其他股东不得对抗或妨碍其行使股东权利。

第五章　股权转让

第十九条　股东之间可以相互转让其全部或部分股权，无须征得其他股东同意。

第二十条　股东向股东以外的人转让股权，应当经其他股东过半数同意。股东应就其股权转让事项书面通知其他股东征求同意，其他股东自接到书面通知之日起三十日内未答复的，视为同意转让。其他股东半数以上不同意转让的，不同意的股东应当购买该转让的股权；不购买的，视为同意转让。

第二十一条　经股东同意转让的股权，在同等条件下，其他股东有优先购买权。两个以上股东主张行使优先购买权的，协商确定各自的购买比例；协商不成的，按照各自认缴的出资比例行使优先购买权。

第二十二条　依本章程第十九条、第二十条、第二十一条的规定转让股权后，公司应当注销原股东的出资证明书，向新股东签发出资证明书，并相应修改公司章程和股东名册中有关股东及其出资额的记载。对公司章程该项修改不需再由股东会决议。

第六章　股东会

第二十三条　股东会由全体股东组成，是公司的权力机构，行使下列职权：

（一）决定公司的经营方针；

（二）选举和更换非由职工代表担任的董事、监事，决定有关董事、监事的报酬事项；

（三）审议批准董事会的报告；

（四）审议批准监事会的报告；

（五）审议批准公司年度财务预算方案、决算方案；

（六）审议批准公司年度利润分配方案和弥补亏损方案；

（七）对公司增加或者减少注册资本作出决议；

（八）对公司的合并、分立、解散、清算或者变更公司形式作出决议；

（九）修改公司章程；

（十）决定聘用或解聘承办公司审计业务的会计师事务所；

（十一）国家法律、行政法规和本章程规定的其他职权。

第二十四条 股东可以自行出席股东会，也可以委托代理人出席股东会并代为行使表决权。委托代理人出席会议的，代理人应出示股东的书面委托书。

第二十五条 首次股东会会议由出资最多的股东召集和主持。

第二十六条 股东会会议分为定期会议和临时会议。

定期会议每年召开一次，并于上一会计年度完结之后三个月之内举行。经代表十分之一以上表决权的股东及三分之一以上董事、监事提议，应当召开临时会议。

第二十七条 召开股东会会议，应当于会议召开十日前通知全体股东。

第二十八条 股东会会议由董事会召集，董事长主持；董事长不能履行职务或者不履行职务的，副董事长主持；副董事长不能履行职务或者不履行职务的，由半数以上董事共同推举一名董事主持。

第二十九条 股东会会议由股东按照认缴出资比例行使表决权。

第三十条 股东会会议对所议事项作出决议，须经代表过半数以上表决权的股东通过。但是对公司修改章程、增加或者减少注册资本以及公司合并、分立、解散或者变更公司形式作出决议，须经代表三分之二以上表决权的股东通过。

第七章 董事会、经理、监事会

第三十一条 公司设董事会，由×人组成。由股东会选举产生。

董事任期每届三年，任期届满，可连选连任。

第三十二条 董事会设董事长一名，副董事长一名，由董事会选举产生。

第三十三条　董事会对股东会负责，行使下列职权：

（一）召集股东会会议，并向股东会报告工作；

（二）执行股东会的决议；

（三）决定公司的经营计划；

（四）制订公司的年度财务预算方案、决算方案；

（五）制订公司的利润分配方案和弥补亏损方案；

（六）制订公司增加或减少注册资本的方案；

（七）制订公司分立、合并、解散或者变更公司形式的方案；

（八）决定公司的内部管理机构的设置；

（九）决定聘任或解聘公司总经理及其报酬事项，根据总经理的提名，决定聘任或者解聘公司副总经理、财务负责人及其报酬事项；

（十）制订公司的基本管理制度；

（十一）本章程规定或股东会授予的其他职权。

第三十四条　董事会会议由董事长召集和主持，董事长不能履行职务或者不履行职务的，由副董事长召集和主持；副董事长不能履行职务或者不履行职务的，由半数以上董事共同推举一名董事召集和主持。

第三十五条　董事会每年至少召开一次。经三分之一以上的董事提议，应当召开临时董事会议。

第三十六条　董事会决议的表决，实行一人一票。董事会应当对所议事项的决定作成会议记录，由出席会议的董事在会议记录上签名。

第三十七条　董事会会议应当有过半数的董事出席方可举行。董事会作出决议，必须经全体董事的过半数通过。

第三十八条　公司设总经理，由董事会决定聘任或者解聘。总经理对董事会负责，行使以下职权：

（一）主持公司的经营管理工作，组织实施董事会决议；

（二）组织实施公司年度经营计划；

（三）拟订公司内部管理机构设置方案；

（四）拟订公司的基本管理制度；

（五）提请聘任或者解聘公司副总经理、财务负责人；

（六）决定聘任或者解聘除应由董事会决定聘任或者解聘以外的负责管理人员；

（七）股东会或董事会授予的其他职权。

第三十九条 公司设监事会，由×人组成。由股东会选举产生。每届监事会中的职工代表的比例由股东会决定，但不得低于监事人数的三分之一。

监事任期每届为三年。监事任期届满，连选可以连任。

董事、高级管理人员不得兼任监事。

第四十条 监事会设主席一人，由全体监事过半数选举产生。监事会主席召集和主持监事会会议；监事会主席不能履行职务或者不履行职务的，由半数以上监事共同推举一名监事召集和主持监事会会议。

第四十一条 监事会行使下列职权：

（一）检查公司财务；

（二）对董事、高级管理人员执行公司职务的行为进行监督，对违反法律、行政法规、公司章程或者股东会决议的董事、高级管理人员提出罢免的建议；

（三）当董事、高级管理人员的行为损害公司的利益时，要求董事、高级管理人员予以纠正；

（四）提议召开临时股东会会议，在董事会不依职权召集和主持股东会会议时负责召集和主持股东会会议。

（五）向股东会提出议案；

（六）法律、行政法规、公司章程规定或股东会授予的其他职权。

第四十二条 监事会会议每年度至少召开一次。经三分之一以上的监事提议，应当召开临时监事会会议。

第四十三条 监事会会议应当有过半数的监事出席方可举行。监事会按其职权作出的决议，须经半数以上的监事通过方为有效。

第四十四条 监事会决议的表决实行一人一票。监事会应当对所议事项的决定作成会议记录，由出席会议的监事在会议记录上签名。

第八章　经营管理规定

第四十五条　小额贷款公司的主要资金来源为股东缴纳的资本金、捐赠资金和来自不超过两个银行业金融机构的融入资金，其中从银行业金融机构融入资金的余额，不超过公司资本净额的50%。小额贷款公司不向内部或者外部集资、吸收或者变相吸收公众存款。

第四十六条　小额贷款公司发放贷款，坚持“小额、分散”的原则。同一借款人的贷款余额不超过公司资本净额的5%。贷款发放和回收主要通过转账或者银行卡等渠道结算，减少现金交易。

第四十七条　不向股东发放贷款。

第四十八条　小额贷款公司贷款利率上限放开，但不超过最高人民法院规定的民间借款利率的上限，下限为人民银行公布的同期限同档次贷款基准利率的0.9倍。

第四十九条　公司建立规范的资产分类制度和拨备制度，准确进行资产分类，充分计提呆账准备金，确保资产损失准备充足率始终保持在100%以上。

第九章　公司财务、会计

第五十条　公司应当依照法律、行政法规和国务院财政部门的规定建立本公司的财务、会计制度，并应当在每一会计年度终了时编制财务会计报告，并依法经会计师事务所审计。财务会计报告应当于每一会计年度终了后的三个月内送交各股东。

第五十一条　公司分配当年税后利润时，应当提取利润的百分之十列入公司法定公积金。公司法定公积金累计额为公司注册资本的百分之五十以上的，可以不再提取。

公司的法定公积金不足以弥补以前年度亏损的，在依照前款规定提取法定公积金之前，应当先用当年利润弥补亏损。

公司从税后利润中提取法定公积金后，经股东会决议，还可以从税后利润中提取任意公积金。

公司弥补亏损和提取公积金后所余税后利润，按照股东的实缴出资比例分配红利。

第十章 公司解散和清算

第五十二条 公司有下列情形之一的，可以解散：

（一）公司章程规定的营业期限届满；

（二）股东会决议解散；

（三）因公司合并或者分立需要解散；

（四）依法被吊销营业执照、责令关闭或者被撤销；

（五）人民法院依据《公司法》的相关规定予以解散。

公司有前款第（一）项情形的，可以通过修改公司章程而存续。

第五十三条 公司因前条第（一）、（二）、（四）、（五）项的规定而解散的，应当依法组建清算组并进行清算；公司清算结束后，清算组制作清算报告，报股东会确认，并报送公司登记机关，申请注销公司登记，公告公司终止。

第五十四条 清算组由股东组成，依照《公司法》及相关法律、行政法规的规定行使职权和承担义务。

第十一章 附 则

第五十五条 本章程所称公司高级管理人员指公司总经理、副总经理、财务负责人。

第五十六条 本章程所称“以上”含本数；“过半数”不含本数。

第五十七条 公司根据需要或因公司登记事项变更的而修改公司章程的，修改后的公司章程应送公司原登记机关备案。

第五十八条 本章程如与国家法律、法规相抵触的，以国家法律、法规为准。

第五十九条 公司章程的解释权属股东会。

全体股东签名（盖章）：

年　　月　　日

第二编

经营篇

小额贷款公司的经营是小额贷款公司全部运营的主要工作，决定着小额贷款公司的生存和发展的命运。

首先要明确对小额贷款公司的认识、基本作用和特点，明确决定小额贷款公司存在的必要性和合法合理性的因素，是做好小额贷款公司的前提。

重要的是，在小额贷款公司的经营实务中，操作流程的掌握，是工作介入的第一关。其中，信贷调查、具体的经营形式、贷款的审查和批准、担保方式的选择和确定，每一个环节都不可忽视。忽视任何一个环节，都会使我们的工作出现问题，给小额贷款公司带来风险。

第三章　小额贷款公司概论

2005年开始，中国人民银行先后在山西、四川、贵州、陕西、内蒙古五省（区）开展了由民营资本经营的“只贷不存”商业化小额信贷试点。经过两年多的试点，在总结经验、吸取教训的基础上，为全面落实科学发展观，有效配置金融资源，引导资金流向农村和欠发达地区，改善农村地区金融服务，促进农业、农民和农村经济发展，支持社会主义新农村建设，2008年5月4日，中国银行业监督管理委员会、中国人民银行联合发布了《关于小额贷款公司试点的指导意见》，决定在全国范围内扩大小额贷款公司的试点。

第一节　小额贷款与小额信贷

一、什么是小额贷款

小额贷款，通常指那些针对中低收入居民和小型、微型企业提供的额度较小的贷款服务，传统的小额贷款主要是小额无担保（抵押）贷款服务。

小额贷款主要是由银行向单一借款人发放的金额较小的贷款，包括向农户发放的用于满足其农业种植、养殖或者其他与农村经济发展有关的生产经营活动资金需求的农户小额贷款，以及向城乡地区从事生产、贸易等活动的私营企业主（包括个人独资企业主、合伙企业个人合伙人、有限责任公司个人股东等）、个体工商户和城镇个体经营者等微小企业主发放的用于满足其生产经营资金需求的商户小额贷款。

二、什么是小额信贷

（一）含 义

小额信贷是指为低收入家庭提供金融服务，包括贷款、储蓄和汇款服务。小额贷款是小额信贷的主要组成部分。小额信贷在面向低端市场的同时，往往通过适当的金融创新来实现不同层次的可持续发展，其本质是一类包含独特（信贷风险）管理机制的金融服务工具。

小额信贷是指向低收入群体和微型企业提供的额度较小的持续信贷服务。小额信贷通过提供小额贷款，发挥金融的激励约束机制，改变了传统的财政转移支付方式，是一种有效的金融扶贫方式。小额信贷项目产生于20世纪70年代，经过30多年的实践，特别是近10年的发展，小额信贷在亚洲、非洲、拉丁美洲等发展中国家得到广泛推广。

小额信贷是在总结了传统的发展金融的经验教训并吸收了民间借贷的特点基础上发展起来的。小额信贷最主要的一个特点是在扶贫和支持微型企业发展过程中采用市场化的方法力争使有限的扶贫资金发挥最大的扶贫效应。为此，小额信贷进行了金融工具、金融手段和金融组织方面的创新。就金融工具和金融手段来说，小额信贷利用小组贷款和小组担保、动态激励、经常还款等手段来控制无抵押贷款的信贷风险。就组织方面来说，小额信贷强调建立有良好公司治理结构和内控机制的能够持续经营的小额信贷机构。

（二）发展小额信贷的意义

发展小额信贷对提高我国扶贫资金的使用效率，动员更多的资金用于扶贫事业，以及构建社会主义和谐社会有着极其重要的意义。这是因为：第一，我国的扶贫贷款和其他扶贫资金同样存在着难以到达贫困户、还款率低或使用效率低的问题；第二，国有商业银行正在减少，甚至撤出在农村地区的网点和贷款服务，而我国农村信用社的改革面临着诸多的挑战；第三，国际上20世纪80年代以前传统的思维在我国仍有相当的市场，不少人仍然认为扶贫的贷款就应该是低利率的，甚至是不一定需要偿还的。

（三）小额信贷在中国的发展和创新

1993年，中国社会科学院农村发展研究所首先将与国际规范接轨的孟加拉“乡村银行（GB）”小额信贷模式引入了中国，成立了“扶贫经济合作社”，首先在河北省的易县、河南省的虞城县和南召县以及陕西省的丹凤县建立了以孟加拉乡村银行的小额信贷为贷款模式的小额信贷扶贫社。1995年开始，联合国开发计划署（UNDP）和中国国际经济技术交流中心在全国17个省的48个县（市）试点以扶贫等为目标的小额信贷项目。此外还有一些国际组织相继在我国开展了一些小额信贷项目。经过10多年的发展，到2008年5月份以前，中国最主要的非政府的小额信贷机构包括商务部交流中心管理的由UNDP资助的小额信贷机构、社科院的扶贫社、中国扶贫基金会和四川省乡村发展协会。

中国的小额信贷项目和机构主要以扶贫、妇女、儿童发展为目标。80%以上的项目位于国家确定的贫困县，不少在交通不便的山沟里。在项目开始时，一般要求借款户必须是贫困户。每个贷款户的平均贷款额度小也说明项目明确的扶贫目标。

调查发现，中国运行比较好的非政府的小额信贷机构大多采取了如下的孟加拉乡村银行的小额信贷模式：

1. 贷款条件

最基层的单位是小组和中心，一般五人自愿组成一小组，五到六个小组成为一个中心。小组长和中心主任由民主选举产生。参加小组、出席中心会议及小组贷款联保是获得贷款的条件，贷款不需抵押、担保。

2. 贷款的发放

一般按2—2—1顺序，先贷给两个组员，两周后再贷给另外两名组员，最后贷给小组长。在发放贷款时，扣除应收利息的一半。不少机构后来改变了2—2—1顺序，变成同时放款。

3. 小组基金和强制存款

在发放贷款时，农户需将5%的贷款作为小组基金交由项目保管，另外，借款人每周须向项目存一元钱，借款人将本息还清后，可以要回小组基金。

4. 贷款的期限、金额及利息率

贷款期一般为一年。每周或每两周还一次款。第一次贷款的上限不超过1 000元人民币。归还后再借，并增至1 500元、2 000元等。名义利息率8%，实际利息率达到16%左右。

中国小额信贷的发展是与国际捐赠机构，特别是多边和双边援助机构的支持分不开的。捐赠机构和小额信贷项目和机构对中国小额信贷发展的贡献包括：

1. 帮助创造了非政府小额信贷机构，实现了从项目到机构的转变和相对独立于地方政府运行。

2. 把扶贫小额贷款的利率，实际上从3%～5%，提到16%～17%，也改变了政府和不少人对利率的看法。

3. 先于正规的金融机构实验小额扶贫贷款的贷款方法，并初步证明，农民、贫困户是能够还款的。

4. 把信贷与扶贫以外的其他社会发展目标相结合，如提高妇女地位、改善农村健康水平、农民培训和农业推广等。

（四）国内外小额信贷的模式

1. 源于贫困的小额信贷（Micro-credit），又称小额金融（Microfinance）。

20世纪70年代，孟加拉国教授穆罕默德·尤诺斯博士创办了专为穷人提供贷款的乡村银行（或称格莱珉银行），他倡导的为穷人提供的信贷服务被称为小额信贷。小额信贷主要是小额度的贷款和储蓄业务，参与者为小型经营者和生产者。由于缺少资本而无法从事小型经营的穷人，可以从小额信贷机构受益。穷人，特别是贫困妇女，是小额信贷在包括孟加拉等许多国家发起的首要原因。

目前关于小额信贷的定义，一些学者和机构有不同的理解。具有代表性的观点有：①小额信贷是指为低收入家庭提供金融服务，包括贷款、储蓄和汇款服务。②小额信贷是金融行业的一部分，是满足那些从未或很少得到正规金融服务的家庭和企业的金融需求。由此可见，小额信贷机构的主要目标客户是低收入家庭。③小额信贷是穷人将小笔与大笔钱兑换的途径，包括贷款服务、存款服务、保险服务和养老金服务。④尤诺斯教授认为小额信贷是帮助穷人尤其是妇女的一个非常有效的工具，适合世界上所有的文化和经济状况。它给了穷人一个机会，用自己的双手掌握命运，通过自己的努力摆脱贫困。

目前来看，小额信贷的发展经历了三个阶段：第一，以为穷人提供贷款和偿还能力为目标的阶段。小额信贷发展初期，它的实践者们开始了先驱性的工作，在当时银行界和发展机构普遍认为穷人意味着高借贷风险的背景下，开发出专门的技术，实现还贷率持续稳定在95%以上。第二，以小额信贷项目的收入必须覆盖借贷成本为目标的阶段。20 世纪 80 年代中期，先行小额信贷项目、捐助机构及政府部门，围绕小额信贷是否应收取利率以维持运行成本展开过激烈争论。90 年代中期，实际上所有成功的小额信贷项目都收取到至少与当地商业银行一样高的利率。第三，以寻找商业渠道资金实现金融持续性为目标的阶段。这一阶段以发展为动力的小额信贷项目初步实现运作的自立，较高的还贷率和借款人能够承受管理贷款的成本以及大量穷人客户的参与吸引了捐助机构加大对小额信贷的扶持。商业性的小额信贷实现了稳步盈利和可持续发展，为小额信贷营造了更多的商业机会。国际主流观点认为，小额信贷下一阶段的趋势将是更多地进行商业化发展。通过对小额信贷机构的规范运作和管理，实现小额信贷由严重依赖捐助者的补贴式向吸引私人和商业投资的盈利式转变，使其成为金融体系的有机组成部分。

2. 几种典型的国际模式

（1）孟加拉“乡村银行”（GB）模式。尤努斯创建和领导孟加拉乡村银行（Gramee Bank）从一个小规模的试验项目发展为一个银行机构。该模式的特征是：针对农村贫困人口特别是贫困妇女，提供贷款和强制储蓄服务，实行5人连带小组、每周中心会议制度、小组基金制度等。近几年，针对穷人需求，乡村银行不断进行模式创新，提供更加适合穷人需求的、灵活多样的贷款产品，并开始从事自愿存款和小额保险业务等。

（2）印度尼西亚人民银行乡村信贷部（BRI Unit）模式。自1984年BRI成功开发出适宜的小额信贷产品且达到机构自负盈亏的20余年来，它一直是商业银行在小额信贷领域的先驱和典范。该模式的特征是以商业利率为印尼全国农村的中低收入人口提供小额贷款，而且贷款类型多种多样，同时吸收自愿存款。

（3）玻利维亚阳光银行（BancoSol）模式。BancoSol是一种非政府组织的项目成功转制为专门从事小额信贷业务的私人商业银行模式。它成立于1992年，前身是1987年成立的非盈利性组织（PERDEM），PERDEM目的是通过提供信贷服务和培训，扩大就业和鼓励向小企业投资，采取连带小组贷款方式，此模式的贷款运作颇为成功。1992年，阳光银行得到玻利维亚有关当局正式批准，成为第一家专业从事小额信贷业的私人商业银行。

（4）国际社区资助基金会村庄银行（FINCA－VB）模式。FINCA于1985年在拉丁美洲成立，该模式利用村庄银行（Village Banking）帮助妇女通过经营来摆脱贫困。其特征是：20～50名妇女成员组成小组，为其创收活动提供小额度的贷款，村庄银行的资金由成员自我管理，借款人互相担保。标准模式包括：由成员项目、贷款额度、利率水平、贷款周期和还贷方式等构成外部账户；由贷款类型、储蓄、控制机制和放贷原则构成内部账户；要求存款达到贷款额的20%以上，且属于强制性储蓄；存款为村庄银行内部的资本金，由存款规模决定下轮贷款的规模。此模式便于贫困社区成员得到金融服务，成为贫困社区与正规金融连接的桥梁，克服了客户在地理上分散和人口密度低的弱点。

随着国际小额信贷几种典型模式的产生和发展，小额信贷界形成了两大流派：一是传统型又称福利主义小额信贷，它将小额信贷作为一种扶贫项目或类扶贫项目，不重视其信贷活动的性质，孟加拉乡村银行为此类型。二是持续型又称制度主义小额信贷，它强调机构在组织和财务上的可持续发展，通过瞄准客户需求的方式提供各类金融服务，注重发展业务的覆盖面、规模和深度，将小额信贷视为一种为低收入群体提供商业化可持续发展的信贷活动。此类型有印度尼西亚人民银行乡村部和玻利维亚阳光银行。目前商业化小额信贷的发展过程包含了三种方式：降低规模方式，即由现有商业银行运作小额信贷业务；升级方式，即将非正式的小额信贷机构（主要是NGO）改造成获准经营和受到监管的正规金融机构；绿色田野方式，即从一开始就成立专营小额信贷的正规金融机构。

3. 小额信贷的模式引入中国始于20世纪90年代中期

中国社科院农村发展研究所最早将与国际规范接轨的孟加拉“乡村银行（GB）”小额信贷模式引入中国，成立了“扶贫经济合作社”，首先在河北、河南、陕西建立了以GB的小额信贷为贷款模式的小额信贷扶贫社。1995年开始，联合国开发计划署（UNDP）和中国国际经济技术交流中心在全国17个省的48个县（市）试点以扶贫等为目标的小额信贷项目。

4. 2008年5月，中国银行业监督管理委员会、中国人民银行联合发布了《关于小额贷款公司试点的指导意见》，决定在全国范围内扩大小额贷款公司的试点。

第二节 什么是小额贷款公司及其贷款

一、什么是小额贷款公司

小额贷款公司是由自然人、企业法人与其他社会组织投资设立，不吸收公众存款，经营小额贷款业务的有限责任公司或股份有限公司。

小额贷款公司目前的定位是企业法人，有独立的法人财产，享有法人财产权，以全部财产对其债务承担民事责任。小额贷款公司股东依法享有资产收益、参与重大决策和选择管理者等权利，以其认缴的出资额或认购的股份为限对公司承担责任。

小额贷款公司应遵守国家法律、行政法规，执行国家金融方针和政策，执行金融企业财务准则和会计制度，依法接受各级政府及相关部门的监督管理。

小额贷款公司应执行国家金融方针和政策，在法律、法规规定的范围内开展业务，自主经营，自负盈亏，自我约束，自担风险，其合法的经营活动受法律保护，不受任何单位和个人的干涉。

二、设立小额贷款公司的必要性

（一）中小民营企业和个体工商户对于小额信贷的需求

在经济快速发展、城市化进程不断加快的过程中，为快速提升城市影响力，客观上要求注重中小民营企业和个体工商户的发展。因为以民营企业和个体工商户为主体的中小企业是建立和完善社会主义市场经济体制的经济基础。中小民营企业和个体工商户的发展有利于造就一支庞大的企业家队伍，也有利于推动城市化的进程和“三农”问题的有效解决。

各级政府积极贯彻落实国务院扶持中小民营企业和个体工商户

发展的各项政策，例如各级政府出台的“关于促进工业中小企业发展的意见”、“加快发展第三产业若干政策的规定”、“鼓励支持和引导个体私营等非公有制经济发展的实施意见”等，这些都为中小民营企业和个体工商户的数量不断增加、整体实力不断壮大、经营范围不断拓宽，提供了有利的条件。但是这些企业往往有好的项目却没有资金来实施，因此，中小民营企业和个体工商户迫切需要有自己的、快捷便利的金融机构。

中小企业和个体工商户融资难，限制了他们在社会经济生活中积极作用的发挥，也凸显了地区金融业的结构性缺陷，即建立在现存金融工具结构、金融组织结构、金融市场结构基础上的金融制度安排，无法顺利地满足中小企业和个体工商户的融资需求。商业银行为降低“道德风险”，必须加大审查监督的力度，对贷款数目要求大、审查时间长、贷款发放率低，而中小企业和个体工商户贷款的“小、急、频”的特点使商业银行的审查监督成本和潜在收益不对称，降低了他们在中小企业和个体工商户贷款方面的积极性。

因此，从推进改革与发展的战略高度，从优化金融结构、推动金融创新的战略高度，设立小额贷款公司，强化对中小民营企业和个体工商户的金融支持，拓宽中小民营企业和个体工商户的融资渠道，改善中小企业和个体工商户发展的金融环境。

（二）农民（牧民、渔民）对于小额贷款的需求

中国的问题，首先是农民的问题，要解决农民问题，首先必须解决农民致富的启动资金问题。因此，要改善城乡二元经济结构，要解决农业、农村、农民的问题，就要从农民在整个资金运转中最迫切的需求入手。农村牧区社会资金流失严重，大量存款都集中到城市，造成农村资金严重短缺。资金短缺是制约农村牧区经济发展的重要阻力，也是许多发展中国家与地区农牧业发展的重要问题。

与其他地方一样，农民贷款都有供需困难、发放回收、风险防范等方面的许多问题，破解这些困难和问题要加强金融界的交流，加强金融部门和政府的合作，创新信贷方式，创新信贷产品，实现信贷安全与农民致富的双赢。

（三）金融机构的不足促使小额贷款机构产生和发展

近年来我国的小额贷款规模虽然不断扩大，但是与“三农”迫切需求相比还存在很大的差距。我国农民人口众多，“三农”贷款的需求巨大，但是农村金融空白或不足，农村金融服务落后，农民往往借贷无门。我国的金融机构资金较充裕，管理和服务水平也在不断地提高，但并没有与“三农”进行理想的对接，这种局面的出现有其客观的必然性。

一方面在农村开展金融业务成本高、风险大，一般商业银行不愿意在农村开展更多的活动。另一方面国家政策性银行功能有限，无法顾及广大农村农民各个方面的需求。银行在农村成了吸存多、放贷少的“抽水机”。农村信用社进行小额信贷业务的试点当中起到很大作用，但是数量太少，规模太小，又由于历史和现实原因，与“三农”需求形成一定的差距。农村信用社也在不同程度上存在着商业化，城市化，甚至合作理念的倾向。

扩大并坚持真正的农村合作金融，是解决农村金融问题的有效途径。就“三农”需求总体而言依靠现有财政手段，政策性银行、国有商业银行、投资制商业银行、储蓄银行、农村合作银行，都不可能完全而有效的解决农村金融可持续发展问题。而商业性的小额贷款以农村和城市地区中小微型企业、农户以及个体工商户为服务对象，本着“只贷不存”的商业化运作及小项目富民、大项目富国的原则，能够提高信贷资金使用效率，是对现有金融机构的有益补充，大有可为，大有发展前途。

三、小额贷款公司小额贷款和银行主导的小额贷款的异同

目前，以商业化、市场化运作的小额贷款公司和原来以扶贫为

目的的小额信贷已经有了很多和很大的不同，与现在银行实施的小额贷款也有明显的区别。

银行业务流程长、环节多，与中小企业“额度小、要得急、频率高、周转快”的信贷需求在实际操作中难以对接，大多数银行也不愿花大量精力去获取相应信息，这给小额贷款公司的发展提供了市场空间。

表3-1 小额贷款公司的小额贷款与银行主导的小额贷款异同

项目	小额贷款公司	银行
经营对象	货币资金	货币资金和其他资产
资金来源	自有资金（股本金和积累）、从不超过两家的合作银行融入不超过资本净额的50%的贷款、捐赠款	自有资金（股本金和积累）、储蓄存款、同业拆借资金等
服务对象	“三农”，中小微型企业，工商经营户，创业者	“三农”，中小微型企业，工商经营户，创业者（有明显的政策扶持）
目的	服务企业和工商经营户，为“三农”服务，促进经济发展	促进就业，扶贫，为经济发展服务（有明显的政策扶持）
原则	“小额、分散”，救急	“小额、分散”，扶贫
担保方式	抵押、质押、保证、保证金	一般无担保、抵押
利率	基准利率的90%到4倍之间，就高不就低，一般是3~4倍	基准利率（可以适当上调）
期限	较短，一般数日至一年（一年以上较少）	一般为1年至3年

四、小额贷款公司发展路径寻迹

2005年以后，部分省市试点设立了村镇银行、贷款公司、农村资金互助社、小额贷款公司等四类机构。此外，还有一些国际组织相继在中国开展了一些小额信贷项目。经过10余年的发展，中国目前最主要的非政府的小额信贷机构包括商务部交流中心管理的由

UNDP资助的小额信贷机构、社科院的扶贫社、中国扶贫基金会和四川省乡村发展协会等。据花旗银行微型创业奖评选调查项目了解到的小额信贷机构情况为例，在小额贷款公司扩大试点之前，商务部经济技术交流中心管理着国内最大的小额信贷网络，这一网络遍布了中西部地区的48个县和4个城市的小额信贷，至2005年的10年间贷款余额达到5 000万元，贷款客户5万人。但只有约一半的小额信贷机构运行正常，贷款回收率大约为80%，另有一半机构的回收率较差，不到20%。一些小额信贷机构经营不理想的主要因素有：这些机构多由国际组织援助，政府开办，民间社团组织操作，不具备合法的信贷经营权，在法律上不受保护；它们不是正规金融机构，管理能力、人员素质有待提高；由于不具备一般经济实体所具备的融资资格，难以进行外部融资，每个机构的生存和发展只能依靠最初国际援助的“种子基金”，难以支持长远的发展。融资难成为小额信贷机构进一步发展的瓶颈。由于政策、人力资源、资金及知识等因素的制约，我国小额信贷的发展一直比较缓慢。

从农村小额贷款的整体实施情况看，一些地方政府和银行、金融机构间责任界定不清晰，银行基于成本大、收益小的现实考虑，种种因素导致国家虽已多次出台相关政策措施，但收效甚微，小额贷款在很多地方仍遭遇尴尬局面，申请量和实际发放数额较低，尤其是大额资金很难回流农村。另外，“只贷不存”成为目前小额贷款发展的一大障碍，缺少充裕的资金来源，使得贷款机构难以维持。从孟加拉国等国家的经验来看，在农村，如果能够根据农业生产、社区组织的特性，以创新的小额信贷模式组织，可以有效发展为农户提供的金融服务和成功经营农村小额信贷机构。中南美一些国家把这种农村小额信贷的方式加以改革，运用到城市贫困人口开办的微型企业中，也取得了成功。考察我国小额信贷发展中的制约因素，主要来自外部和内部。政府的政策支持、宽紧程度不明确，如利率不明、准入、退出机制、监管制度不完善等；地方政府对小额信贷的接纳和支持态度不一；各类金融项目机构的竞争激烈，小额信贷融资渠道受到较大限制；个人征信体系缺乏以及社会整体信用环境有待净化等，影响了小额信贷的发展。

图 3－1 小额贷款公司是及时雨

在小额信贷机构方面，目前已经出现银行小额信贷与非银行机构小额信贷并存、大型金融机构小额信贷与小型金融机构小额信贷并存、正规小额信贷与非正规小额信贷并存、综合性全能银行小额信贷与专业性小额贷款公司小额信贷并存、商业金融机构小额信贷与合作性金融机构小额信贷并存的格局。特别是 2006 年 12 月和 2007 年 1 月银监会金融市场准入新政形成以后，以及 2008 年 5 月银监会和人民银行《关于小额贷款公司试点的指导意见》出台以后，专业性“只贷不存”小额信贷机构不断涌现，新型的小型银行性信贷组织数量也不断增加，将中国小额信贷行业的发展推向了一个崭新的历史阶段。

本书的重点就是研究“只贷不存”的市场化专业小额贷款公司。

第三节 小额贷款公司的性质、特点和发展现状

一、小额贷款公司的性质

依据《关于小额贷款公司试点管理指导意见》成立的小额贷款公司，已经与传统的小额信贷机构有了明显的区别。小额贷款公司

是由自然人、企业法人与其他社会组织投资设立，不吸收公众存款，经营小额贷款业务的有限责任公司或股份有限公司。

小额贷款公司定性为企业法人，有独立的法人财产，享有法人财产权，以全部财产对其债务承担民事责任。小额贷款公司股东依法享有资产收益、参与重大决策和选择管理者等权利，以其认缴的出资额或认购的股份为限对公司承担责任。

小额贷款公司应执行国家金融方针和政策，在法律、法规规定的范围内开展业务，自主经营，自负盈亏，自我约束，自担风险，其合法的经营活动受法律保护，不受任何单位和个人的干涉。

二、小额贷款公司的特点和原则

（一）小额贷款公司的特点

银行贷款的周期较长，效率偏低，小额贷款公司作为专门为中小微型企业和“三农”提供贷款服务的机构，会针对中小企业融资的不同行业、不同计划用途，提供高效、快捷、“多快好省”的信贷服务，为中小企业融资提供帮助。

从总体来说，主要特点是：

1. 便　捷

申请人提出书面贷款申请，公司一般在三个工作日内答复贷与不贷，最快时半天内甚至一两个小时可以答复。

2. 高　效

若公司同意申请人的申请，可在答复后三至五个工作日内发放贷款，最快一个工作日内可以发放贷款。

3. 灵　活

符合贷款条件，可发放担保（保证、抵押、质押）贷款，也可发放信用贷款；可以是十天半个月的贷款，也可以是半年一年期的贷款；可以是生产经营贷款，也可以是消费贷款，也可以是临时救急贷款。

从经营角度来说，主要特点是：

1. 贷款利率高于金融机构的贷款利率，但低于民间贷款利率的平均水平。许多省、市规定：小额贷款公司按照市场化原则进行经营，贷款利率上限放开，但不得超过中国人民银行公布的贷款基准利率的4倍；下限为贷款基准利率的0.9倍；具体浮动幅度按照市场原则自主确定。从试点的小额贷款公司的利率来看，其贷款利率根据不同客户的风险情况、资金状况、贷款期限、抵押品或信用等级实行差别利率，以人民银行基准利率为基础，参照本地区农村信用社利率水平综合确定。

2. 在贷款方式上，《关于小额贷款公司试点的指导意见》中规定：有关贷款期限和贷款偿还条款等合同内容，均由借贷双方在公平自愿的原则下依法协商确定。小额贷款公司在贷款方式上可以采取信用贷款，也可采取担保贷款、抵押贷款和质押贷款。

3. 在贷款对象上，小额贷款公司发放贷款坚持“小额、分散”的原则，鼓励小额贷款公司面向农户和小企业提供信贷服务，着力扩大客户数量和服务覆盖面。小额贷款公司对同一借款人的贷款余额不得超过公司资本净额的5%，对单一集团企业客户的授信余额不得超过资本净额的15%。

4. 在贷款期限上，小额贷款公司的贷款期限由借贷双方公平自愿协商确定。从2005年始，根据中国人民银行先后在山西、四川、贵州、陕西、内蒙古开展的由民营资本经营的、“只贷不存”商业化小额信贷试点情况，小额贷款公司主要以三个月期和六个月期的短期贷款为主，短期贷款占70%以上，一年期以上（含一年期）贷款只占30%左右。

（二）小额贷款公司的原则

小额贷款公司在坚持为农民、农业和农村经济发展服务的原则下自主选择贷款对象。小额贷款公司发放贷款，应坚持“‘小额、分散’，以解决客户急需”为原则，鼓励小额贷款公司面向农户和中小微型企业提供信贷服务。

三、小额贷款公司的资金来源

小额贷款公司的主要资金来源为股东缴纳的资本金、捐赠资金，以及来自不超过两个银行业金融机构的融入资金。

在法律、法规规定的范围内，小额贷款公司从银行业金融机构获得融入资金的余额，不得超过资本净额的50%。融入资金的利率、期限由小额贷款公司与相应银行业金融机构自主协商确定，利率以同期“上海银行间同业拆放利率”为基准加点确定。

小额贷款公司应向注册地中国人民银行分支机构申领贷款卡。向小额贷款公司提供融资的银行业金融机构，应将融资信息及时报送所在地中国人民银行分支机构和中国银行业监督管理委员会派出机构，并应跟踪监督小额贷款公司融资的使用情况。

小额贷款公司初始试点的时候，设计者仍然从扶贫的角度来考虑，将捐赠资金作为其来源之一，但从现实看来，市场化运作“只贷不存”的小额贷款公司是不可能成为捐赠对象的。因此，也不可能有这方面的资金来源。

四、小额贷款公司的资金运用

小额贷款公司在坚持为农民、农业和农村经济发展服务的原则下自主选择贷款对象。小额贷款公司发放贷款，应坚持“小额、分散”的原则，鼓励小额贷款公司面向农户和中小微型企业提供信贷服务，着力扩大客户数量和服务覆盖面。同一借款人的贷款余额不得超过小额贷款公司资本净额的5%。在此标准内，可以参考小额贷款公司所在地经济状况和人均GDP水平，制定最高贷款额度限制。

小额贷款公司按照市场化原则进行经营，贷款利率上限放开，但不得超过司法部门规定的上限，下限为人民银行公布的贷款基准利率的0.9倍，具体浮动幅度按照市场原则自主确定。有关贷款期限和贷款偿还条款等合同内容，均由借贷双方在公平自愿的原则下依法协商确定。

五、小额贷款公司的监督管理

凡是省级政府能明确一个主管部门（金融办或相关机构）负责对小额贷款公司的监督管理，并愿意承担小额贷款公司风险处置责任的，方可在本省（区、市）的县域范围内开展组建小额贷款公司试点。

小额贷款公司应建立发起人承诺制度，公司股东应与小额贷款公司签订承诺书，承诺自觉遵守公司章程，参与管理并承担风险。

小额贷款公司应按照《公司法》要求建立健全公司治理结构，明确股东、董事、监事和经理之间的权责关系，制定稳健有效的议事规则、决策程序和内审制度，提高公司治理的有效性。小额贷款公司应建立健全贷款管理制度，明确贷前调查、贷时审查和贷后检查业务流程和操作规范，切实加强贷款管理。小额贷款公司应加强内部控制，按照国家有关规定建立健全企业财务会计制度，真实记录和全面反映其业务活动和财务活动。

小额贷款公司应按照有关规定，建立审慎规范的资产分类制度和拨备制度，准确进行资产分类，充分计提呆账准备金，确保资产损失准备充足率始终保持在100%以上，全面覆盖风险。

小额贷款公司应建立信息披露制度，按要求向公司股东、主管部门、向其提供融资的银行业金融机构、有关捐赠机构披露经中介机构审计的财务报表和年度业务经营情况、融资情况、重大事项等信息，必要时应向社会披露。

小额贷款公司应接受社会监督，不得进行任何形式的非法集资。从事非法集资活动的，按照国务院有关规定，由省级人民政府负责处置。对于跨省份非法集资活动的处置，需要由处置非法集资部际联席会议协调的，可由省级人民政府请求处置非法集资部际联席会议协调处置。其他违反国家法律法规的行为，由当地主管部门依据有关法律法规实施处罚；构成犯罪的，依法追究刑事责任。

中国人民银行对小额贷款公司的利率、资金流向进行跟踪监测，并将小额贷款公司纳入信贷征信系统。小额贷款公司应定期向信贷征信系统提供借款人、贷款金额、贷款担保和贷款偿还等业务信息。

六、小额贷款公司的发展现状

从2008年开放试点起至2010年年底，全国先后有2 614家小额贷款公司获准开业，发展速度之快令人始料未及。

（一）政府重视，制度法规正在完善

各级政府一直以来高度重视发展县域经济，希望能够充分发挥小额贷款公司的作用，增加对“三农”经济和民营经济信贷资金的支持力度。在各级政府的年度工作报告中，都将建立和发展小额贷款公司作为一项重要工作来抓。为规范小额贷款公司的设立、经营和管理制度，各省（自治区、直辖市）制定了《小额贷款公司试点暂行管理办法》和《小额贷款公司组建审批工作指引》等规章制度，由省（自治区、直辖市）金融办牵头，会同银监局、人民银行中心支行、财政厅、公安厅、审计厅、工商局、国税局、地税局等部门组成的小额贷款公司审核委员会，明确了批准小额贷款公司筹建和开业的条件。

目前，各省（自治区、直辖市）为便于加强对小额贷款公司的管理，各级政府都指定了牵头主管部门负责对其进行设立审批、经营监管以及风险防范等工作。在市级政府一般由金融办作为牵头主管部门，县（区）级地方政府则根据实际情况指定不同的财经部门作为主管部门。初步形成了由地方政府小额贷款公司主管部门负责具体审查、验收其筹建申请和开业申请；省（自治区、直辖市）金融办负责审核材料是否完整、齐全、符合相关要求；小额贷款公司

审核委员会委员按照部门职责，依据各自管理信息系统进行审核、投票，决定小额贷款公司的设立的管理框架。同时，地方政府向省（自治区、直辖市）金融办报送承担小额贷款公司风险防范和处置责任的承诺书，明确地方政府的风险防范和处置责任。

（二）小额贷款公司发展已覆盖主要市、县

自2008年5月中国人民银行、银监会发布《关于小额信贷公司试点的指导意见》以来，我国小额贷款公司发展迅速，公司数量由2008年年底的不到500家，发展到2009年的1 334家。截至2010年12月底，全国已设立小额贷款公司2 614家，注册资本1 781亿元，共有从业人员27 884人。已获批准筹建的小额贷款公司除西藏外，遍布全国主要市（州）、县（区）。

（三）服务对象面向“三农”，业务逐渐展开

按照各省的《小额贷款公司试点暂行管理办法》，小额贷款公司在坚持为农民、农业和农村经济发展服务的原则下自主选择贷款对象。小额贷款公司发放贷款，应坚持“小额、分散”的原则，鼓励小额贷款公司面向农户和微型企业提供信贷服务，着力扩大客户数量和服务覆盖面。小额贷款公司按照市场化原则进行经营，贷款利率上限放开，但不得超过司法部门规定的上限，下限为人民银行贷款基准利率的0.9倍，具体浮动幅度按照市场原则自主确定。

目前，截至2010年12月底，全国已设立小额贷款公司发放的贷款余额为1 975亿元，比上年新增贷款1 202亿元。增加贷款供给的功能逐渐显现。从贷款方式上看，主要是信用贷款和担保贷款。

（四）需要关注的几个问题

1. 发展水平不均衡，管理能力有待提高。已获批的小额贷款公司中，少数前期市场调研做得早的公司业务发展较快，最快的发放贷款接近资本金的100%；而大部分小额贷款公司放款速度较慢，还有一些已经被批准开业的却因种种原因一直没有开办业务。

2. 相关法规制度还不完善，监督监管存在空白。虽然国家和地方制定了一些相关政策法规，但是在规范经营管理、防范和处置各类风险等方面的细化规定较少，现有制度的可操作性还比较差。由于缺乏科学、系统的业务规范与风险防范措施，也限制了小额贷款公司全面有效履行支农职责。由于认识不足，一些地方的小额贷款公司以为自己只受地方政府主管部门管理，在开业后没有及时按照规定向人民银行报送相关材料。尤其是在《小额贷款公司改制设立村镇银行暂行规定》出台以后，应防范个别小额贷款公司为实现转制成村镇银行，弄虚作假，违规操作。

3. 资金来源渠道狭窄，经营能力受限制。根据规定，小额贷款公司的资金来源为股东缴纳的资本金、捐赠资金，以及来自不超过两个银行业金融机构的融入资金。目前并没有银行对小额贷款公司融资的统一标准，如果银行参照企业贷款利率标准向小额贷款公司发放贷款，无疑会增加小额贷款公司的资金成本。不仅不利于小额贷款公司提高资产收益、增加资金流动性，而且容易导致小额贷款公司为保证盈利而冒险放款给愿意支付高息的高风险客户。

在资金来源的三个渠道中，如前所述，小额贷款公司接受不到捐赠资金，而不超过资本金 50% 的贷款也很难贷到，以 2010 年 12 月末的统计数据：全国共有小额贷款公司 2 614 家，注册资本 1 781 亿元，贷款余额 1 975 亿元。按全部资本 90% 放贷计算：全部资本实有为：1 975 ÷ 90% = 2 194.4 亿元，而应该有全部资本为：注册资本金 1 781 亿元 + 贷款 1 781 × 50% = 2 671.5 亿元。两相比较，剔除盈利因素的差额为 477.1 亿元，真正贷款的满足度只有 23.2%。远远达不到 50%。

4. 方便贷款功能与资产安全要求存在冲突。从目前的经营情况看，贷款客户存在抵押、担保手续不完善的情况比较多。例如用房屋抵押贷款，有房产证的没有土地使用证，有土地使用证的没有及时办理房屋产权证。即使各项手续齐全，由于房产评估部门评估滞后，或者在土地、房产部门登记时存在法律上的技术障碍，也会使贷款不能及时到位。按照银行的标准来审查贷款手续，则小额贷款公司提供方便快捷的贷款服务的功能将大打折扣；如果降低审查标准，又担心一旦发生纠纷难以维护债权。

5. 信息电子化程度较低，影响公司运行和监督。由于成立的时间短，甚至一些会计科目还没有统一的标准，自然也没有相对应的会计核算系统、信贷业务综合系统，即使有也不成熟。各项信贷业务仍停留在手工操作的层面上，不能实现贷款管理的电子化以及资金的实时代收付，这在一定程度上制约小额贷款公司业务发展能力和空间，也会增加弄虚作假的漏洞，加大监管难度。根据相关规定，小额贷款公司应纳入人民银行征信系统。但由于技术、业务、人员等多种因素的影响，小额贷款公司发生的信贷业务信息纳入征信系统的条件尚不成熟。小额贷款公司无法及时通过征信系统查询企业、个人信用信息，对客户的身份和信贷信息进行有效甄别。据小额贷款公司反映，信息不对称问题在一定程度上影响了小额贷款公司的风险控制水平，增加了小额贷款公司贷前审查工作量。

6. 盈利水平高低不均，与典当、担保相比收益率较低。通过对小额贷款公司提供的财务数据进行测算，以注册资本 1 000 万元的公司为例，按 80% 资金使用率、15% 平均贷款利率测算，全年可实现营业收入 120 万元，营业费用 35 万元，各种税金 20 万元，提取一般准备及折旧 25 万元，扣除各项税费后盈利为 40 万元，收益率为 4%。市场分析，小额贷款公司迅速发展的背后，各有甘苦。以南方某市为例，截至去年年底的数据显示，该市 7 家小额贷款公司，资本回报率高的可达 14% 多，而最低的资本回报率只有 0.25%，两者相差 55 倍之高。

部分小额贷款公司反映，由于是投资风险度比较高的行业，股东的预期投资收益的期望值在 10% 左右。在目前条件下，要达到这一目标，贷款利率要达到 30% 左右的水平。

这也导致了一部分以民营资本为主的小额贷款公司在经营过程

中采取收取超额利息又逃避监管而不入账的做法，给小额贷款公司可持续发展带来极大的危害。

第四节 对小额贷款公司几个问题的认识和分析

一、对小额贷款公司属性的认识和分析

对小额贷款公司属性的界定，直接影响到小额贷款公司业务活动规则、监管方式与监管归属。目前小额贷款公司属性的法律地位确定为企业性质，实践中对其性质的认识是不统一的。关于小额贷款公司属性是属于金融机构还是企业性质，关乎小额贷款公司的生存和发展，是十分重要的问题。

小额贷款公司属性是否属于金融机构，应以其所从事的业务活动在性质上是否属于金融业务来确定。笔者认为，小额贷款公司的性质应为非银行金融机构，理由如下：

1. 所谓金融，按字面意思解释，就是资金的融通。在现代市场经济条件下，金融有广义和狭义之分。广义的金融是指货币资金流通体系，根据资金流通的条件和方式的不同，可分为资金的财政融通和信用融通两种。小额贷款公司就是为企业提供资金融通服务的机构。小额贷款公司将自身的注册资本和来源明确的资金提供给被服务企业，使其获得贷款从事经营管理活动，因此小额贷款公司经营的实质就是资金融通。

2. 金融机构又称信用机构，是专门从事货币流通和信用业务活动的机构。按照金融机构创造货币、创造交换媒介和支付手段的能力不同，一般把金融机构分为银行类金融机构和非银行类金融机构两大类。非银行金融机构是随着经济多元化的发展而提供各类金融服务的机构，它们以特殊形式吸收资金、以特殊形式运用资金并从中获利，小额贷款公司也属此类。

3. 金融机构具有两大基本功能：资金配置方向和资金配置数量的大小。小额贷款公司在发放贷款的同时把风险承担下来，并通过担保措施再把大部分风险分散出去。企业资金的需求和担保能力是小额贷款公司资金配置方向和数量的决定因素，从而使小额贷款公司具有了金融机构的两大功能。

4. 金融资本具有放大效应，有很大的乘数效应，小额贷款公司也具有一定的乘数效应，目前我国规定为0.5倍。

实际上，小额贷款公司的资本放大倍数应该确定为多少为宜，意见和理由很多，作者在这里作一点探讨，发表自己的一点浅见。

金融放大倍数效应取决于金融机构创造财富权利的能力。小额贷款公司也不例外。

小额贷款公司以货币资金的资产为基础，其贷款能力只能与实物存量价值一比一，这也就削弱了甚至失去了专业小额贷款公司的作用。

信用创造权利，信用创造财富。从这个道理中我们可以悟出，物权可以衍生出权利，权利是物权分割转让的一种结果。物权获取一对一的权利并不难，难的是获得倍数的权利。那么小额贷款公司如何获得倍数效应？唯一的途径是将自己拥有的物权衍生出更多的信用权利，即放大的贷款权利。

倍数权利的获得，决定因素是保持物（货币）的保证能力，保持对所有相关债务人的实现权力的主张能力，而不出现贷款债权的失落或边缘化。始终保持物的充分价值，基本的条件是控制贷款风险，控制风险能力越强，损失的可能性越小，使物（货币）的保证能力越强。从而使得信用倍数放大。假如实收资本1亿元的小额贷款公司，贷款额是1亿元，则是一比一效应；如果贷款额2亿元，则是一比二的效应。放大1倍的功能取决于对风险的认识和控制，即将2亿元的贷款额出现风险的可能性控制在50%以下，即使出现50%的风险，物的赔偿能力足以支持风险损失。当然控制风险的能力要得到融入银行（或其他债权人）和监管部门的认同。在这个过程中，形成的2亿元贷款额，就是小额贷款公司生成的贷款权利，就是小额贷款公司创造的金融资产。风险概率越低，贷款额越大，创造的权利就越大。如果信用风险概率有效控制在10%以内，倍数效应可以达到10倍，生成贷款权利就是小额贷款公司实收资本的10倍。

权利是金融资产的特质，贷款权利是金融资产的一个种类。贷款权利的产生是贷款倍数效应的本质体现。

小额贷款公司必须经得起市场的检验，来不得半点浮夸和忽悠，浮躁、急功近利的心态不适合小额贷款公司可持续发展。从贷款权利本质上分析，其无形的特质，要求其载体——小额贷款公司必须是稳健、诚信、擅长控制风险的机构。

而相对于小额贷款公司“只贷不存”的特点，如何确定其放大倍数，主要基于以下的分析和认识：

其一，如果作为金融机构，小额贷款公司的放大效应应该定在3~5倍为宜。按照规定，担保公司的融资担保，放大倍数在5~10倍，而银行和保险公司的放大倍数由于自身的特点，放大倍数要高很多。小额贷款公司本着“小额、分散”的原则，从谨慎角度考虑，放大倍数确定为3~5倍是不大的，风险也是可控的，因为它是专业做发放贷款的。

其二，如果作为企业，小额贷款公司的放大效应也应该在3~5倍。一般的企业，资产的负债率在70%左右是正常的，小额贷款公司的放大倍数如果是3倍，资产的负债率在75%（包括积累则75%还达不到），风险是较小的，况且对小额贷款公司（金融业）的要求一般坏账率要小于3%，实践中，目前小额贷款公司的坏账率小于1%。因此，即使放大到5倍，资产的负债率在83%（包括积累则83%还达不到），也是可以接受的，因为在这样的比例范围内，小额贷款公司自身是可以承受的；同时小额贷款公司与其他企业相比，它的资产几乎100%是货币资金，完全可以消化自身的风险。

其三，无论是作为金融机构还是企业，小额贷款公司的放大效应在3~5倍，风险是可控的。作为一个经济组织，必须在控制好风险的前提下从事经营管理，取得合理利润，才能生存和发展。这也是经济组织组建的出发点和目标。放大效应确定在3~5倍，小额贷款公司的专业化经营是完全能够承受的。

二、对小额贷款公司高利率的认识和分析

小额贷款公司按照市场化原则进行经营，贷款利率上限放开，但不得超过司法部门规定的上限，下限为人民银行公布的贷款基准利率的0.9倍，具体浮动幅度按照市场原则自主确定。

那么，为什么小额贷款公司的贷款利率要远高于商业银行的贷款利率呢?

首先，资金的供求关系决定了小额贷款公司的贷款利率要远高于商业银行的贷款利率。这是小额贷款公司的贷款利率要远高于商业银行的贷款利率的决定因素。

经济学的供求关系原理告诉我们：当商品的社会需求大于社会供给时，商品价格就会上涨；当商品的社会需求小于社会供给时，商品价格会下跌。资金也是一种商品，利率是它的价格（使用价格）。在我国，当正规金融的利率受到国家政策的管制时，银行的利率就不会随市场的需求上下波动，而是由中央银行根据宏观调控的需要来进行调整。而民间资本的利率是不受政策调控的，是由市场的供求状况来决定的，尽管受风险因素的影响会有所偏离，但基本趋势是不变的。农村和中小微型企业的金融供给严重不足，有的地方甚至是空白，这导致了资金的供不应求。虽然我国的法律对民间融资高于银行基准利率4倍以上的不予保护，但现实中高于基准利率4倍的是非常普遍的。这是因为享受不到正规金融服务的中小微型企业、个体工商户以及自然人受需求刺激而必然选择的结果，也是信用受法律约束以外的道德诚信约束力量发挥的作用。

其次，成本的因素是小额贷款公司的贷款利率要远高于商业银行的贷款利率的现实选择。

1. 操作方式的不同，导致小额贷款公司贷款的直接成本高，因而使小额贷款公司的贷款利率就高。商业银行是坐台制，需要存款、贷款的人，都得到银行来办理。而小额贷款是送货上门制。信贷员要到农民（客户）的家门口去收放款，以方便农民（客户）。商业银行是一年收一次款。而为减少农民的还款负担、降低风险，小额贷款往往是一周或一个月收一次款。一笔贷款要分收几次甚至几十次回收。操作成本大大增加。一般说来，这一操作成本的差别就等于将近10～15个百分点的利率。

2. 贷款额度大小的区别，使小额贷款公司贷款的机会成本也高，因而使小额贷款公司的贷款利率就高。商业银行的贷款额度大，一笔贷款起码几百万甚至上亿。而小额贷款一笔只有三万、五万人民币，但是操作成本却很高。在商品市场上，人们比较容易理解批发与零售之间的差价。同样，我们也应该理解小额贷款的价格应该高一些。这一差别，至少有2～3个百分点利率的差别。

3. 担保方式的差别和贷款对象的风险增大，加大了小额贷款公司贷款的风险成本，因而使小额贷款公司的贷款利率就高。银行每笔贷款都要求有抵押。还不了贷款要拍卖抵押品。而小额贷款公司的贷款相当比例抵押不足或是信用贷款。贷款者抵押不足值甚至没有财产做抵押。同时，贷款人本身的风险也大，因此，小额贷款机构要承担比商业银行大得多的风险。如果拿市场上担保公司收的担保费来算，有无抵押就应该高3到4个百分点的利率（担保费率）。

考虑到这三个方面的成本，小额贷款的成本至少就应该比商业银行高20到32个百分点。而一般小额贷款的利率只比商业银行高10个百分点。从成本的角度来比，小额贷款的利率收得比商业银行低了而不是高了。

第三，资金来源的不同，是小额贷款公司的贷款利率要远高于商业银行的贷款利率的必然选择。商业银行在国家的支持下是可以吸收储蓄的，储蓄的利率才2%左右。商业银行是靠国家的政策，靠国家的信誉得到了非常低价的储蓄资金。而小额贷款公司用的绝大部分是自有资金，成本很高。即使在不超过两家银行的贷款放大倍数只有0.5倍，实际利率也是比较高的。资金来源不一样，导致了小额贷款机构要有比商业银行更高的利率。考虑到这一因素，小额贷款的成本至少要高5~10个百分点。

第四，享受的优惠政策的不同，是小额贷款公司的贷款利率要远高于商业银行的贷款利率的不平等选择。

1. 在税收方面，小额贷款公司的营业税目前按5.0%征收（包括附加要达到5.6%），而农村信用社的营业税则按3%的税率征收。

2. 在财政部、国家税务总局发布的《关于农村金融有关税收政策的通知》，有很多涉农贷款的税收减免政策，但是小额贷款公司不在享受政策范围之列，这是有失公平的一种政策。

3. 按照规定从银行融入资金的利率、期限由小额贷款公司与相应银行业金融机构自主协商确定，利率以同期“上海银行间同业拆放利率”为基准加点确定。实际上，贷款利率不可能按同期“上海银行间同业拆放利率”为基准加点确定，能执行基准利率就非常不容易，大部分都要在基准利率的基础上上浮。

4. 小额贷款公司业务尚未纳入人民银行征信系统，造成小额贷款公司难以全面了解客户信用状况，经营风险增加，也影响到征信系统数据的准确性和完整性。

收取高于商业银行利率的市场利率，使收入覆盖成本更有利于可持续发展。即使是合理的贷款客户识别技术和高还贷率降低了小额贷款的成本，很小的贷款额度，成本仍显得过大。所有成功的小额贷款机构，它的最重要的条件之一就是有着远高于一般银行的利率。在国外，各个国家小额贷款利率也比商业利率高得多。例如，在印度尼西亚，商业利率是18%，而小额贷款利率是28%以上；在印度，商业利率12%到15%，小额贷款是20%到40%；在孟加拉，商业利率10%到13%，小额贷款利率在20%到35%。一般说来，小额贷款的利率都要比商业贷款利率高10个百分点以上。

小额贷款的利率高与不高，要看跟谁比。小额贷款是给享受不到正规金融服务的农村、中小型企业、微型企业和创业者的贷款。他们很难拿到商业贷款。虽然商业利率较低，但对他们来说是可望而不可即的。高利贷才是他们唯一有可能借到的钱。如果与农村的高利贷相比，小额贷款的利率并不高。国外也是这样。例如，在印度尼西亚，高利贷的利率要高达120%以上，远远高于28%的小额贷款利率。

三、对小额贷款公司经营模式和担保方式创新的认识和分析

小额贷款公司的服务对象是“三农”、中小微型企业、个体工商户和创业者。是享受金融服务中的弱势群体，存在着很多先天不足，这就需要小额贷款公司在经营管理中不断创新经营模式和担保方式，最大限度地满足他们的资金需求，更好地促进就业、增加税收、发展经济。这也是小额贷款公司与银行小额信贷的主要区别，是小额贷款公司赖以生存和发展的关键。

在经营模式的创新上，针对不同的客户和客户群，采取“公司加农户”贷款、“公司加专业合作社加农户”贷款、联保贷款、互保贷款、公务员保证贷款、小额信用贷款、产业链贷款、中小企业仓单质押贷款、固定商圈应收账款抵押贷款等等，为客户设计有效、灵活、高效的多模式的经营方式。

与此相适应，在担保方式的创新上，不拘泥于现有的担保方式，在实施抵押、质押、保证、留置等担保方式的同时，开发适合各种客户的其他方式和有效的控制方式，采取林权质押、流转土地抵押、生物性资产质押、政策补助保证承诺、变更保险受益人等等。

第四章　小额贷款公司的信贷操作流程

小额贷款流程和操作是小额信贷工作实务的主体，规范的工作流程是确保工作顺利进行的必要条件，尽心尽职地操作是防范业务风险的实践过程，二者在贷款工作中缺一不可，决定着信贷工作的成败。

第一节　小额贷款公司的信贷业务流程

一、与合作银行的合作

根据规定，小额贷款公司可以从不超过两个银行业金融机构融入资金。这就意味着小额贷款公司的合作银行可以有两家。

在小额贷款公司开业前，两家合作银行就要确定（至少先确定一家），先是存入注册资金，开业后就要向合作银行申请不超过注册资本50%的贷款。

目前，在与银行的合作中，银行占据着主导地位。一是小额贷款公司很难从合作银行融入资金，主要是国家政策对小额贷款公司定位不明确，

图4－1　小额贷款公司与合作伙伴签约

让银行无法适用相关贷款标准。二是按照规定从银行融入资金的利率、期限由小额贷款公司与相应银行业金融机构自主协商确定，利率以同期“上海银行间同业拆放利率”为基准加点确定。实际上，贷款利率不可能按同期“上海银行间同业拆放利率”为基准加点确定，能执行基准利率就非常不容易，大部分都要在基准利率的基础上上浮。三是合作贷款银行对小额贷款公司提出过多要求，让小额贷款公司难以适从。如要求小额贷款公司的所有客户必须在合作银行开户，季末、年末核定小额贷款公司存款数额等。

因此，小额贷款公司必须在尽量满足合作银行的前提下，争取自身的最大利益。

二、小额贷款公司的业务程序

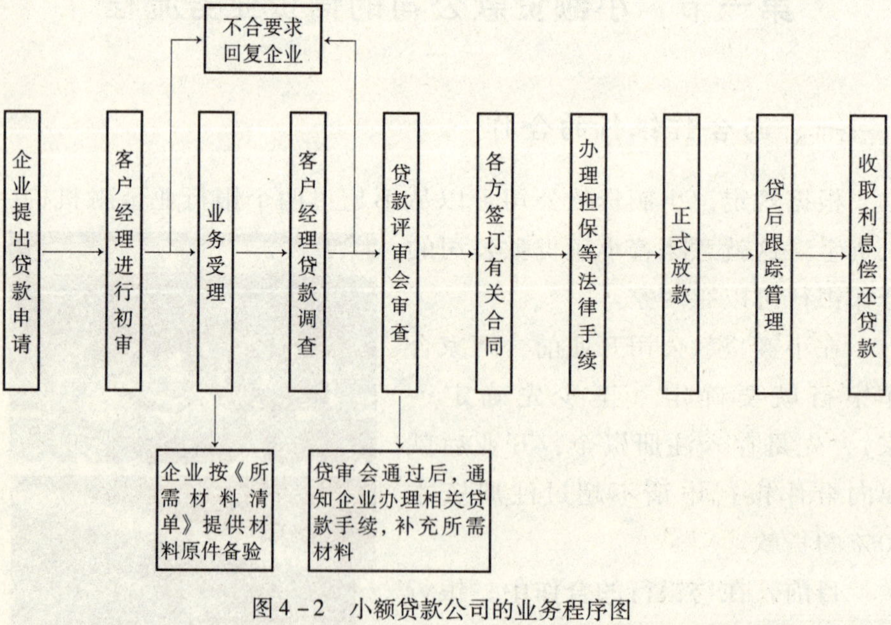

图4－2 小额贷款公司的业务程序图

贷款业务程序：

企业申请—受理贷款申请—初审和调查—贷款评审与审批—签定合同—办理抵（质）押等担保手续—发放贷款—贷后跟踪检查、

按期收取利息—收回贷款。

1. 企业申请

贷款项目申报、企业提供贷款申请材料。

2. 贷款受理

贷款申请受理登记。

3. 项目初审和贷款调查

确定调查人、初审基本内容、实地调查、调查报告；项目风险分析、评估和管理。

4. 贷款评审和审批

审查委员会评审；贷款项目法律意见。

5. 签订合同

审签合同（借款合同、担保合同）。

6. 办理抵（质）押手续

准备抵（质）押登记资料（贷款合同、担保合同、其他资料），办理他项权利证书或抵（质）押登记。

7. 发放贷款

审批贷款，开具借款借据。

8. 贷后管理

日常检查、重点检查，按期收取利息，贷款到期函告，贷款项目展期报告，业务档案管理。

9. 逾期催收

信贷部配合风险控制部催收，直至提起法律诉讼。

10. 收回贷款

收回贷款本息，注销抵（质）押登记，退还抵押、代管原件，档案归档管理。

三、小额贷款公司的贷款项目审批程序

小额贷款公司的贷款项目审批程序是所有工作环节中非常重要

的一环，它对于权力决策、明确责任、风险控制起到至关重要的作用。

具体内容见第七章第一节的内容。

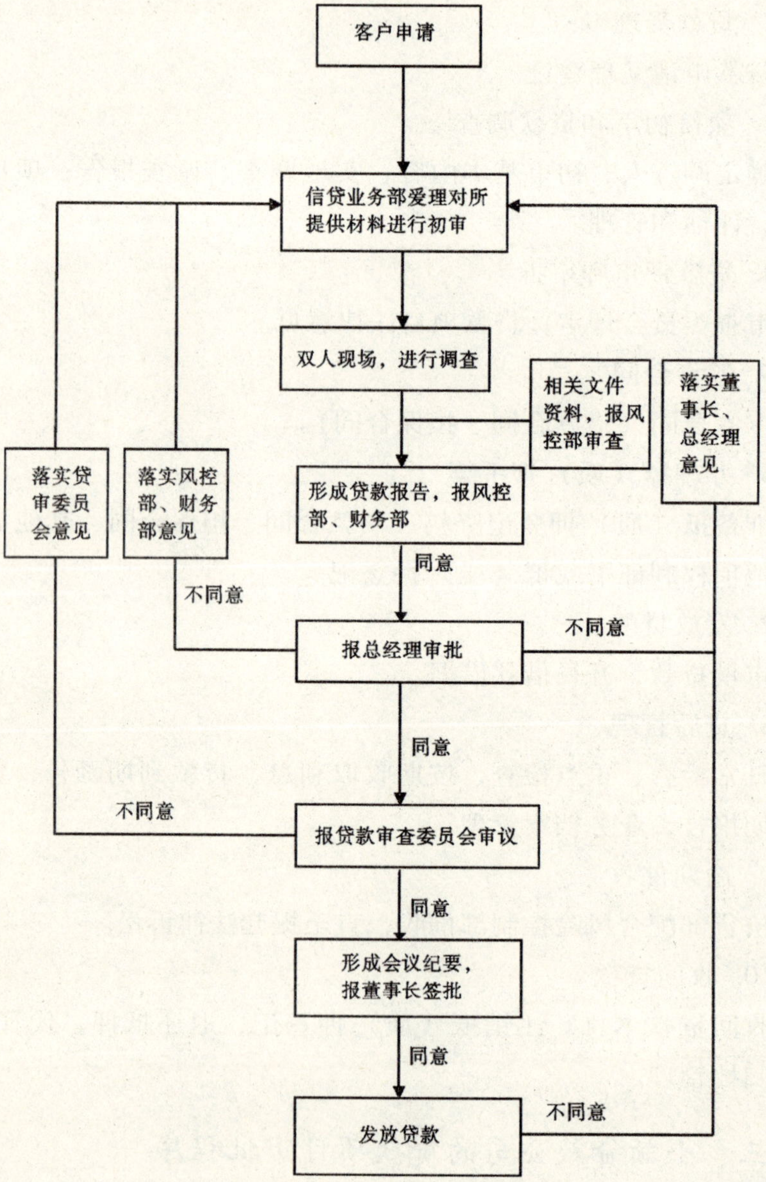

图4-3 小额贷款公司贷款项目审批流程图

第二节　小额贷款公司的信贷流程管理

小额贷款公司信贷业务操作流程中，各环节紧密联系，环环相扣，互相制约，缺一不可。

一、贷款项目受理

（一）人　员

公司市场营销部门或信贷业务部门受理人。

（二）职　责

向借款申请人提供业务咨询和产品介绍；受理中小企业和自然人贷款的申请，收集贷款申请资料。

受理一般在2个小时至1天内完成。

（三）任职要求

受理人应当具备小额信贷业务的基本知识，经过适当的业务培训。

（四）操作基本要求

1. 接受咨询

受理人接受小额信贷客户的贷款申请咨询，向客户介绍公司的融资业务品种，说明申请贷款应具备的条件和应提交的资料。

2. 贷款申请受理

受理人按照小额信贷业务的规定，要求借款人提供有关申请资料，主要包括：

（1）借款申请书，经年检的企业营业执照和摊位证等足以证明其经营合法性和经营范围的有关证明文件、客户组织机构代码证书、税务登记证（特殊行业需要提供行业经营许可证）。

表4－1 借款人贷款申请书

年 月 日

金额单位：万元

借款人名称					
注册时间		注册地址			
借款人性质		所属行业		注册资本	
基本账户开户行		基本账号		企业代码	
法定代表人		身份证号码		联系电话	
授权经办人		身份证号码		联系电话	
借款人经营范围					
借款人主导产品					
主要财务数据	资产总额	负债总额	净资产	销售收入	利润总额
20 年					
20 年（截至 月）					
现银行贷款余额		贷款银行		合同还款日期	
本次申请担保额		担保期限		贷款类别	
贷款原因及用途					

借款人可提供的担保措施	□ 第三方保证	保证人：
	□ 抵押	抵押物：
	□ 质押	质押物：
	□ 个人连带	连带人：
还款计划		
还款资金来源		

客户承诺

1. 本申请人郑重申明此表所填内容属实。
2. 本申请人所递交的所有材料都是真实合法的。
3. 本申请人无违法、违纪、舞弊现象。
4. 本申请人将按期偿还贷款。
5. 本申请人若在规定期限内不能偿还贷款，抵押资产由贵公司处置。
6. 本申请人所提供抵押资产的所有权真实合法。

贷款申请人：____________________公司（公章）

法定代表人：____________________（签字）

财务负责人：____________________（签字）

申请日期：____年____月____日

（2）开户许可证、贷款卡。盖有企业公章、法定代表人印章和法定代表人签字的贷款客户印鉴卡两份（一份交档，一份受理人留存用以日常核对）。

（3）企业法定代表人的身份证复印件、企业纳税证明及电费、水费交纳单据。

（4）企业最新公司章程、验资报告或非独资企业的各股东有关出资协议、联营协议或合同企业的合同或协议等。

（5）企业在银行的结算账户资金清单。

（6）采用保证方式的，须提供保证人同意保证的书面文件。有限责任公司、股份有限公司为保证人的，还应提交公司董事会或股东大会决议；承包经营企业为保证人的，还应提交发包人同意该保证担保的书面文件。

（7）专业担保机构为保证人的，还应提供合法的验资报告。

（8）采用抵（质）押方式的，须提供抵押（出质）人同意提供抵（质）押担保的书面文件和权属证明，抵（质）押物清单及价值证明材料。

（9）企业近两年和最近一期财务报表，不满两年的提供近一年财务报表（微型企业及其他除外）。

（10）借款人法定代表人或主要股东个人对查询个人征信系统的委托书。

（11）借款经办人或法定代表人的通讯联络方式、号码。

（12）合作银行要求的其他资料。合作银行要求小额贷款公司的客户必须在该银行开立账户或个人卡的相关资料。

（13）法律法规规定担保需要提供特殊资料的情形主要有：

①以有限责任公司、股份有限公司的房地产抵押的，必须经董事会或股东大会表决通过，企业章程另有规定的除外。

②以集体所有制企业的房地产抵押的，必须经集体所有制企业职工（代表）大会通过，并报其上级主管机关备案。

③以中外合资企业、中外合作经营企业和外商独资企业的房地产抵押的，必须经董事会决议通过，企业章程另有规定的除外。

④以中外合作企业的资产抵押的，必须经董事会或者联合管理委员会一致通过。该董事会或管理委员会会议应当有三分之二以上的董事或委员出席方能举行。

⑤以合伙企业名义为他人提供担保的，必须经全体合伙人同意。其中，合伙人以其在合伙企业中的财产份额出质的，须经其他合伙人一致同意。

⑥以农村集体组织集体财产抵押，涉及村民利益的，须经村民代表大会讨论并表决通过。

⑦以海关监管的货物抵押的，必须经海关书面同意，并办妥抵押登记手续。同时，应当注意公司行使抵押权时要优先交纳关税的风险。

⑧以集团财务公司的股份质押的，必须报经中国人民银行批准或备案。

⑨全民所有制企业以专利权出质的，须经上级主管部门批准。

⑩外资企业以其资产或者权益对外抵押的，须经审批机关批准，并向工商行政管理机关备案。

⑪上市公司担保金额超过公司资产总额百分之三十的，应当由股东大会做出决议，并经出席会议的股东所持表决权的三分之二以上通过。

3. 资料移交

经初步判断符合公司小额信贷贷款条件的，受理人应在收齐资料后当日将贷款申请资料移交调查人进行调查；不符合贷款条件的，将申请资料退还借款申请人，并向借款人说明情况。对于公司具有小企业信贷岗位从业资格的贷款申请受理人，可以直接进行贷款调查。

二、贷款项目调查

（一）人 员

贷款调查人。

（二）职 责

中小企业和自然人贷款实行双人调查制。第一调查人收集、整理借款人和担保有关的资料和信息，与第二调查人共同调查借款和担保人主体资格和条件是否符合规定，分析贷款需求的合理性、贷款用途的合法合规性、客户的偿债能力、风险和综合收益，形成调查报告后，第一、第二调查人须在调查报告上签字，对调查资料、担保、担保调查意见及调查报告的真实性负责。

贷款调查须在接到任务分派后半天至2个工作日内完成。

（三）任职要求

调查人具备小额信贷业务基本知识，具有小额信贷从业资格。

（四）操作基本要求

1. 征信系统查询

客户经理接到移交的资料后，查询人民银行征信系统，查询借款人、业主及高管人员的信用情况。

2. 资料审阅

贷款调查人员对客户提交的资料进行审阅，并按照公司小额信贷相关贷款品种要求对已有资料进行核对，对缺少资料及时通知借款人补充。对资料中按规定留存复印件的，第一调查人和第二调查人要共同核对复印件与原件是否一致，并在复印件上签署“与原件核对一致”的印章并签名确认。对资料的审阅要点包括：

（1）基本情况。客户主体、资格、历史沿革、地理位置（包括注册地）、产权构成、关联关系、组织形式、职工人数和构成、土地使用权取得方式等。

（2）经营状况。企业所处行业目前发展状况、平均盈利水平、客户的生产、销售、效益情况，在当地行业所处位置和前景预测等。

（3）财务状况。最近两年和最近一期的资产负债、资金结构、资金周转、盈利能力、现金流量、销售及存款的较大变动和现状。

（4）融资及信用情况。客户的融资水平、融资方式、对外担保情况；有无逃废债、拖欠其他金融机构贷款本息等不良记录等。

（5）经营者素质。法定代表人和其他领导层成员的学识、经历、业绩、品德和经营管理能力等。

（6）客户资金要求情况。

（7）担保情况。保证人资格、担保意愿、资信状况和保证能力等；抵押、质押物的权属；价值、预计受理难易程度等情况。

①对采取法人、其他组织保证的，主要核实保证人的担保资格、授权情况、担保意愿、资信状况、代偿能力、签字或印鉴的真伪等。

②对采取保证保险的，主要核实保险单证的真实性和有效性，投保人是否投保全额保证保险并一次性缴清全部保费，保险合同条款是否符合规定，是否有不利于公司贷款债权的特别约定。

③对采取抵（质）押方式的，应对抵押物状况进行实地观察，并核实是否已提供公司认可的专业评估机构的抵押物评估报告。对已经专业评估机构出具押品价值评估报告的，应提高内部押品价值评估人员对评估报告进行形式审查和技术性审查；对押品未经外部专业机构评估的，以确定评估参数确定的准确性和合理性。对押品必须核实是否属于可质押的质物范围。

（8）调查人认为需要的其他事项。

3. 实地调查

调查人应与借款人约定时间进行实地调查。具体内容应包括：

（1）核实资料，包括企业的主体资格、产权构成、经营场所，企业的财务状况、经营者基本素质、经营管理水平是否与资料一致。

（2）考察经营情况，包括企业的经营状况、员工情况、经营场所、产品的市场前景等。

（3）考察抵（质）押物的状况，包括抵（质）押物的形态、地理位置、权属状况等。

4. 分析判断

（1）客户经营情况：销售收入或营业收入情况。要分析客户最近12个月的销售收入或营业收入总额与近2年来同期销售收入或营业收入总额有无差别；对于新开办企业，要分析注册资本的到位情况。

（2）客户担保情况：分析客户的贷款担保情况，以及抵（质）押物的价值和变现的难易程度，并在此基础上对抵（质）押物价值进行预评估。

①以房地产为抵押物的，要分析抵押物是否为合法有效、易变现，房地产抵押物是否为抵押人所拥有，是否出租、自用或空置，是否存在产权纠纷。

②以土地使用权抵押的，要分析是否为依法出让的土地使用权。对于附有地上建筑物的国有划拨土地使用权抵押，抵押物价值应剔除须补交的土地出让金，同时适当降低抵押率。不得接受集体所有使用抵押权。

③以存单等有价证券或其他物权质押的，要核实质物的真实性及权属的有效性，要分析质物价值的稳定性和变现的可能性。

④以其他企业进行保证的，要分析保证人的经营情况是否正常、保证能力是否充足；若是专业担保机构，要分析机构的担保资质是否有效，在公司的保证基金账户是否封闭、金额是否充足。

⑤撰写调查报告。调查人将实地调查情况和分析判断进行汇总，形成调查报告。调查人将实地调查情况，编制企业现金流量表和收支平衡表，以反映企业财务资金需求、周转、还款来源、担保

方式等情况。

⑥提出贷款意见。调查人对客户情况及贷款的风险收益情况进行分析，提出贷款意见。分析客户偿债能力和收益情况，判断本笔贷款风险程度，并对贷款金额、期限、还款方式、利率、担保方式及相关避险措施等提出意见。

⑦记录相关资料。调查人将调查报告及有关资料提交专职审查人进行审查。

三、贷款审查审批

（一）人 员

审查人、审批人（总经理）、签批人（董事长）。

（二）职 责

1. 审查人

对有关调查资料从金融法律法规、产业政策及小额贷款信贷政策和规章制度进行全面审查，对审查意见、风险识别、避险措施承担审查责任。审查工作（不含辅助审查）须在1个工作日内完成或做出答复。

2. 审批人

以信贷政策、规章制度及风险控制角度对贷款申请进行审批，对审批意见是否合法合规、避险措施是否得当承担审批责任。审批工作须在1个工作日内完成或做出答复。

3. 签批人

根据公司经营情况、当地市场信用情况、贷款审查委员会意见决定贷款最终是否发款，有1票否决权，承担贷前调查、风险控制、贷后管理责任。签批工作须在贷款审查委员会提交资料和意见后1个工作日内完成或做出答复。

（三）任职要求

审查人应当熟悉金融政策、行业政策，熟知小额贷款业务基本知识，审批人还应当具有相应信贷审批及管理能力。签批人应当熟悉金融政策、行业政策和小额贷款业务政策制度，并具有相应的管理能力。

（四）操作基本要求

1. 贷款审查

（1）资料审查：审查人收到调查报送的贷款资料后，对贷款资料的完整性和合规性进行审查，主要审查内容包括：

①调查人提交的资料是否齐全且符合规定。

②客户及担保人主体资格是否合法、合规。

③办理业务是否符合公司相关贷款规定。

④融资及信用状况分析。主要分析客户的融资结构，近年在公司及银行融资状况，融资担保方式、公司融资同业占比情况、客户或有负债情况、有无不良记录等。

⑤财务风险分析。主要分析企业历年财务报表主要项目、财务指标和财务比率，重点分析客户现金流量及变化情况，判断客户的偿债能力。

⑥业务风险收益分析。主要分析该笔贷款的潜在风险和采取的相应规避风险措施。如有必要，需分析客户对本公司的综合贡献。

⑦担保能力分析。用作贷款抵（质）押的资产是否合法有效、充足可靠；对法人或其他组织保证的，主要分析其生产经营和财务状况、或有负债情况、信誉状况、发展前景等因素；对专业机构担保的，主要分析其资信情况，经营管理情况；对自然人保证的，主要分析其资产的有效性、收入的稳定性、合法性及其信誉状况。

⑧保证性条款及其他风险防范措施是否充分有效。

⑨其他需审查的事项。

（2）辅助审查：对按规定需要提交财务会计、法律事务等有关部门辅助审查的，专职审查人在签署审批意见前应提交相关部门或人员进行辅助审查，并由辅助审查部门签署辅助审查意见。辅助审查意见须在1个工作日内完成。

(3) 签署意见：审查人对借款人资料、调查报告进行审查后，结合辅助审查意见签署贷款审查意见，同时提交审批人。

2. 贷款审批

(1) 审批人审批：审批人对贷款资料和审查意见进行审阅，对贷款风险进行评估，签署审查意见，并提交贷款审查委员会审议，通过后再提交签批人（董事长）。

(2) 签批人签批：签批人在审阅有关资料、审批人审批意见及贷款审查委员会意见后，根据贷款风险情况及市场信用情况决定贷款最终是否发放，并签署最终签批意见。

签批人与之前各环节在客户贷款审批上存在不同意见时，有1票否决权，贷款不得发放。若有必要，再申请复议。

3. 资料整理移交

贷款签批后，将办理具体信贷业务的审批意见及时形成资料移交调查人办理贷款发放和整理立卷后移交档案管理员，被否决的贷款资料由受理人退还申请人。

四、贷款发放与收回

(一) 人员

贷款受理人员、财务人员。

(二) 职责

贷款受理人员：核实放款前提条件是否落实；填写并核实相关合同文件，并对合同的准确性、完整性和有效性负责；落实担保措施，对担保手续的完备性负责；办理贷款发放和收回手续；负责相关资料的整理和移交。

在办妥抵（质）押手续的当日或次日内须发放贷款。

(三) 财务人员

根据借款和财务凭证发放贷款，对贷款划付的准确性、合规性负责；进行账务处理。

（四）任职要求

贷款操作人员应具备从业资格，人员不足可由有资格的营销人员兼任；财务人员应当具有从业资格。

（五）操作基本要求

1. 贷款发放

（1）核实放款条件。信贷业务操作人员依据审批意见对贷款前提条件是否落实进行核实。

（2）签订合同。信贷业务操作人员负责填写借款合同、担保合同、借据及相关合同协议后，通知借款人、保证人和抵押（出质）人，由其法定代表人或授权委托代理人当面签字并加盖单位公章，同时交公司有权签约人签署合同。

（3）办妥抵（质）押登记、保险、质物交付或冻结等手续。需进行抵押登记的，信贷业务操作人员（必须是双人）需持相关合同与抵押人一起到抵押登记部门办理抵押登记手续。

（4）签署借据。信贷操作人员对借据要素审核无误后提交有权签约人签署。有权签约人根据借款合同、审批书和相关担保落实证明材料，签署借据。

（5）贷款发放。信贷操作人员将签署生效的借据提交财务部门进行账务处理，由财务人员按规定向借据载明的账户发放贷款。

（6）资料移交。贷款发放后5个工作日内，分别将相关贷款资料整理立卷后移交档案管理员。

2. 贷款收回

（1）正常收回。一次性归还的贷款到期前10个工作日内，贷后管理催收人员通知企业在贷款到期前落实还款资金。

（2）提前收回。①公司信贷业务操作人员受理借款人提前还款申请，根据合同约定经审查符合提前还款条件的，经签批人同意并签署意见后反馈至财务人员，并将相关材料送达财务部门。②财务人员提前还款账务处理，向借款人出具提前还款凭证。

（3）到期未收回。财务人员按规定对催收、扣收和清收的贷款进行贷款本息账务处理。

（4）撤押。贷款本息结清后，凭借财务部门向借款人出具的贷款结清凭证，办理撤销担保手续。采取质押担保的，对质物进行解冻并退还质物凭证；采取抵押担保的，向抵押登记部门办理撤销手续。

五、贷后管理、催收

（一）人 员

贷后管理人员、催收人员。

（二）职 责

对贷款审批意见的落实情况和贷款发放过程的合规性进行逐笔监督；对贷款档案资料的完整性与合规性进行监督，负监督责任；对快到期贷款进行提醒催告；对已逾期贷款合同法律人员进行催收、追缴。

（三）任职要求

应具有小额贷款业务从业资格，法律人员应具备法律业务资格。

（四）操作基本要求

1. 档案接收

档案人员接收贷款档案，核验贷款资料是否完整、要件是否齐全，并当面登记签收。

2. 作业监督

监督人员在接到贷款档案 1 个工作日内，审查贷款档案，对审批意见落实情况和贷款发放过程的合规性进行逐笔监督。重点监督以下内容：

（1）贷款审批意见是否落实。

（2）审批人审批过程是否合规，是否存在超权限审批、化整为零审批贷款等违规操作行为。

（3）监督贷款档案资料是否完整合规，合同要素是否准确、一致；担保资料是否齐全。

（4）是否已有不良贷款和欠息的企业新增贷款。

（5）其他需要检查的情况。

3. 跟踪核实

对监督发现的问题，要向有关负责人报告，并视情况分别处理。

（1）监督发现问题需要借款受理人核查确认的，应向其下达《业务监督核查通知书》。

（2）监督发现业务审批和办理过程中存在不符合信贷政策制度和业务操作流程的问题，应下达《信贷业务整改通知书》，限期整改。

（3）核查发现存在较为严重的不合规操作行为，应提交检查人员进行现场专项检查。

监督人员应当对所监督行为负责，在所监督的贷款档案上签名或盖章，并将相关材料移交档案管理部门。

六、贷后监测

（一）人　员

贷后管理监测人员。

（二）职　责

对贷款质量情况进行监测，编制监测报表，进行质量分析，撰写分析报告，并对重点关注客户贷款进行重点监测。监测人员对监测的及时性和准确性负责。

（三）任职要求

监测人员应当具有小额贷款岗位从业资格。

（四）操作基本要求

监测人员通过业务报表，对公司小额贷款进行贷后管理监测。

1. 按日监测

对分期归还本息的小企业贷款，监测人员要监测其自动还款执行情况，按日采集违约借款人信息，制成清单交催收人员。

2. 按月监测

（1）监测人员要按月提交监测报表和监测报告：

①贷款发放和质量情况。

②贷款结构及质量分布状况。

③不良贷款结构及质量分布情况。

④大额贷款和重点关注贷款质量情况。

⑤关注类贷款的迁徙情况。

⑥退出类贷款的清收处置情况。

⑦其他需要进行监测的情况。

（2）重点监测以下内容：

①违约贷款的质量情况。

②50 万元（含）以上贷款质量情况。

③非房地产抵押贷款的质量情况。

④其他需要重点监测的贷款情况。

3. 分析与报告

（1）监测人员对监测情况进行分析，形成监测报表，及时向催收人员提交监测分析报告。

（2）对监测发现的违约贷款，要按照贷款催收要求及时通知催收人员，并报告负责人。

七、贷后检查

（一）人　员

贷后检查人员、贷后管理人员。

（二）职　责

1. 贷后检查人员

负责对客户贷款用途进行检查；按照贷后管理要求进行贷后间隔期检查；对贷后管理中发现风险采取防范措施，并向上级报告。

2. 贷后管理人员

负责对贷后监督和监测中发现的风险情况及时进行检查，并对日常检查工作进行督导。

（三）任职要求

贷后检查人员应当具有小额贷款从业资格。

（四）操作基本要求

1. 间隔期检查的主要内容

（1）企业在开户银行结算是否正常，贷款回笼率是否与公司融资占比相匹配。

（2）企业是否按规定分期还款和支付贷款利息。

（3）企业经营状况是否发生重大变化，资产及负债总量、结构变化是否异常。

（4）抵（质）押物保管和价值、权属是否发生变化以及对外担保情况。

（5）保证人代偿能力变化情况。

（6）新增融资业务是否符合小额贷款信贷政策和有关规章制度。

（7）是否越权审批发放信贷业务或拆分后审批发放同一项下的信贷业务。

（8）贷款实际用途是否符合借款合同的约定，有无挪作他用。

（9）信贷业务是否按规定进行双人调查、核保、核押。

（10）贷款档案资料是否齐全。

（11）其他需要检查的内容。

2. 检查频率

（1）对单户50万元（含）以上大额贷款，贷后检查间隔期最长不超过30天；对违约贷款客户，每个月至少进行一次检查；每季度须总经理召开大户贷款和违约贷款分析会，分析贷款存在的风险及对策，并将汇总情况在下季度的第一个月书面报告董事长。

（2）对以下贷款，贷后检查间隔期最长不超过60天：单户余额50万元至100万元，50万元以下非房地产抵押或非分期还款的小企业贷款。

（3）以下贷款如能正常还本付息、贷款归还正常，可每季度进行一次现场检查：单户余额20万元（含）至50万元（不含）房地产全额抵押担保或采取分期还款方式；全款低风险担保的小额贷款。主要检查企业经营动态、抵（质）押物状况和保证人代偿能力情况等。

（4）对单户余额20万元（不含）以下房地产全额抵押担保或采取分期还款方式、全额低风险担保的小企业贷款，按季进行抽查，检查比例不低于10%。

3. 检查报告

检查完毕后，检查人应根据检查内容形成检查报告，提出建议或措施后，报告检查负责人。对发现客户经营活动发生重大变化或发生危及公司信贷资产安全因素的，应及时向检查负责人报告。由检查负责人提出具体处理意见后，视情况对重大风险事项及时报告上级。

八、贷款催收

（一）人　员

贷后管理监测人员和催收人员。

（二）职　责

1. 贷后管理监测人员

负责贷款催收工作的组织和督导。

2. 催收人员

负责在规定时间对出现违约的小额贷款借款人和保证人进行催收。

（三）任职要求

催收人员应当具有小额贷款从业资格。

（四）操作基本要求

催收人员根据监测人员提供的违约借款人名单进行催收，以避免相关债权超过诉讼时效。催收方式包括：

1. 电话催收

催收人员的电话催收。对分期还款逾期客户监测人员应通知催收人员进行人工电话催收，并及时记录有关信息，对电话催收发现号码空号或错误等情况的，要通过上门查找等方式积极查找借款人的有效联系方式，并在档案中增加更新的借款人信息。

2. 上门催收

（1）填写催收通知书，送达违约借款人和保证人签收。对一次性还款客户，贷款逾期1个工作日后，催收人员须上门催收；对分期还款客户，贷款逾期30天的违约贷款，在违约30天的当日上门催收；贷款采取保证方式的，应同时对保证人一并进行上门催收。上门催收时应同时送达填写好的催收通知书要求借款人或保证人签收，并将催收通知书回执带回。如遇借款人或保证人拒绝签收，可结合公证催收、邮寄催收和委托律师催收等方式。

（2）记录整理上门催收情况。催收人员应对上门催收情况进行详细记录、整理，连同催收通知书回执一并存档。

3. 对催收效果跟踪分析

催收人员要按月监测催收工作情况，跟踪违约借款人还款情况，形成催收工作业绩表，提交负责人。

4. 对于催收无效、形成不良贷款的，应按规定及时移交法律人员，通过诉讼、抵押物拍卖、以物抵债、核销等方式收回贷款。

第五章　小额贷款公司的信贷调查

小额贷款的信贷调查是信贷工作的重要环节。要对申请贷款的客户进行全面的情况了解，在所在的技术方法中，贷款调查是最重要的。

第一节　信贷调查的重要性

这里所指的贷款调查主要是指实地调查。

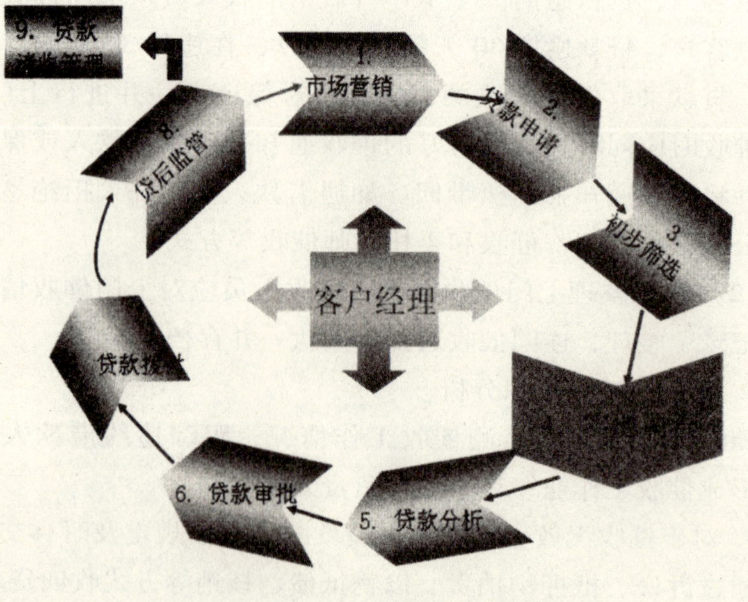

图 5－1　实地调查在信贷流程中的位置

一、实地调查在信贷流程中的位置

作为从事信贷工作的客户经理，你可以在小额贷款公司经营场所当面询问客户或通过电话询问客户很多信息，也可以要求客户将诸多的资料带到小额贷款公司，但客户家庭和生意最丰富、最生动、最真实的信息只有在你到现场后才能有最直观的感受。正所谓“百闻不如一见”！

二、实地调查在信贷流程中的作用

对一个公司的把握，主要的方法手段也不外乎是理论分析和实证调研，理论分析为基础，实地调研可以作为理论分析的补充和印证。

一个公司，在产、供、销、人、财、物各个环节都有规律，公司的未来发展变化固然不是完全确定的，但是公司未来的发展，必然是被产、供、销、人、财、物各环节的规律所支配的。企业成长和发展是有规律的，如果你研究一个公司，不了解行业的规律，不了解公司经营的特征，你就不可能认识这个公司，而通过对这个公司的基本经营规律的理解学习和把握，你大概可以知晓公司的未来状况，所以公司分析过程中，掌握商业规律，掌握经营规律，掌握竞争规律，掌握企业发展之道是一个必需的前提，没有这些基础的知识，就没有办法认识这个公司，有了这些基本规律，你就可以通过分析推理预判企业的未来，否则你根本无从了解企业的整体情况。

而要掌握和了解这些知识，除了学习外，就必须靠实地调查来得到。

实地调查是整个信贷流程中的一个核心环节，是贷款行政成本最高的一个环节，因此只有通过了初步筛选的申请客户，才会对其进行现场调查。实地调查也是控制信贷风险的最关键一步，因此小额贷款公司需要合格的经过良好培训的信贷员和过硬的调查技术。

第二节 信贷调查的方法

信贷调查主要指信贷业务人员的实地调查，实地调查是在周详严密的计划之下，由调查人员直接向被访问者或关系人搜集第一手资料的了解、证实、排疑、增信的过程。

一、实地调查常用的方法

主要有四种：

1. 观察法

由调查人员利用眼睛以直接观察具体事项的方式搜集资料。例如，调查人员到被访问者的厨房去观察食用油品牌及包装情况即是。

2. 实验法

由调查人员用实验的方式，将现象放在某种条件下作观察以获取情报。例如食品的品尝会，就是采用了实验法。

3. 问卷法

将要调查的资料设计成表之后，让接受调查对象将自己的意见或回答，填入问卷中。

4. 询问法

主要是通过调查人事先设计好的一些问题，约请被调查人和相关人员、部门直接进行对话问答的方式而收集自己所需要的资料的一种方法。

二、实地调查的步骤

实地调查的进行从确立目的到提出报告与追踪，可分为五个步骤：

1. 确立调查目的

在调查前，信贷业务部门通过资料的初审，发现问题，确定重点，避免调查方向错误。

2. 确定调查方法和架构

调查方法与架构的设计，是指在信贷调查前，将信贷调查工作项目作一完整规划，以期从最合理成本、最合宜的方式及最适当的时间来执行实地调查，进而获得最适用的企业信息。

3. 开展实地调查

采用相应的调查办法，获取相应的信息和资料。

4. 整理调查资料，形成初稿

（1）编　辑

剔除不可靠、不准确及与调查目的无关的资料，使剩余资料都为有排列性、可靠的、有参考价值的资料。

（2）汇总及分类

将调查资料先行大类分门别类加以汇总，再将大类资料依调查目的需要，更为详细分类。

（3）制　表

将分类后资料分别进行统计及汇总，并将汇总结果以统计数字形式表示。制表方式分为：

①简单制表，是将答案一个一个分类而制成统计表。

②交叉制表，是将两个问题之答案联系起来，以得更多的资讯。

③多变数间关系分析，将两个以上问题之答案联系贯通起来，以得更多资讯。

（4）资料之阐释

资料搜集、整理和分析之后，最终目的是提出调查结论并解释结论的内涵。

5. 提送报告

在撰写实地调查报告时，应该对下述内容多予以加强，使报告内容更加充实。

（1）获取的信息和分析的结论应有的放矢。

（2）分析要有理有据、客观公正。

（3）提出建议必须能确实掌握企业状况及各种影响因素，使建议能为信贷评审委提供决策依据。

第三节 信贷调查的重点和具体内容

小额贷款公司对客户进行调查的重点和方法，分客户对象而有不同。针对比较正规（主要是管理体制和财务核算）的中小型企业，适用的调查重点和方法，读者可以参阅作者在《信用担保实务》（安徽师范大学出版社，2010年10月版）一书中的第七章第二节的内容；而对于不太正规（主要是管理体制和财务核算）的中小微型企业和个体工商户以及自然人的贷款调查适用以下的调查重点和方法。

图5-2 小额贷款公司人员在客户处进行信贷调查

一、调查前的准备

1. 作一个系统的思考

客户申请向小额贷款公司借钱，作为从事信贷的专业人员，你之前不认识和了解企业（他），为了做出“贷”或“不贷”的决定，你希望了解怎样的信息？

2. 你希望了解掌握的问题应该包括哪些

（1）认识企业（他是谁?）。

（2）企业（他）在哪里?

（3）企业（他）是做什么的?

（4）企业（他）品德怎么样?

（5）他的家庭怎么样?

（6）企业（他）的生意如何?

（7）企业（他）要这笔钱干什么?

（8）企业（他）能还得起这笔贷款吗?

（9）企业（他）会拿了钱“溜之大吉”吗?

3. 调查评估的核心：贷款安全性

作为贷款人只能获得有限的、确定的利息收入，因此贷款本金的安全是所有贷款人首先考虑的因素，尽管不同的贷款人在风险偏好方面会有一定的差异。

4. 影响贷款安全的因素

实地调查的主要目的，就是我们要搞清楚哪些因素影响贷款的安全性。

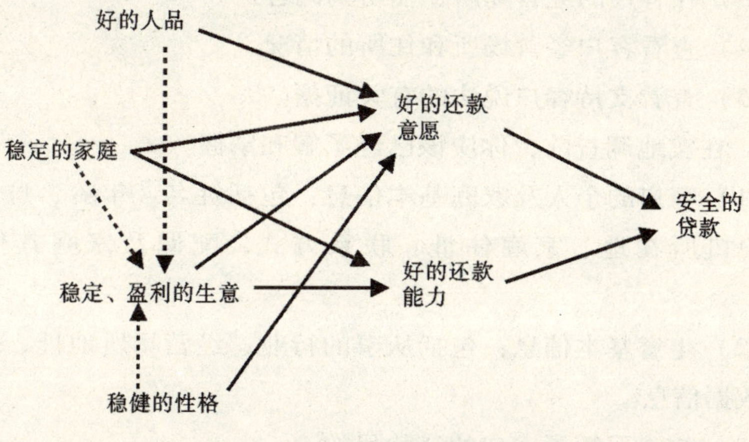

图5－3　影响贷款安全的因素示意图

这个示意图，完全反映了客户贷款安全影响的全部因素。任何一个方面都是我们调查中不能忽略的。

5. 贷款评估需要的信息

归纳起来，贷款评估需要的信息主要应该有以下几个方面：

表5－1 贷款评估需要的信息

收集	评估
• 关于客户家庭及生意的客观性非财务信息 • 关于客户人品的主观性非财务信息 • 客户家庭及生产方面的财务信息	• 品质 • 诚信和商誉 • 贷款需求 • 偿还能力 • 潜在风险

6. 牢记的问题

贷款评估和分析需要的是关于客户个人、家庭及其生意的全面信息，而不仅仅限于简单的财务数据。

7. 如何获取信息

（1）在小额贷款公司经营场所询问客户。

（2）电话询问客户。

（3）在客户的经营场所、住所询问客户。

（4）查看客户经营场所和住所的情况。

（5）查看支持客户说法的有关证据。

8. 在实地调查前，你应该已经了解和掌握

（1）客户的个人及家庭基本信息：包括姓名、年龄、身份证号码、户口所在地、家庭住址、联系方式，配偶及家庭其他成员情况。

（2）生意基本信息：包括从事的行业、经营场所地址、总体的经营数据信息。

（3）初步了解了客户的贷款目的。

（4）核查了客户的身份。

（5）查询了客户的征信。

（6）通过接待受理，对客户形成了初步的印象和判断。

（7）通过可能的途径对客户做了侧面的了解（如有可能）。

（8）如对客户所从事的行业不了解，通过可能的途径获取了相关的基本行业知识。

（9）对获取的资料和信息做了初步的分析。

（10）对现场调查的步骤和流程做了规划，对调查的重点和流程做到心中有数。

二、现场调查的流程

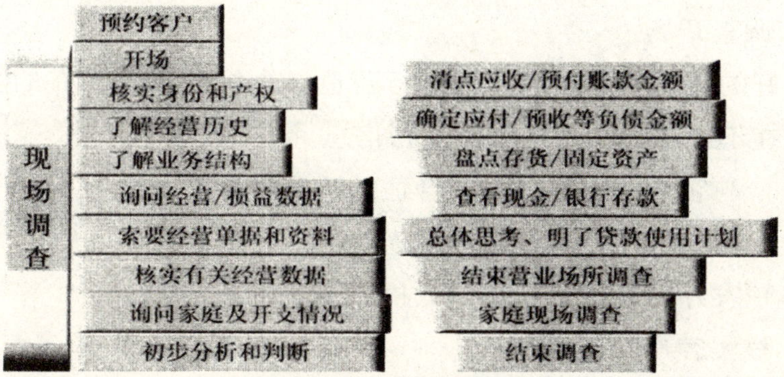

图5-4 现场调查流程

1. 预约客户

（1）预约客户的重要性

良好的预约是成功调查的第一步，很多信贷员希望对客户进行突击调查而不喜欢提前预约客户，但实际情况是这种做法收效甚微且严重影响调查工作的效率，并且让客户觉得很“唐突”，因此我们建议在进行现场调查前一定要与客户进行预约。

突击调查一般用在经过初步调查后，对有些问题产生怀疑，客户又不太配合的情况下使用。使用时要相对谨慎，避免把事情搞僵。

（2）预约客户的步骤

①自我介绍。

②确认申请。

③约定时间：询问客户是否有时间；告诉客户你需要占用他多长时间。

④提醒客户你会问详细问题。

⑤告诉客户你会去他家看。

⑥告诉客户你需要看到的文本材料：包括营业执照、房产证、购房合同、租赁合同、进货单、销货单或记录、户口簿、身份证等。

⑦询问具体路线的确定。

2. 调查开场

良好的开场可以为调查的进行营造一个好的氛围，有的时候甚至可以在不经意间获得重要的经营信息。

（1）与客户寒暄问好，有合适的话题可稍微恭维一下客户。

（2）四处打量，对经营的规模和范围有个大概的了解。

（3）友好的聊天，让客户放松。

3. 核实客户身份和产权

（1）身份核实。

（2）查看营业执照：包括现在的和过去的。

（3）查看租赁合同及缴费凭证：包括现在的和过去的。

（4）核实经营地址、经营范围、经营时间等。

4. 了解客户经营历史

（1）何时开始经营？

（2）客户在开始此经营前是做什么的？

（3）初始投资是多少？资金来自何处？

（4）从经营开始到现在每年的留存收益（净利润减去家庭开支）是多少？

（5）从开始做生意以来借过钱吗？

（6）如果借过，已经还了钱吗？

5. 了解客户业务结构

以一个贸易型客户为例：

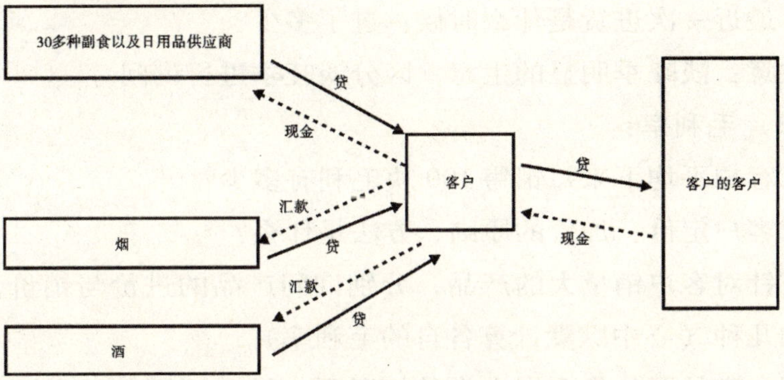

图5-5　了解业务结构

6. 询问客户经营和损益数据

（1）销售额：

①去年的总销售额是多少？

②今年到目前为止的销售额是多少？

③好的、差的、一般的季节各是什么时候？

④好的、差的、一般的月份分别可以销售多少？

⑤上个月的销售额是多少？

⑥本月到目前为止销售了多少？

⑦一周好的和差的营业日各是哪些天？

⑧客户的营业时间有几个小时、什么时段卖得好？

⑨今天到目前为止的销售额是多少？

⑩哪几种产品的销量最大、分别占总销售额的多少？

⑪主要产品的平均价位在什么水平？每个月（或年、周、天）销售多少？（数量或金额）

（2）进货：

①不同产品的进货频率分别是多少？

②每次进货量（数量、金额）。

③从打款到收到货要多长时间？

④一般存货最低保存多少？（够多长时间的生产、销售）

⑤上个月进了多少货？

⑥最近一次进货是什么时候？进了多少？

注意：淡旺季明显的生意，区分淡旺季进行询问。

（3）毛利率：

①客户平均下来每销售 100 块毛利有多少？

②客户定价、加价的原则、方法是什么？

③针对客户销量大的产品，分别询问产品的进价与销价，尽可能多问几种（心中默默计算各自的毛利率）。

④在产品可分为不同大类的情况下，针对不同的种类，分别选择有代表性的产品询问。

（4）固定费用：

①客户生意上一个月的固定开销有多少？

②一个月租金是多少？

③有几个员工？各自做什么？工资都怎么发（固定工资金额、提成方法）？上个月发工资总共发了多少？

④水电、通讯、交通、税收费用各多少？

⑤还有哪些其他固定费用？

⑥您一个月至少销售多少不亏本？

（5）净利润：

①总的算下来，您一年能净赚多少？

a. 去年赚了多少？今年预计赚多少？

b. 前些年份各自赚了多少？

②以前年度有过亏损吗？如果有，亏了多少、是什么原因造成的？

7. 索要客户的经营单据和资料

根据客户的经营特点，确定可信度高的、有价值的经营单据和资料：

（1）账本。

（2）厂家年度返利和返利点的通知或文件。

（3）超市或商场的月度结算单等。

（4）进销货单据。

（5）有客户所称主要产品的单据要单独拿出。

（6）电脑记录。

（7）银行流水、汇款凭证等。

记住：要先口头询问，再索要、查看书面资料。

8. 核实有关经营数据

（1）拿到经营单据和资料后，要对所记载的数据和信息进行加总、处理、分析，并与客户口述进行比对分析。

（2）运用逻辑检验的方法和原理，对各项数据之间的逻辑一致性进行判断。

9. 询问家庭及开支情况

（1）房子是自己的吗？什么时候买的？多少钱？全款还是按揭？贷款多少？每月还多少？

（2）有车吗？什么时候买的？多少钱？有贷款吗？

（3）父母多大年纪了？在做什么？住在一起吗？

（4）几个孩子？多大了？在做什么？

（5）一年的家庭开销有多少？

①每月日常生活消费支出有多少？

②私家车一年费用多少？

③孩子上学花费有多少？

④赡养长辈一年支出多少？

⑤人情往来支出一年花多少？

⑥有哪些娱乐休闲健身方面的爱好（旅游、健身和朋友一起唱歌）？一年花费多少？

10. 初步分析和判断

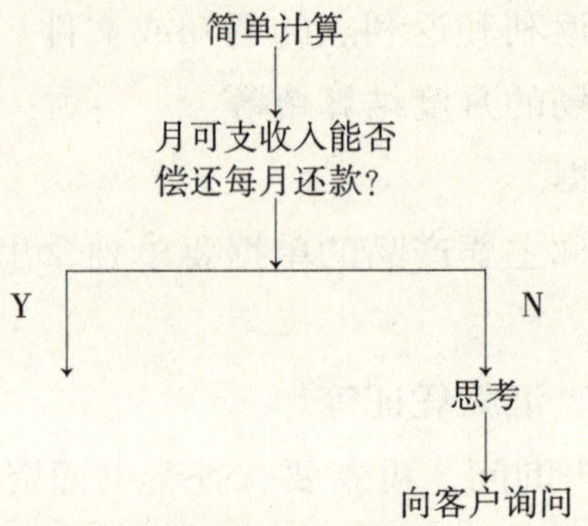

图5-6 初步分析、判断客户状况

11. 清点应收、预付账款金额

（1）应收账款：

①询问应收账款总额。

②了解主要的欠款单位和人员有哪些，各欠多少金额、欠款单位最近一次交易往来的情况、收回可能性怎么样。

③查看有关的书面凭证。

④对于金额特别大的应收账款，留下欠款人的姓名和联系方式。

（2）预付账款：

①索要已付款但尚未到货的付款凭据（告诉客户这将计入其资产，有利于贷款的审批）。

②注意付款人和收款人信息、打款时间。

12. 确定应付、预收等负债金额

（1）应付账款：

①询问是否欠供应商款项。

②查看近期进货的付款凭据进行核对。

（2）预收款项：

①询问近期会员卡的办理情况、下游客户的订货情况。

②查看有关的预收款记录。

13. 盘点存货、固定资产

（1）库存盘点：

①询问客户库存产品的价值有多少？要按主要类别分别询问存货数量和金额。

②根据价格和产品类型将存货划分为主存货种类和次存货种类。

③对存货进行分类清点。

（2）清点固定资产：

①分别询问各个固定资产的购置时间、购置价格、使用年限。

②对于生产设备，要留下整个机器和机器铭牌的影像，记下厂家名称和联系方式。

14. 查看现金、银行存款

（1）现金清点：现金是重要的“交叉检验”工具，对于现金销售比较重要的客户，一定要对其营业场所现金进行清点。

①询问其多长时间存一次。

②店面的现金是几天的销售款、这段期间从店面支出了哪些款项。

注意：不能触碰客户的现金，请客户为你清点。

（2）银行存款：

①询问客户银行存款的金额、存在哪里。

②就近找银行网点、ATM 查看其存款余额。

③询问生意往来主要用哪个账户、请其打出该账户一定时间的流水。

15. 总体思考、明了贷款使用计划

（1）对获取的业务和经营情况做一个总体的回顾，对于矛盾和有疑问的地方向客户提出，请客户解释。

（2）询问客户具体的贷款使用计划、评估其合理性。

16. 结束营业场所调查

（1）将客户经营单据和资料进行归整、对重要的、内部审批需要的资料留存影像文件或进行复印。

（2）对店面、营业场所内部、存货留存影像。

（3）询问客户所需的满足贷款用途的最小金额或能够接受的最小金额是多少？

（4）对还款的方式和期限与客户进行讨论。

（5）询问客户如果贷不到款要怎么做？

17. 家庭现场调查

（1）观察家里的环境。

（2）查看房产证或购房合同（如果有）。

（3）查看车辆行驶证。

（4）注意家庭其他成员情况。

（5）询问家庭成员是否了解贷款以及他们的态度。

（6）特别留意客户是否有不良嗜好。

18. 结束调查

（1）对客户表示感谢。

（2）向客户说明贷款还需要通过内部的审批，不能向客户做出任何贷款承诺。

（3）向客户表示会在最短时间内给客户答复，请客户耐心等待。

三、特殊类型客户的调查

1. 生产类客户调查的特殊问题

（1）生产流程：

①应该看到从原材料到最终产品的整个过程。

②机器、材料的摆放应合理，各个环节应有具备相应技能的员工。

（2）毛利率：

要全面识别主要的变动成本项目。

（3）不明用途的机器设备、设施：

要弄清楚所有机器的作用，否则你有可能忽略了一个重要的生产环节以及相应的成本。

（4）订单、销售渠道：

①是否有稳定的销售渠道。

②委托加工类是否有长期的订单。

2. 贸易类客户调查的特殊问题

最重要的是：了解客户在价值链中的作用。缺了它，其上下游之间直接交易是否会变得不经济。

3. 服务类客户调查的特殊问题

（1）主要的服务项目。

（2）服务流程和相应设备。

（3）服务质量和服务的竞争力问题。亲自体验一下，感觉如何。

（4）核心员工的技能、经验、服务时间。

四、特别注意的两个问题

1. 我要调查到什么程度

预先掌握一个可行的衡量标准：

（1）去调查之前，我对这个行业还不熟悉或较陌生。

（2）从客户那儿离开的时候，我可以作为一个经理来做这项生意或成为一个行家。

当然并不是说你要成为一个技术专家。

2. 注意沟通技巧

（1）要避免客户产生“被调查”、“被审问”的感觉。

①好的开场方式很重要。

②语气、发问方式、体态语言很重要。

③让客户觉得是你对这项业务很重视、很好奇。

（2）学会处理抱怨。

客户会说：太麻烦了，贷这么点儿钱怎么这么麻烦呢？

（3）让客户换位思考。

（4）善意微笑对待、语气平和坚定地表明这是小额贷款公司的业务流程规定。

五、注意识别“骗贷”

注意警惕危险信号：

（1）无标志牌、没有生产的厂房。

（2）闲置、随意搁置的机器设备。

（3）办公场所不适合所从事的业务。

（4）经销商办公场所无样品、无报价单。

（5）新签订的合同、格式异常的合同。

（6）客户不熟悉业务、不能准确说出所售产品价格、品种、渠道。

（7）各种书面资料都无法提供。

（8）不明身份的其他人员。

（9）员工异样的表情。

（10）客流稀少、气氛低沉的商场、市场。

（11）与所述业务不匹配的经营环境。

（12）无关键库房、厂房的钥匙、管库人员不在。

（13）不合常理的业务安排。

（14）过分地热情、超乎平常地接待。

六、间接调查

间接调查是指调查人员通过有效手段从客户之外的第三方（包

括社会征信系统、政府有关部门、金融和小额贷款公司同业、中介机构、客户上下游企业、公开媒体等）获取客户的有关信息。

调查人员应主要通过查询人民银行征信系统及有关信贷档案，了解客户及保证人用信状况及用信记录。如有必要，还可以通过到工商、税务、海关、国土、环保等有关行政主管机关以及行业协会、会计师事务所、评估机构、律师事务所等社会中介机构查询或索取相关资料，核实客户提供资料的真实性，通过咨询上下游企业（包括主要供应商和主要销售客户）和竞争对手，侧面了解客户和保证人的实力、生产、经营、信用、同业地位等状况。通过收集报刊、杂志、电视、广播、互联网等公开媒体上有关客户及保证人的报道，获取相关信息。

对公证机关、司法机关、行政机关及其他具有公信力的社会机构、人民团体提供的法律文书、行政公文、证明书、信函等原件可直接采信；对复印件须与原件核对一致后方可采信；对客户和担保人提供的身份证明、主体资格、财务状况等信息、资料须经核实后方可采信。

七、分析和论证

在通过调查获取到完整、真实、有效信息的前提下，调查人员应针对行业、资信、业务、财务和其他非财务因素进行综合分析，对信贷业务的必要性、可行性、风险程度和风险防控措施进行论证，主要应包括以下内容：

（1）合规性认定：借款申请人及保证人主体资格是否合法合规；项目的各种合法手续是否完备；申请用途是否合规、合理；相关条件是否符合监管部门的各项要求。

（2）安全性认定：第一还款来源是否充足、稳定，客户是否符合小额贷款公司的准入条件、客户生产经营是否正常、客户信用风险是否控制在合理的水平、客户未来的现金流能否保证按期偿还；

是否落实了第二还款来源，担保是否合法、足值、有效。

（3）预期综合效益分析：收益是否能够有效覆盖信贷业务可能的风险损失。

（4）风险控制措施：针对各类风险，是否落实了或能够落实切实有效的风险控制措施。

第四节 信贷调查报告的撰写

（一）综合分析

是在核实资料和实地调查的基础上，对已经获取的信息进行综合判断、分析、比较和评价，主要有以下几个方面。

（1）分析、判断申请贷款人的主体资格。

（2）分析经济环境对贷款项目和申请贷款人的影响，主要包括：项目产品在行业中的地位，产品经济寿命期，技术、工艺先进程度，市场及行业状况和市场竞争能力，市场风险程度及政府调控政策等。

（3）分析申请贷款人的还款能力。通过财务分析，掌握申请贷款人的财务状况和偿债能力，预测其未来发展趋势。财务分析的主要内容：

①偿债能力。

②盈利能力。

③营运能力。

④发展能力。

（4）分析担保人的担保资格和担保能力。重点分析担保方式的可操作性，抵押、质押是否合法合规，与抵押物、质押物的流动性相关的预期变现难易程度、交易成本和价格的稳定性和可预见性。

（5）基本风险度分析。它是风险评估的重要内容，只有准确衡量企业信用风险的大小，才能有效控制风险，最大限度地减少损失。基本风险度分析是专门的技术分析方法，这里只作简单介绍。

表5－2　贷款客户风险度评估得分情况表

序号	项目内容	分数	得分
1	偿债能力	20	
	报表盈利	5	
	资产比例（现金流及固定资产）	10	
	企业法人个人资产状况	5	
2	企业素质	20	
	企业管理人员配置	5	
	领导素质	10	
	组织制度健全	5	
3	行业发展前景分析	10	
4	信用状况	10	
5	信息披露状况	10	
6	对外债务状况（贷款次数、欠款比例）注	10	
7	提供的反担保	20	
	信用反担保	5	
	抵押反担保	10	
	其他反担保	5	
8	合计得分	100	

注：第一次贷款者可优先考虑。

（二）撰　写

调查结束后，调查项目组要在一天内整理资料、综合分析，撰写出《信贷调查报告》，向信贷业务部经理提交。担保调查报告要求内容翔实、论据充分、观点鲜明；既有定性分析、又有定量分析；既有总量分析、又有明细分析。

调查报告的主要内容：

1. 所采取的调查方式

基本可以认定真实的相关资料及认定的依据，无法认定是否真实的相关资料及无法认定的原因。

2. 客户基本情况及主体资格

包括客户历史沿革，法人治理结构，注册资本，实收资本，主要投资人及出资金额、比率和出资方式，经营范围，经营管理者素质及品行，主要关联企业等情况。

3. 行业状况及市场分析

客户所处行业属性、行业地位及市场占有率、生产技术和工艺、产品质量及供销渠道、经营发展战略和策略等非财务因素分析。

4. 客户信用情况分析

包括客户开户情况、客户在银行和其他金融机构的授信及用信情况、历史信用记录、在开户银行的日均存款及结算量等情况分析。

5. 客户财务状况、经营效益分析

客户近年来及当期的资产负债状况、经营效益、或有负债及现金流分析与预测，进行财务分析和评价，分析其连续性、合理性及可信性。

6. 具体业务分析评价

申请贷款的合规性、真实性、合理性及还款来源充足性分析与评价，包括贷款申请是否符合法律法规、产业政策及其他内外部监管规定；申请用途是否反映了客户的真实信用需求；贷款申请是否与客户的经营规模、经营特点、发展计划和生产周期等因素相一致等，是否超出了客户的支付能力；还款来源是否充足，还款计划是否合理，是否能够与客户现金流预测相对应等；贷款项目的基本情况、技术先进性及适用性、项目合法性、项目可行性、资金落实情况、产品及市场评价等。

7. 担保情况及担保能力分析

（1）采用信用贷款方式的，重点说明采用此方式的理由及是否符合信用贷款的相关规定。

（2）采用第三方连带责任保证方式的，重点分析保证人的保证资格、资信状况、代偿能力及对其他企业现有的有效担保情况。

（3）采用抵（质）押方式的，重点分析抵（质）押物的物类、权属、价值、流动性（变现能力）、可控性、抵（质）押率。

8. 综合效益分析

包括信贷业务带来的直接收益（利息收入和手续费收入等）以及通过信贷业务可能带来的间接收益等。

9. 可能存在的风险及风险防控措施

简要分析贷款申请人生产经营风险状况及相应的防范措施。包括贷款申请人在生产经营过程中存在的行业、市场、经营等风险，管理层已经采取或准备采取的措施及效果，其他风险及拟采取的措施。针对主要风险因素小额贷款公司拟采取降低或规避风险的措施。

10. 是否同意办理该项业务

对信贷业务种类、金额、期限、利率（费率）、担保方式、还款方式和限制性条款（贷款发放条件、贷款支付条件等，下同）或合同加列条款、管理要求等提出意见和建议。

第六章　小额贷款公司的信贷经营

小额贷款公司的信贷经营是小额贷款公司经营的核心所在，它关乎小额贷款公司的经营客户的选择、经营模式的定位、经营风险的防范、效益的好坏、资产质量的优劣。

第一节　客户的财务分析

一、分析的重点

小额贷款公司贷款的客户群体大多是中小微型企业和自然人。由于诸多原因，中小微型企业的财务行为普遍不规范，普遍存在销售不全部入账、会计记录不全，企业资产和个人资产难以区分的现状。而且基于不同利益的诉求，中小微型企业提供给社会各个层面的财务报表都各不相同，真实性难以确认。作者在实践中发现：大部分信贷人员在中小微型企业贷款贷前调查中拘泥于客户提供的资料，就报表分析报表，不调查、不核对、不核实，造成贷前调查失实，人为增加了信贷风险。贷前调查作为贷款发放的第一道关口，是信贷决策最重要的环节，掌握企业财务资料的真实性问题直接关系到贷款决策的正确与否。如何解决信贷调查中的信息不对称问题，尽可能摸清中小微型企业真实情况，为贷款的决策提供准确可靠的依据，主要应从以下几点着手：

（一）深度解读报表账面数字，不为表面现象所迷惑

出于纳税申报的需要，一般纳税人大都能提供财务报表，读懂报表、甄别信息真假是对信贷人员最基本的要求。

1. 核对报表，看数据是否衔接

将报表数与账簿记载数核对，账簿记载数与记账凭证核对，本期报表与上期（上年末）报表核对，主要看数据是否一致、前后是否衔接；对新办企业、有在建工程项目的单位要审核凭证，查看实际投入（付款）情况等。通过这一系列的核对可以初步判断出企业是否有做假的现象。

2. 察看提留，了解企业财务状况

坏账准备、固定资产折旧、应付工资、应付福利费、应交税金、预提费用等是否按实计提，年末是否按规定进行利润分配，经营情况好的企业，为合理避税一般都能最大限度提留，而经营情况不好的企业，为得到贷款支持，往往不计提或少计提，以使账面利润好看一些。

3. 核对往来，了解企业信用状况和产品质量

以电话、函件、上门等方式向小企业往来协作的上下游企业核实其应收账款、其他应收款、应付账款、其他应付款。通过应收账款的核实，了解拖欠其货款的原因，从侧面掌握其产品质量、竞争力和市场前景；通过对应付款项的核实，了解企业拖欠他人货款的原因、时间长短等情况，摸清企业的一贯信用程度和偿债能力。

4. 盘点实物，摸清家底是否殷实

盘点存货及实有固定资产并与其账面数进行比较，尤其关注企业固定资产入账情况。仔细分析其固定资产入账的真实合理性。估价入账的，估价是否合理？少入账、未入账部分是租赁资产还是没有付款或是分期付款？还是为避税的利益驱使而不入账或通过计入配件、原料等方式已从成本中列支？

（二）充分利用各种基础档案资料，全面揭开小企业经营的真面目

仅仅分析一个时点的数据往往看不出眉目，必须对比分析企业各期的财务数据。一是纵向分析企业数据资料。以企业用电量、实交税金、实发工资等为切入点通过对企业数据资料的纵向历史分析了解其生产、经营、销售现状和盈利能力，掌握企业真实的财务资料。通过用电量、用水量分析，了解其生产量和开工率变化情况，对比存货变化情况，可大致了解其实际生产、销售情况；通过实际经营纳税（查补税款不算）分析，了解其产品销售和盈利能力变化情况；通过实发工资额度、发放工资时间分析，了解其现金流是否充足，从业人员是否稳定。二是横向进行同行业对比分析，以及与行业均值对比分析。通过横向对比分析了解其管理水平如何，生产设备、生产工艺是否落后。实交税金、用电量和用水量从税务部门、电力部门、供水部门可直接查到，工资发放情况通过代发工资也能掌握，真金白银的支出是真实、有用的信息，公司信贷人员要勤于收集信息，善于分析利用。

（三）关注企业现金流量，剖解资金缺口成因，信贷资金用得其所

现金流量包括筹资、经营、投资三种活动现金流量。小企业一般不编制现金流量表，信贷人员要学会根据企业提供的资料编制、区别分析企业现金流量，尤其注意分析经营活动现金净流量为负数时是囤积原材料还是产成品积压，是应收账款增加还是预付账款增加，是长期为负还是销售淡季暂时为负等等，切不可因经营活动现金净流量为负数就将企业一棍子打死。通过对筹资、经营、投资三种活动现金流量分析，充分披露小企业客户信息，了解其资金流向，弄清资金缺口的真实成因，为贷款决策提供尽可能多、尽可能准确的信息，以服务公司决定贷与不贷，贷款额度大小和贷款期限，防止决策失误，造成信贷优质客户的流失，或信贷投放的风险。

二、具体分析

（一）核实并还原财务状况的真实性，判断企业偿债能力

1. 原则上要求企业提供经会计师事务所审计的年报，核对审计报告原件，认真阅读审计意见和审计报表附注。

2. 注意各期财务报表期初数与期末数是否对应，对于期初与期末不能衔接的，应进一步了解原因，以判断财务报表的真实性。

3. 通过分析调整后的资产负债表、损益表、现金流量表有关科目之间的相互关系，如销售收入与增值税、销项税、借款与财务费用、长短期投资与投资收益等的对应关系，初步评判财务报表数据的可靠性。

4. 通过咨询、查账等手段尽量剔除流动性不强、难以成为还款来源的资产，如待摊费用、待处理损失、无形资产、形成呆滞的投资、1 年以上的应收账款、其他应收款及长期积压的存货等，还原真实的资产流动性。

5. 根据实地调查和对财务报表进行分析的结果，对企业提供的财务报表进行必要调整。

6. 将财务分析的结论同实际调查的有关定性情况进行比较，财务分析结论不能解释定性分析调查结论的，要进一步分析原因。

（二）经济实力分析

通过比较申请人在行业中净资产额、资产总额、固定资产总额、销售额、净利润等状况分析其经济实力和抗风险能力。

（三）经营能力分析

通过测算和比较销售利润率、净利润率等指标对申请人的赢利水平、赢利稳定性和持久性作出分析和判断。通过测算和比较应收账款回收期、存货周转率、应收及存货增长是否超过销售收入的增长等因素，对企业经营能力进行判断。

（四）负债结构分析

通过测算与比较资产负债率、齿轮比率、长短期负债结构、银行负债明细，分析并判断公司负债总量、结构是否合理、偿债能力是否充足。

（五）变现能力分析

通过测算与比较流动资产的质量及流动比、速动比和银行借款等刚性负债占流动负债的比重，分析并判断企业偿债压力以及短期偿债能力。

（六）现金流量分析

通过计算过去、预测未来的经营活动、投资活动、筹资活动现金流入、现金流出和净流量的情况，分析申请人现金流量的历史状况及还款情况，判断申请人的还款资金来源及其稳定性，确定其是否具备还款能力。

对于短期贷款业务，应重点分析正常经营活动的净现金流量是否足够偿还贷款。对于中长期贷款业务，应重点分析未来的经营活动中是否能够产生足够的净现金流量偿还本息，并在充分调查和分析的基础上，结合企业的经营计划、财务预算，编制《现金流量预测表》。

根据上述对经济实力、经营能力、资产负债结构和现金流量的分析和风险度测算，综合评价申请人是否具备再举债能力和到期偿还贷款能力。

第二节 客户贷款额度的核定

一、借款用途和还款来源确定与分析

1. 通过实地调查的结果，分析企业财务状况和现金流量，分析申请人直接的、真实的借款用途，判断该用途是否合法合规，是临

时性周转还是铺底性资金，是用于生产经营还是用于偿债纳税。

2. 还款来源的确认和分析

根据对申请人还款能力和未来现金流量的预测，落实还款来源的可靠性。如果还款来源依赖于与贷款用途有关的某笔交易顺利完成，应重点了解该笔交易顺利完成的可能性；如果还款来源属于某项非经营性的现金收入，应重点了解该笔现金收入来源是否可靠。

通过上述调查分析，确认申请人还款计划的合理性。

二、流动资金贷款需求量和贷款额度的核定

流动资金贷款需求量应基于借款人日常生产经营所需营运资金与现有流动资金的差额（即流动资金缺口）确定。一般来讲，影响流动资金需求的关键因素为存货（原材料、半成品、产成品）、现金、应收账款和应付账款。同时，还会受到借款人所属行业、经营规模、发展阶段、谈判地位等重要因素的影响。借鉴银行业金融机构根据借款人当期财务报告和业务发展预测，按以下方法测算其流动资金贷款需求量：

1. 估算借款人营运资金量

借款人营运资金量影响因素主要包括现金、存货、应收账款、应付账款、预收账款、预付账款等。在调查基础上，预测各项资金周转时间变化，合理估算借款人营运资金量。在实际测算中，借款人营运资金需求可参考如下公式：

营运资金量 = 上年度销售收入 ×（1 − 上年度销售利润率）×（1 + 预计销售收入年增长率）/营运资金周转次数

其中，营运资金周转次数 = 360/（存货周转天数 + 应收账款周转天数 − 应付账款周转天数 + 预付账款周转天数 − 预收账款周转天数）

周转天数 = 360/周转次数

应收账款周转次数 = 销售收入/平均应收账款余额

预收账款周转次数＝销售收入/平均预收账款余额

存货周转次数＝销售成本/平均存货余额

预付账款周转次数＝销售成本/平均预付账款余额

应付账款周转次数＝销售成本/平均应付账款余额

2. 估算新增流动资金贷款额度

将估算出的借款人营运资金需求量扣除借款人自有资金、现有流动资金贷款以及其他融资，即可估算出新增流动资金贷款额度。

新增流动资金贷款额度＝营运资金量－借款人自有资金－现有流动资金贷款－其他渠道提供的营运资金

图6－1　小额贷款公司创新贷款方式，竭诚服务大学生

3. 需要考虑的其他因素

（1）应根据实际情况和未来发展情况（如借款人所属行业、规模、发展阶段、谈判地位等）分别合理预测借款人应收账款、存货和应付账款的周转天数，并可考虑一定的保险系数。

（2）对集团关联客户，可采用合并报表估算流动资金贷款额度，原则上纳入合并报表范围内的成员企业流动资金贷款总和不能超过估算值。

（3）对小企业融资、订单融资、预付租金或者临时融资（过桥融资、保证金融资）等情况，可在交易真实性的基础上，确保有效控制用途和回款情况下，根据实际交易需求确定流动资金额度。

（4）对季节性生产借款人，可按每年的连续生产时段作为计算周期估算流动资金需求，贷款期限应根据回款周期合理确定。

第三节 小额贷款公司的信贷经营模式

由于小额贷款公司在我国发展的时间很短，小额贷款公司的信贷经营模式仍然处在不断创新和探索之中，小额贷款公司经营模式的定位虽然还不成熟，但已经显示出了它的强大生命力和发展前景。

一、小额贷款公司的经营范围

小额贷款公司的业务主要以小额贷款为主，同时可以办理一些信息咨询、管理、财务顾问等的业务。

二、贷款模式

在经营模式上，针对不同的客户和客户群，采取各具特色的贷款形式，为客户设计有效、灵活、高效的多模式的经营方式。

目前，小额贷款公司在全国范围内发展较快，盈利模式的设计千差万别，一般来说，没有两家小额贷款公司的盈利模式是相同的。

（一）根据贷款主体分类

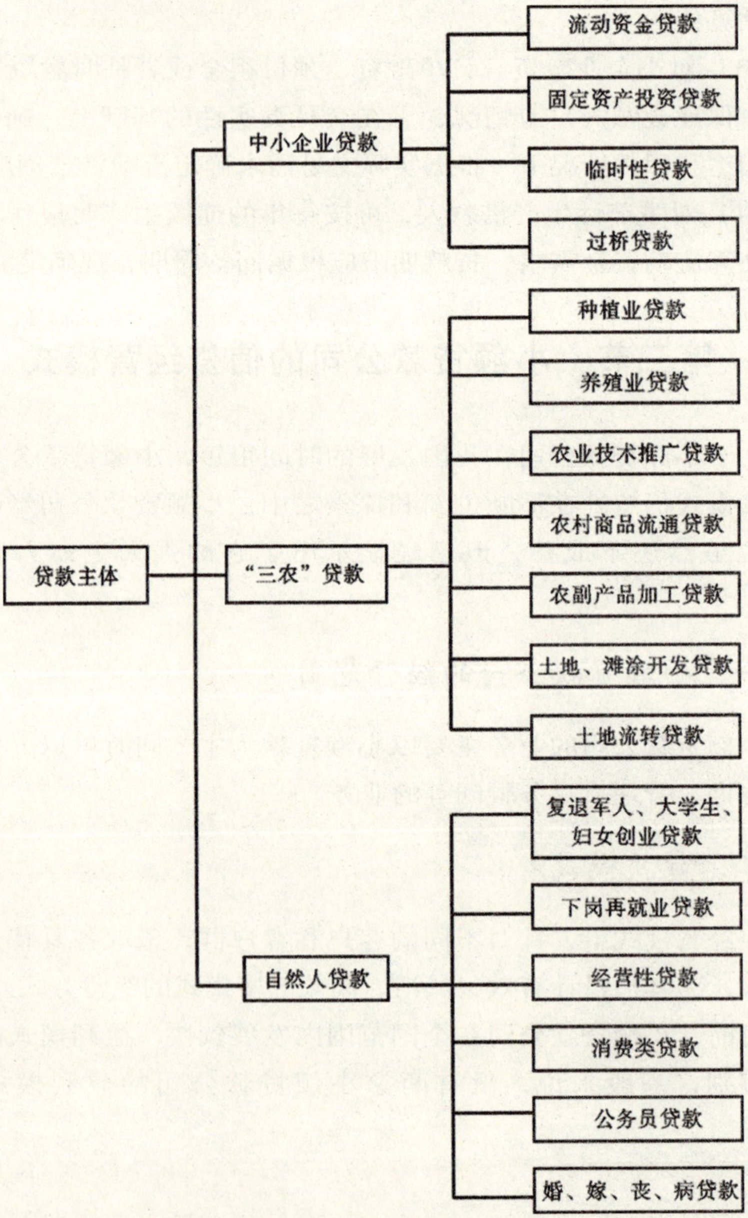

图6－2　根据贷款主体分类

（二）根据贷款品种和担保方式分类

研究表明，以下几种以担保方式为基础的贷款模式占有主要地位：

1. 为“三农”设计的贷款主要方式

（1）“公司加农户”贷款：

“公司加农户”贷款，概括地说就是农户贷款、公司担保，具体地是指小额贷款公司对农村区域从事种植、养殖、畜牧、农副产品加工等农户发放的、由与其签订订单协议的农副产品收购加工公司提供连带责任保证担保的生产经营性流动资金贷款。

（2）“公司加专业合作社加农户”贷款：

“公司加农民专业合作社加农户”贷款，就是以农民专业合作社为龙头连接的公司和农户中，任一主体贷款，其他方提供连带责任保证担保的生产经营性流动资金贷款。

（3）联保贷款、互保贷款：

联保贷款，最少3户、最多不超过10户的数家企业组成联贷联保业务联合体，小额贷款公司对这一联合体中的每户企业进行尽职调查，并形成联合担保意向。小额贷款公司分别跟每户企业签署联贷联保的保证合同，并据此向企业发放贷款。

互保贷款，就是由小额贷款公司倡导，3户以上农户在相互了解基础上自愿进行的农户互助担保，而由小额贷款公司向其发放贷款的方式。

城市的中小企业联保、互保贷款方式基本与此相同。

（4）乡、镇（村）负责人承诺签字贷款：

乡、镇（村）负责人承诺和签字，主要是针对农村的客户。有的客户在镇、村的开发区或集中区支付了价款购买了土地甚至盖了厂房，但一时办不了权属证明，通过镇、村负责人承诺和签字，一是从管理的角度给客户一定的压力；二是如果出现贷款偿付问题，承诺以土地价款支付给小额贷款公司。

（5）城镇土地、房产集体所有权的抵押贷款：

《担保法》明确规定土地所有权和集体土地使用权不得抵押。但在两种情况下可以例外：

一是由抵押人依法承包并经发包方同意抵押的荒山、荒沟、荒丘、荒滩等荒地的土地使用权可以用于抵押；

二是以乡（镇）、村企业的厂房等建筑物抵押的，其占用范围内的土地使用权同时抵押，但乡（镇）、村企业的土地使用权不得单独抵押。

在这两种情况下，实行土地所有权和集体土地使用权抵押给小额贷款公司而发放的贷款。

（6）生物性资产抵押模式：

①动物性资产抵押模式。

主要是"三农"中从事养殖的企业、专业合作社和自然人贷款时，以养殖的生物（家禽、家畜）进行质押担保贷款的一种方式。

②植物性资产抵押模式（也称为农村土地收益权抵押贷款）。

由土地经营人或承包人将一定期未来土地上植物（庄稼、蔬菜、花果木）的收益权，经小额贷款公司价值评估确认后，抵押给小额贷款公司，从而取得贷款的一种方式。

（7）土地经营权流转贷款：

土地承包经营权流转贷款是指农民将自己土地承包经营权转让于小额贷款公司，由小额贷款公司依据土地承包经营权价值发放给农民一定额度的贷款。在贷款期限内，土地承包经营权归公司所有，由小额贷款公司无偿将土地经营权提供给借款人使用，在贷款到期归还后，土地承包经营权重新归还借款人，对于借款人到期未按时归还贷款的，由小额贷款公司通过交易中心进行公平、合理、合法的处置该户土地承包经营权。

（8）林权抵押贷款：

借款人以其拥有的或第三人拥有的林权进行抵押担保获得贷款

的一种方式。

2. 产业链模式

就是由龙头企业或行业协会发起成立，主要为解决企业上下游产业链以及行业协会中的中小企业融资贷款。

这种模式由于贷款对象多为企业上下游产业链条上的企业，互相知根知底，风险可控。高科技龙头企业上下游的企业也多为有一定科技含量的新兴产业，大力发展该类小额贷款业务服务于新兴产业，与当前国家和地方政策十分契合。

3. 集团内部服务模式

集团内部服务模式，是指由集团出资成立的小额贷款有限公司模式进行的贷款服务。小额贷款公司采取集团客户的模式运营，集团公司作为主发起人，集团会根据常年与客户交往所掌握的信用状况、发展前景、团队实力等，对客户进行排序，并据此决定是否贷款及贷款多少。

在这里，有一种专门的房地产服务模式，应该是可以归于此类的。只不过他们的联系属于松散型的。

4. 公务员保证贷款

国家公务员保证贷款是小额贷款公司为满足国家公务员、小企业、个体工商户和有合法经营背景的自然人生活、生产经营中的资金需求，采用两名或两名以上国家公务员保证的担保方式而发放的贷款。

5. 中小企业仓单质押贷款

中小企业仓单质押信贷业务是指小额贷款公司与出质人、保管人签订监管协议，以保管人填发的出质人的存货仓单为质押，为借款人办理的信贷业务。

6. 应收账款质押贷款

根据中国人民《应收账款质押管理办法》办理应收账款质押而由小额贷款公司发放的贷款，是指借款人以其自有的或第三人的应收账款债权向小额贷款公司设定质押担保，以获得贷款满足其资金需要的行为。

以将应收账款质押进行登记，从而从法律关系上保障了质权人的利益。在实际操作中，应收账款质押关键问题涉及两方面的信用，首先是贷款人信用，其次是应收账款的债务人的信用。

7. 小额信用贷款

小额信用贷款（Micro-credit loans）是以个人或家庭为核心的经营类贷款，其主要的服务对象为广大工商个体户、小作坊、小业主。贷款的金额一般为10万元以下，1 000元以上。小额信用贷款是微小贷款在技术和实际应用上的延伸。借款人不需要提供担保。其特征就是债务人无需提供抵押品或第三方担保仅凭自己的信誉就能取得贷款，并以借款人信用程度作为还款保证的。由于这种贷款方式风险较大，一般要对借款方的经济效益、经营管理水平、发展前景等情况进行详细的考察，以降低风险。

8. 城市开发区负责人承诺和签字贷款模式

主要是针对城市的客户。有的客户在城市开发区支付了价款购买了土地甚至盖了厂房，但一时办不了权属证明，通过城市开发区负责人承诺和签字，一是从管理的角度给客户一定的压力，二是如果出现贷款偿付问题，承诺以土地价款支付给小额贷款公司。

9. 补贴、优惠政策主管部门或负责人承诺和签字贷款模式

主要是符合政策规定，能够享受到国家或地方政府财政补贴和优惠政策的客户。目前比较多的是“三农”和高新技术行业的客户。当出现贷款偿付问题时，直接或间接划拨补贴款项。

10. 承诺期保证金制度

（1）以一定期限权属证明办妥后办理抵押或质押的，一方面签署承诺书，另一方面交纳贷款额5%～10%作为履行承诺的保证金。到期不办理的，保证金不再返还，同时承诺继续有效。

（2）以招、投标为目的的贷款，与招、投标方约定，一是未中

标的，及时归还贷款，二是中标的，固定期限归还，同时，以交纳保证金的形式加强履约的可能性。

11. 经营性物业抵押贷款

经营性物业抵押贷款是指小额贷款公司向具有合法承贷主体资格的经营性物业所有权人发放的，以其所拥有的物业作为贷款抵押物，并以该物业的经营收入进行还本付息的贷款。

12. 担保公司、小额贷款公司联合模式

是指有合作关系的担保公司、小额贷款公司联合为客户进行服务的模式。这种模式能为客户有效放大信用，实现客户贷款的目的，同时，由于合作双方都是专门机构，有利于对客户贷款风险的防控。

三、小额贷款公司信贷模式的具体运作和利息收取方法

（一）小额贷款贷款方式、额度、期限的确定

1. 小额贷款的贷款方式

（1）信用贷款：

无抵押、无担保。

（2）担保贷款：

保证：人的保证（自然人、法人）。

抵押：物的担保。

质押：质物的担保。

（3）票据贴现：买进未到期商业票据。

2. 贷款发放的具体方式

（1）小额、分散。

（2）分次发放、一次回收。

（3）一次发放、分次回收。

（4）一次发放、等额还款。

（5）异地客户的处理：

小额贷款公司不得跨区域经营，但是有的客户是外地的企业和法人单位，与小额贷款公司存在某种关系或客户比较优质，可以采取两种办法解决：一是在区域内确定能由客户控制的贷款人；二是由贷款人自然人在区域内办理暂住证进行贷款。

3. 小额贷款贷款额度的确定

（1）最高额限制：

同一借款人的贷款余额不得超过小额贷款公司资本净额的5%。在此标准内，可以参考小额贷款公司所在地经济状况和人均GDP水平，制定最高贷款额度限制。

（2）分散贷款人：

在商业化的小额贷款公司实际运作中，贷款经常会出现超过小额贷款公司资本净额的5%的金额，为了确保不违反规定，小额贷款公司必须采取分散贷款人来进行处理。

①关联。

贷款主体之间有亲戚或经济利益的关联。

②无关联。

贷款主体之间没有亲戚或经济利益的关联。

（3）小额、分散：

小额贷款公司发放贷款，应坚持“小额、分散”的原则，鼓励小额贷款公司面向农户和微型企业提供信贷服务，着力扩大客户数量和服务覆盖面。

各省（自治区、直辖市）根据当地经济发展水平的差异，对“小额”的规定不完全相同。如100万元以下、80万元以下等等。

4. 小额贷款贷款期限的确定

（1）短期贷款：

6个月以内的贷款。

（2）长期贷款：

1 年以上的贷款。

（3）长短结合，最高额授信。

（4）过桥贷款：

一般控制在一个月以内。

注意事项：以短期为主。

（二）利息收取的方法和技巧

（1）正常收取法：按日、按月、按季收取。

（2）提前从本金扣除法：客户自愿的收取方式。

（3）一次性最低额收取法：主要是期限极短的贷款。如有的过桥贷款，可能只需要 3 或 5 天，但小额贷款公司由于成本效益的考虑，最低需要按照 7 天来收取。

第四节　小额贷款公司的定价管理

一、定价管理的含义

小额贷款公司按照市场化原则进行经营，贷款利率上限放开，但不得超过司法部门规定的上限，下限为人民银行公布的贷款基准利率的 0.9 倍，具体浮动幅度按照市场原则自主确定。

小额贷款公司的利率定价管理应根据人民银行利率（费率）管理的有关规定，在弥补资金成本、操作成本、税负成本及风险溢价的基础上，结合同业定价水平和与客户的合作关系，合理确定信贷业务的利率和费率。小额贷款公司应在对利率合理预期的基础上，根据管理需要选择浮动利率定价方式或固定利率定价方式。

（1）贷款风险定价管理（以下简称贷款定价）是指在识别、计量贷款风险的基础上，根据经营战略、市场变化、客户资信、贷款特质、经营成本和管理需要确定贷款执行利率的管理行为。

贷款定价应充分覆盖信用风险，同时应考虑风险溢价。对信用风险定价通过科学计量贷款的预期损失和非预期损失合理定价；为规避利率风险，设置计、结息方式调节系数对贷款定价进行调整。

（2）贷款预期损失是指贷款可以预料的损失，即基于历史资料统计或同业平均水平（包括监管部门规定的最低水平），预期在一定时期内贷款可能遭受的平均损失。

（3）贷款非预期损失是指贷款不可预料的损失，即在平均损失基础上波动的贷款资产价值潜在损失。

二、定价的基本原则

贷款风险定价应在定价测算结果的基础上，以效益为中心，以贴近市场、提高市场竞争力为手段，对一般客户实行一般规范性定价，对重要客户实现个性化定价，通过差异化定价，提高小额贷款公司贷款定价的风险覆盖水平及贷款的经济效益，保障业务的可持续发展。

小额贷款公司贷款定价管理应遵循的基本原则是：在追求利益最大化的基础上，全面覆盖成本和风险，进行审慎的风险决策。

（1）追求利益最大化，是小额贷款公司生存和发展的需要，由于其贷款对象风险大，担保措施弱，促使其通过获取高收益来确定可持续的经营和发展。

（2）全面覆盖成本和风险，指贷款定价要全面考虑贷款资金成本、操作成本、预期损失、经济资本成本和利率风险成本，满足股东回报要求。同时，在风险可控的前提下，科学计量贷款风险，实行低风险低收益、高风险高收益的差异化贷款定价管理。

（3）审慎的风险决策，指通过充分识别和科学管理风险提高贷款收益，即贷款定价既要防止不计成本盲目降低贷款利率争取客户，损害自身利益，又要讲求效益和风险的统一，严禁不顾信贷风险盲目追求贷款高利率。

三、定价模式

小额贷款公司贷款定价管理在定价授权框架下，实施以定价测算为基础的主动谈判定价与行业差别定价、收取服务费用相结合的管理模式。

四、贷款定价测算方法

（一）小额贷款公司贷款定价测算方法

（1）小额贷款公司贷款需进行定价测算

中小企业贷款定价主要考虑以下因素：小额贷款公司经营成本及收益要求、客户资信及行业与区域风险、贷款特质、市场价格等，同时兼顾小额贷款公司发展战略、同业竞争态势、与客户合作关系及前景等因素。

（2）对授信额度及循环使用额度内统一定价，以及新客户首次发放贷款定价需逐户进行测算，企业资信、贷款条件发生变化，对贷款风险产生不利影响的，需重新进行定价测算。定价测算是为了确保贷款定价充分弥补资金成本、操作成本、税负成本、预期损失和资本成本，并获取目标利润。定价测算的结果是对该客户贷款的执行利率低限，小额贷款公司应在此基础上尽量提高贷款收益。

（3）逐户测算定价的公式为：

测定贷款定价＝贷款定价基准＋贷款定价调节系数＝（资金成本率＋操作成本率＋税负成本率＋预期损失率＋股东回报要求的最低贷款收益率）＋（客户竞争程度调节系数＋客户款归还率调节系数＋还款方式调节系数）

（二）区别定价方法

1. 浮动利率

对不适用定价测算定价的贷款由小额贷款公司自行制定相应的贷款浮动利率。

以下客户贷款执行基准利率的3～4倍的贷款定价浮动利率：

（1）以存单或国债质押方式办理的贷款。

（2）银行承兑汇票质押办理的贷款。

（3）以房地产足值抵押的贷款。

（4）以已上市股票作为质押的贷款。

2. 优惠利率

“三农”贷款、下岗再就业贷款、创业（青年、大学生、复员退伍军人）贷款执行相应的优惠利率，按基准利率的2～3倍的贷款定价进行管理。

3. 收费定价

由于小额贷款公司的特殊性，在从事信贷的过程中，不仅仅提供信贷服务，同时为了防范和化解风险，给客户提供咨询、管理服务和增值服务，可以向客户收取3%～5%的服务费用。

涉及服务收费和咨询收费的项目，要求同时为客户制作《××公司管理建议书》，做到名正言顺，收费合理。

4. 协议定价

根据市场需求状况和客户需要，采取一对一的谈判协商方式定价，只要不发生诉讼，进行较高的定价也是可行的。

第七章　小额贷款公司的贷款审查

因为风险管理的需要，小额贷款公司一般都在董事会下设立贷款审查委员会，对贷款项目决策进行审查、评议、批准，以便全面评估分析客户的信用和风险。贷款审查委员会最主要功能是根据“审贷分离”的原则，对项目进行审查、评价，作为贷款项目是否实施的决策依据。

第一节　贷款审批的基本流程

实行简易程序审批的信贷事项，由信贷管理部门或有关部门按规定直接将信贷业务以签报等方式连同相关资料提交有权审批人审批。

需经审议的信贷事项，按照以下流程处理：

1. 资料受理

按规定应提交贷款审查委员会审议的信贷业务，审查部门应将审查资料移交贷款审查委员会办公室，贷款审查委员会办公室应及时登记。

2. 要件审查

贷款审查委员会办公室对提交审议的有关信贷事项进行要件审查，对符合规范要求的信贷事项及时安排提交贷款审查委员会审议。对不符合规范要求的，应要求补充完善。

3. 会议准备

贷款审查委员会办公室要件审查合格后，原则上提前至少半个工作日将审议材料发送给参会委员，通知参会委员和汇报、列席人员按时参加会议。

4. 审议投票

会议主持人负责组织对提交集体审议的信贷事项进行审议，由审查人员汇报信贷审查报告，调查等相关人员可按要求列席并补充说明有关情况，参加会议的委员就信贷审查报告中的主要内容和突出问题进行审议并进行记名投票，审议结果为同意、复议和不同意。委员意见为不同意或复议的必须书面说明理由。

经审议认为需要对信贷方案（包括金额、期限、利率、担保方式等）、限制性条款、管理要求进行修改的，由主持人统一修改后，全体委员就修改后的信贷方案、限制性条款、管理要求进行投票表决。

贷款审查委员会办公室设立专用的记录本，专人负责对审议过程进行记录。记录人员要记录会议的次序、时间、地点、主持人、出席委员、列席人员、记录人，逐项记载审议的情况，包括审议事项、报告部门和报告人、报告内容、委员的审议发言、列席人员发言等。会议记录应由贷审会办公室列入档案管理范围妥善保管。

5. 会议纪要

在委员投票表决后，贷款审查委员会办公室根据会议记录和表决结果，形成会议纪要，会议纪要应载明会议时间、地点、主持人、参加委员与列席人员、审议事项和审议结果。同时，就逐个审议事项填制审议表，连同会议纪要一并送会议主持人签署意见。

会议主持人根据审议情况签发会议纪要，就审议事项在审议表上针对项目本身明确签署同意、不同意、复议的意见。

6. 审 批

（1）贷款审查委员会办公室将信贷事项的审议表提交有权审批

人审批，并附会议主持人签批的会议纪要和信贷审查报告等资料。有权审批人在授权范围内根据审查报告、会议纪要等资料，在审议表上就审议事项签署最终审批意见，可以提出更为严格的信贷条件（例如减少授信或贷款额度、要求追加落实担保、增加限制性条款和管理要求等），但不得放宽审议通过的信贷条件。

（2）有权审批人是指拥有信贷业务审批权限的决策人员，包括董事长、总经理、分管副总经理和独立审批人。独立审批人是指根据董事长、总经理授权，专职独立从事信贷业务审批的专业人员。

（3）贷款审查委员会审议未同意（包括不同意和复议，下同）的事项，有权审批人不得审批同意，但对于贷审会审议未否决（包括同意和复议，下同）的事项，有权审批人可以否决。

有权审批人原则上应在收到贷款审查委员会审议表等审批资料1个工作日内完成本环节审批。

7. 批　复

（1）有权审批人审批结果为同意的信贷业务，按规定由信贷业务部门通知客户，明确信贷业务种类、金额、期限、利率或费率、还款方式、担保方式、限制性条款、信贷管理要求及审批有效期等。

（2）有权审批人审批结果为复议的信贷业务，按规定进行复议。

（3）有权审批人审批结果为不同意的信贷业务，按规定由信贷业务部门通知客户，终止信贷业务运作。

8. 复　议

复议仅限一次。

（1）复议条件：

有下列情况之一的，可以进行复议：

①审批结果为复议的。

②审批结果为不同意，但经有权审批人同意的。

（2）复议程序：

对符合要求的复议事项提交复议，复议仅限一次。

①对有权审批人审批结果为复议的信贷事项，由贷审会办公室直接通知原审查部门。对审议结果为否决的项目，主任委员、有权审批人如签署复议意见，须在审议表上注明复议的理由和复议的重点内容。

②相关部门根据有权审批人提出的复议意见按规定提交复议调查报告及审查报告，贷款审查委员会办公室应对复议事项进行规范性审查，包括复议的程序是否符合规定，复议报告的内容是否符合规范要求。复议报告应包括该信贷事项情况的简要说明、上次审议和有权审批人审批中提出的问题、对这些问题调查核实和落实的情况、需补充资料的完善情况、审查部门的审查意见等。对符合要求的复议申请提交审议机构复议。

③贷款审查委员会投票结果为全票否决的，董事长同意复议的，可以复议。

第二节 贷款审查委员会的组成和职责

一、贷款审查委员会的组成

贷款审查委员会应由股东代表、高级管理层、资深业务人员、外聘行业和金融高级管理人员、外聘高级技术专家组成常规项目贷款审查委员会，定期或不定期举行会议对项目进行评审。

对于技术专业较强的项目，实施专家评审制度，组织行业专家对技术状况、技术前景及技术风险进行论证，为评审决策提供咨询和支持。

（1）被聘的评审委员要愿意承担贷款评审工作，并同意承担审查、评定的失误风险。

（2）具有一定的业务、财务、金融和法律知识，能够独立判断和控制相关风险。

（3）贷款审查委员会评审委员（以下简称“评委”）组成人数一般为奇数、不少于 3 人，由分管风险控制的副总经理（也是评审委员）负责召集贷款审查委员会的召开，主持贷款审查委员会会议。公司信贷业务部经办人、财务部负责人、记录人员列席评审会。

（4）贷款审查委员会下设办公室，作为贷款审查委员会的具体办事机构。贷款审查委员会办公室主任由公司风险管理部负责人兼任。贷款审查委员会办公室的工作职责要列入部门职责。

二、贷款审查委员会的职责

1. 贷款审查委员会办公室的主要职责

（1）受理本公司信贷业务部门及其他部门提交审议的审查报告等材料，并审查其是否规范；负责提前将提请审议的信贷事项提交贷款审查委员会各委员。

（2）提请召开贷款审查委员会会议，通知委员参加会议并核实参会委员资格，确认出席会议的委员是否达到规定人数，比例是否符合规定；组织当场投票和计票。

（3）负责会议记录并按规定要求整理会议纪要，根据审议情况填制审议表。

（4）根据有权审批人的审批意见起草批复文件（非信贷业务部门提交审议的事项由提交部门根据有权审批人审批意见起草批复文件）。

（5）负责对审议各类信贷事项的资料及有关文件保存及归档。

（6）负责贷款审查委员会运作后评价工作。

（7）协调和落实贷款审查委员会交办的其他事项。

2. 委员的权利与义务

贷款审查委员会委员为履行职责，享有下列权利：

（1）了解询问需经贷款审查委员会会议审议的申请人情况及担保和担保人的情况。

（2）对提交贷款审查委员会审议的事项发表意见。

（3）对改进贷款审查委员会工作提出建议。

（4）对贷款审查委员会会议审议的事项享有表决权。

（5）对经贷款审查委员会会议审议的贷款项目落实情况享有知情权。

贷款审查委员会委员应履行以下义务：

（1）按时出席评审会会议，无特殊情况不得缺席。

（2）秉公办事，严格按照审议程序和担保政策进行审议，并进行表决。

（3）严格遵守保密制度，对贷款审查委员会审议的事项不得泄露。

（4）在贷款审查委员会决议书上签字，确认审查意见。

3. 贷款审查委员会的主要职责

贷款审查委员会（以下简称贷审会），作为信贷业务决策的集体议事机构，评价和审议需经贷款审查委员会审议的贷款项目的风险，对有权审批人进行智力支持和权力制约。贷款审查委员会的主要职责包括：

（1）审议职责范围内的贷款项目。

（2）督促有关部门落实贷款审查委员会审议、有权审批人审批的各类信贷事项。

（3）指导和协调各类信贷工作。

第三节 贷款审查委员会的审查方法

一、评审方式

1. 贷款业务审批采取会议审批形式。贷款审查委员会根据具体事项需要，经信贷业务部经理建议，不定期召开贷款审查委员会。

2. 出席会议人数应不少于评委会实有人数的3/5。根据需要，会议召集人可决定借款人或有关专家列席。列席人员不具有表决权。

3. 信贷部确定受理的项目应在2个工作日内提请贷款审查委员会会议审议。审议的主要事项是：对申请人及其项目的评审；对申请人担保措施的评审；对风险管理部提交的风险评估报告的评审。

4. 贷款审查委员会会议表决事项采用书面投票表决方式形成审查意见。审查事项应获得与会人员2/3以上同意票方为通过。投票采取记名式。风险管理部经理组织收集表决票，并当场宣布表决结果。经过贷款审查委员会议讨论的每项信贷业务，不论结论如何，都必须有单独的会议记录。

5. 贷款审查委员会委员表决分为“同意”、“不同意”和“复议”三种。委员对审查事项表示赞成的，投“同意”票；不赞成的投“不同意”票；不得投弃权票。委员认为审查材料不足以支持其结论，需要进一步核实情况、补充资料再审议和表决的，可投“复议”票。

6. 风险控制部应在会议结束后即根据会议记录内容形成《贷款审查委员会会议纪要》，并将纪要按审批权限报总经理或董事长批准。

7. 董事长或总经理在正式签批时，对于贷款审查委员会经过表决未获通过的事项，可以要求复议。复议只能一次。复议的程序同上。

二、审查规则

（1）提请贷款审查委员会审议的各类具体的信贷项目，一般应经过以下程序：

①汇报人汇报信贷事项。汇报时不应重复材料中已载明的内

容，主要汇报需要向贷款审查委员会特别强调的问题、申报材料中难以说明的问题、申报材料上报后新发生的情况和主要风险及其防范措施。

②汇报人汇报信贷事项后，贷款审查委员会委员进行质疑，有关责任人答疑；会议主持人综合大多数意见后提出总结性意见。

③贷款审查委员会委员按要求在《贷款项目审查表》上签字。会后风险管理部将审查结论报公司决策人或牵头人审批。

（2）提请贷款审查委员会审议各类具体信贷等事项应提供的材料包括：《贷款申请受理调查报告》、《贷款项目风险评估报告》、《担保措施评估报告》等和申请人提供的担保资料原件或复印件等。

（3）贷款审查委员会成员在审查、评价信贷业务时必须在会议前认真阅读有关资料，分析其存在问题；在会上就存在的重大问题或疑问向汇报人或主责任人提出质询；会后按《信贷审查会议表决表》清楚地表达并填写自己的审查意见。

（4）贷款审查委员会成员表决时有权就信贷业务问题向汇报人或主责任人提出任何质询，有责任就不清楚的问题或疑点要求其解释，不允许以不了解信贷业务详细情况为由在表决时不表态。但不对信贷业务材料或汇报人口头说明的真实性和准确性负责。

三、贷款审查委员会会议职责和议事范围

1. 贷款审查委员会会议的主要职责

（1）审议职责范围内的贷款事项。

（2）督促有关部门落实贷款审查委员会审议的各类贷款事项。

2. 审议范围

（1）审议申请人要求给予提供贷款的事项。

（2）审议经本公司贷款审查委员会审议通过的贷款业务执行情况和贷后检查报告。

四、贷款审查委员会工作程序

（见本章第一节。）

五、贷款审查委员会简易程序

为了确保小额贷款公司的高效率，对满足以下条件的企业，可以采用贷款审查委员会简易程序：

（1）信誉好、实力强的客户。

（2）金额较小、抵押足值的客户。

（3）关联企业（非股东单位）。

贷款审查委员会简易程序的运作：由信贷业务部按照贷款调查的情况，制定《贷款申请受理调查报告》，报风险控制部签署审查意见，再提交各贷款审查委员会签署意见，最后由有权审批人签署同意后，直接向客户发放贷款。

具备条件的小额贷款公司可以实行网上评审，以提高效率，进一步方便客户。

第四节　贷款审查委员会的奖罚制度

一、履行责任的方法

小额贷款公司聘请的贷款审查委员会成员，每人必须交纳一定数额的风险保证金（是公司股东的，可以以股本金作为抵押），履行贷款审查风险的责任。以现金方式交纳风险金的，由公司比照同期银行贷款利率支付利息。

二、贷款审查的报酬

贷款审查委员会成员审查通过的项目，每个项目付给一定的报酬。其报酬由审查通过的企业承担，由小额贷款公司向企业每次按3‰~5‰收取。

三、例外原则

贷款审查委员会通过的项目，且该项目又没有出现风险，在该项目中投了反对票的贷款审查委员会成员不能取得报酬。

四、区别原则

贷款审查委员会通过的项目，但该项目在执行过程中出现了风险，投反对票的贷款审查委员会成员同样可以取得报酬，但其他成员不仅不能取得报酬，还要按一定金额承担风险相应扣减风险金。如果继续担任贷款审查委员会的成员，扣减后必须补交齐风险金。

五、其他约定

（1）复审项目比照办理。

（2）数额较小的项目，减半执行支付审查报酬和扣减风险金标准。

（3）贷款审查委员会通过，但决策机构（决策人）否决的项目不执行上述规定。

第五节 贷款审查委员会的否决、复议和限制制度

一、审查项目的续议与复议

1. 条 件

贷款审查委员会认为申报材料不全或汇报人回答问题不清，无法决策，牵头人可以决定对该项业务暂不作同意与否的决定，待条件成熟时续议。若某项目贷款审查委员会虽未被否决，但含附加条

件同意，则该笔贷款业务必须续议。

2. 续　议

续议时应由原牵头人主持。如续议票数之和低于贷款审查委员会人员半数或审批牵头人不同意该笔贷款业务，该笔贷款业务即被否决。

3. 部门配合

贷款审查委员会决定的附加条件同意的贷款业务，信贷业务部必须及时落实，如落实附加条件确有困难，可就有必要修改或放弃某些条件向风险控制部提出书面报告，视同续议情况处理。附加条件同意的贷款业务，信贷业务部必须在全部落实后，方能通知申请人办理贷款。

4. 再　议

对已被否决，但信贷业务部认为该决策有重大失误要求复议，并经主任委员或牵头人同意的贷款业务，或牵头人事后了解到新情况，认为有必要并在征得主任委员同意复议的项目，或审查项目已被否决，但决策人要求复议的贷款业务，应进行复议。

5. 例外原则

同一担保业务原则上只能复议一次。复议该借款业务的牵头人以及参加复核会议的评审人员原则上应与第一次一致。

二、否　决

（1）被贷款审查委员会通过的项目，决策机构（决策人）可以行使一票否决权。

（2）被贷款审查委员会否决的项目，决策机构（决策人）只能作出“不同意贷款”或“进行复议”的决定，而不能作出“同意担保”的决定。

三、贷款审查委员会的限制制度

（一）审查的责任与纪律

1. 原　则

贷款审查委员会成员应具有高度的责任感和全局观念，坚持原则，秉公办事。贷款审查委员会要严明工作纪律，严格执行审查程序，要坚持集体审查、民主决策原则，任何人不得诱导或压制不同意见。对于不负责任或未发挥作用的委员，应及时进行调换。

2. 检查监督

经贷款审查委员会审查通过，公司决策机构批准生效的贷款项目，有关各方面须严格执行，并作为贷后管理的重点进行严密监督。如发现没有落实担保措施而办理了贷款业务的情况，应进行调查核实并写出书面报告，对有关责任人提出处理意见报贷款审查委员会研究决定；并根据贷款审查委员会的决定对相关责任人员认定责任进行处理，同时对此类贷款业务视同高风险业务实施监管，或补办担保手续，或尽快收回贷款。

3. 贷款审查委员会工作实行保密制度

参加审查的全体成员包括列席成员应对贷款审查委员会会议讨论或决策情况严守秘密，严禁将会议有关过程和表决细节以任何形式透露给客户或其他人。

4. 风险控制部应建立审查项目管理台账

负责将完整的申报材料以及相关审批文书存档。档案材料包括材料书编号、审查表、项目报批表、贷款业务审查会议记录与纪要、审查结论等。

5. 处　罚

违反以上条款者，将视情节轻重给予批评、取消委员资格、行政警告等处分直至解除劳动合同。

（二）回避制度

（1）有以下情形的，贷款审查委员会委员应主动声明：

①委员与客户的法定代表人、财务负责人等存在亲戚、朋友、同学或其他较密切关系的。

②委员及其亲属与客户存在业务往来、资金融通等经济利益关系的。

③领导和客户及其他有关人员向委员打招呼要求关照，吃请或馈赠礼物的。

④委员曾在客户单位工作过的尚保持利益关系的。

⑤存在可能影响委员客观、公正评审项目的其他情形的。

（2）发现有上述规定情形的委员，应在项目审查前向贷款审查委员会主持人（委员）申请回避，主持人决定该委员是否实行回避，或者参会但不行使表决权。

（3）委员应当报告而未报告的情况，一经查实，视情节轻重给予处理。因未报告导致项目发生风险，给项目造成损失的必须追究责任。

（4）在一定时期内，机构对委员进行考核。根据委员在贷款审查委员会上的表现对其业务素质、职业道德等进行考核评定，决定是否继续担任委员。

第八章 小额贷款公司的信贷担保方式

在小额贷款公司的信贷经营中，为有效控制和防范风险，一般要求借款人提供担保。担保是指在经济及金融活动中，为保障债务的清偿或其他义务的履行，由债务人或第三人提供履约保证或承担责任的行为。当债务人到期不能偿还债务或履行约定义务时，债权人有权可以通过执行担保来确保债权的安全。

第一节 担保方式的重要性

担保在民法上，主要有两种含义：一是指对某一事项的保证，如瑕疵担保责任就是对商品质量的担保；二是指对债务履行的保证，即债的担保。

担保具有促进资金融通和商品流通、保障债权实现、维护交易安全、促进市场经济发展的作用。

（1）有利于保障债权的实现。债权是受法律保护的民事权利，法律采取各种制度保障债权得以实现，如债的保全制度、债的担保制度、民事责任制度等。其中，债的担保是保障债权实现的特殊措施。尽管债的保全制度、民事责任制度具有保证债权人利益的功能，但不能确保特定债权人债权的实现。只有债的担保制度能打破债权人从债务人财产平等受偿的原则，或者扩大债务人承担责任的财产范围，从而使债权的效力加强，使特定债权的实现得到可靠的保障。

（2）有利于促进资金融通和商品流通。民法所调整的财产关系有财产归属和财产流转关系之分。财产的归属利用关系主要是通过特权法调整，而财产的流转关系则主要是通过债权法调整。资金融通和商品流通是财产流转关系的具体表现，其法律调整的主要方式就是债。无论是资金的借贷，还是商品的交易，只有债务人有足够的信用，债权人的利益能得到可靠的保证，债权人才会放心地贷出资金或进行商品交易。也就是说，只有确保债权人的利益，资金的融通和商品的流通才能得以广泛展开。债的担保制度正是增强债务人信用的一种法律措施，从而使债权人能够减少或避免信贷的风险，交易双方的利益能够得以保障。担保可以为资金融通和商品流通提供安全保证，因而也就可以促进资金的融通和商品的流通。

（3）有利于发展市场经济。市场经济是法治经济、信用经济，其有序安全的发展，须有可靠的信用基础。一方面，担保有利于保障债权的实现，保障交易的安全，有助于维持正常的市场经济秩序；担保为交易当事人提供了信用保障，促进交易，而交易的发达正是市场经济发展的表现。另一方面，担保还为最大限度地发挥物的效用创造了有利的机制。例如，物的担保，尤其是物的抵押，既可以发挥物的价值，又可以发挥物的使用价值，从而使当事人得以充分发挥其财产的价值。因此这也体现了市场经济的原则，促进了市场经济的发展。

第二节　担保方式的种类和规定

担保方式又称为担保方法，是指担保人用以担保债权的方法和手段。不同的担保方式，其法律规则存在很大差别，保障债权实现的功能也不完全一样。因此，明确担保方式对保障债权的实现具有重要意义。

在《担保法》中，规定了五种担保方式，即保证、抵押、质押、留置和定金担保方式。小额贷款公司根据项目的风险程度、借款金额的大小等实际情况确定并采取其中一种或几种担保方式。

保证是指第三人为债务人的债务履行作担保，由保证人和债权人约定当债务人不履行债务时，保证人按照约定履行债务或者承担责任。抵押是指债务人或者第三人以其确定的不动产或者动产不转移占有，以该财产作为债权的担保，当债务人不履行债务时，债权人有权依照担保法规定，以该财产折价或者以拍卖、变卖该财产的价款优先受偿。质押包括动产质押和权利质押。动产质押是指债务人或者第三人将其动产移交债权人占有，以该动产作为债权的担保。当债务人不履行债务时，债权人有权依照担保法规定，以该财产折价或者以拍卖、变卖该财产的价款优先受偿。

（一）保证担保

第一，当事人在签订合同时，要端正态度，对担保人的资格审查尤其要注重。一方面要认真评估分析保证人的偿债能力，另一方面要对保证人资格做认真核对，国家机关、以公益为目的的事业单位、社会团体、企业法人的分支机构、职能部门是不得作为保证人的。要严格规范程序，签订合同时，要严格按照程序，一定要保证

图 8－1　小额贷款公司创新担保方式

人亲自签章，以免引起不必要的纠纷。最后，要树立风险意识，适时对保证人和债权人的资产动态进行调查，发现有损债权的行为，及时采取措施。

第二，物保优先原则，人保和物保虽然都属于担保，但二者有着本质的区别。首先，抵押权和质押权属于担保物权，具有物权的特性，对担保物上的权利具有绝对性和对世性，具有优先受偿权，担保物上的债权不得与之对抗，从而保障债权的实现；而保证担保是人保，属于债权范畴，债权人对保证人的特定财产，并没有优先受偿的权利。其次，抵押权和质押权具有物上代为性，即担保物毁损、灭失或者被征用情况下，担保物权人可以就该担保物的保险金、赔偿金、补偿金优先受偿，为债权人免去了后顾之忧；但是保证担保，由于债权人对保证人特定财产无优先受偿权，保证人财产可能会由于种种原因而减少，以致丧失偿债能力，事后补救很困难。综上所述，当签订担保合同时，如果债务人有能力提供物权担保，尽量要求物权担保。

第三，弥补法律漏洞，由于担保法有关条款在平衡当事人利益上有失偏颇，为了平衡当事人利益，在没有单独签订保证合同的情况下，主合同必须具备保证条款，以明确保证人责任形式及责任范围。保证责任形式分为一般担保和连带担保，保证人在不同的保证责任形式中，其利益受到保护的程度也有差异，一般情况下保证人在一般保证中的地位优越，承担补充责任，即第二位的责任，保证人在主合同未经审判，并就债务人财产依法强制执行仍不能履行债务前，对债务人可以拒绝承担保证责任，而连带责任保证则不享有此种“顺序利益”。可见明确保证责任形式及责任范围，不但保护了双方当事人的利益，也为日后纠纷更好解决提供依据。

另外，债权人应有必要的说明义务。正如前面所述，由于很多个人担保人法律素质并不高，如果不做必要的说明很容易导致保证合同因重大误解而撤销，如果债权人有说明的义务，当债权人未尽该义务时就要承担保证担保被撤销的后果，不但起到督促债权人规范签订担保合同的作用，而且也保证了担保人真实的意思表达，保证债权顺利实现。

（二）抵押反担保

企业可以以其合法的财产提供抵押担保。

1. 下列财产可以抵押

（1）企业所有的房屋和其他地上定着物。

（2）企业所有的机器、交通运输工具和其他财产。

（3）企业依法有权处分的国有土地使用权、房屋和其他地上定着物。

（4）企业依法有权处分的国有机器、交通运输工具和其他财产。

（5）企业依法承包并经发包方同意抵押的荒山、荒沟、荒丘、荒滩等荒地的土地使用权。

（6）企业依法可以抵押的其他财产。

2. 下列财产不得抵押

（1）土地所有权。

（2）耕地、宅基地、自留地、自留山等集体所有的土地使用权，但依法承包并经发包方同意抵押的荒山、荒沟、荒丘、荒滩等荒地的土地使用权和以乡（镇）、村企业的厂房等建筑物抵押的，其占用范围内的土地使用权须同时抵押的除外。

（3）学校、幼儿园、医院等以公益为目的的事业单位、社会团体的教育设施、医疗卫生设施和其他社会公益设施。

（4）所有权、使用权不明或者有争议的财产。

（5）依法被查封、扣押、监管的财产。

（6）依法不得抵押的其他财产。

3. 抵押担保操作程序

（1）合同当事人以上述财产抵押的，应当办理抵押物登记。

（2）办理抵押物登记，应当向登记部门提供下列文件或者其复印件。

①主合同和抵押合同。

②抵押物的所有权或者使用权证书。

（3）办理抵押登记的部门如下

①以无地上定着物的土地使用权抵押的，为核发土地使用权证书的土地管理部门。

②以城市房地产或者乡（镇）、村企业的厂房等到建筑物抵押的为县级以上地方人民政府规定的部门。

③以林木抵押的，为县级以上林木主管部门。

④以航空器、船舶、车辆抵押的，为运输工具的登记部门。

⑤以企业的设备和其他动产抵押的，为财产所在地的工商行政管理部门。

（4）以上述财产之外的其他财产抵押的，合同当事人可向抵押人所在地的公证部门办理抵押合同公证。

（三）质押担保

（1）企业可以其所有的或依法有权处分的机器、交通运输工具和其他动产提供质押反担保。

（2）下列权利可以质押：

①汇票、支票、本票、债券、存款单、仓单、提单。

②依法可以转让的股份、股票。

③依法可以转让的商标专用权、专利权、著作权中的财产权。

④依法可以质押的其他权利。

（3）质押担保操作程序：

①合同当事人以上述动产质押的，应当在合同约定的期限内将动产交付质权人。

②合同当事人以上述权利质押的，应当办理以下手续：

以汇票、支票、本票、债券、存款单、仓单、提单出质的，应当在合同约定的期限内将权利凭证交付质权人。

以依法可以转让的股票出质的，应该向证券登记机构办理出质登记。

以有限责任公司的股份出质的，应该适用公司法股份转让的有关规定。

以依法可以转让的商标专用权、专利权、著作权中的财产权出质的，应向其管理部门办理出质登记。

（4）担保措施对于获得批准担保的企业，必须落实办理相应的安全保证措施，这些措施包括财产抵押，财产或权利质押、企业或个人的保证担保、保证金等，公司根据企业和项目的实际情况采用一种或几种保证措施。

①抵押、质押：

企业提供抵押、质押物的范围，按照《中华人民共和国担保法》的规定执行，并按法律规定办理有关手续：

a. 用不动产抵押，抵押率按净值计算不高于70%。

b. 楼宇按揭抵押，抵押率（按楼价计算）不高于70%。

c. 用可转让动产抵押，抵押率（按净值计算）不高于50%；机器设备抵押的，通用设备的抵押率（按净值计算）不高于50%，专业设备抵押的不高于30%。

d. 股权、债券、营运车牌质押，质押率（分别按投资额、债券面值、购入价计算）不高于70%。

e. 股票质押，质押率（按每股资产净值计算）不高于50%。

抵押需提供以下资料：

a. 抵押物清单。

b. 抵押物所有权证明。

c. 抵押物评估材料。

d. 有处分权人同意抵押的抵押声明书。

e. 抵押物投保证明。

质押需提供以下资料：

a. 质物清单。

b. 质物所有权证明。

c. 质物评估材料。

d. 有处分权人同意质押声明书。

②保证担保：

采用保证担保措施时，担保单位应满足下列条件：

a. 必须具备担保法规定的担保资格。

b. 有效净资产扣除已对外担保余额后，不低于担保金额的二倍。

c. 资产负债率不超过 70%。

d. 连续两年盈利。

e. 在承保期必须参加财产保险。

担保单位资料：

a. 营业执照（副本）。

b. 验资报告。

c. 当期的财务报表（月报）和经合法中介机构验证的近两年度的财务报表（附审计报告），主要包括资产负债表、损益表和现金流量表等。

d. 贷款证。

e. 资信证明。

f. 企业章程。

g. 法定代表人证明（委托）书和法定代表人（或委托人）身份证。

③保证金：

保证金为保证措施的附加条件，原则上按照担保额的 10% 预交，最高不超过 20%。具体由公司与贷款申请人协商后确定，并在贷款合同中规定。

第三节 具体的担保业务措施

一、具体的担保业务措施

1. 房产抵押担保

房产抵押担保是借款人或第三人即抵押人以其依法取得房地产证、有完全处分权的房产抵押给担保公司以取得贷款的一种担保方式。就房产而言，商品房即取得《房地产证》的房产可以依法办理担保抵押；安居房（包括准成本房、全成本房、全成本微利房、社会微利房）即取得《房地产证》的房产需按市住宅局有关安居房上市的相关规定补交差价后才可依法办理抵押。

2. 土地所有权抵押担保

土地使用权担保是指借款人或第三人以其取得相应权利证书的土地使用权依法抵押给担保公司以取得贷款的一种担保方式。

3. 设备抵押担保

设备抵押担保是指借款人或第三人以其合法所有的设备依法抵押给小额贷款公司以取得贷款的一种担保方式。抵押设备必须权属清晰，有较高价值，易变现，购进的发票等票据齐全且与设备型号相符。一般设备抵押应依法在工商行政管理局办理抵押登记。海关监管设备应经海关批准后抵押给特定的抵押权人并办理相应的抵押登记。

4. 自然人保证担保

自然人保证担保是指保证人和债权人约定，当债务人不履行债务时，保证人按照约定履行债务或者承担责任的一种担保方式。自然人保证分为一般保证及连带责任保证，用于担保的自然人保证限于连带责任保证。作为担保的保证人应是具有清偿债务能力的完全民事行为能力的自然人且主要为借款人的主要股东、法定代表人、主要经营者或其他与借款人有密切关系的个人。

5. 企业保证担保

企业保证担保是指借款人的相关联企业即保证人和小额贷款公司约定，当借款企业不履行债务时，保证人按照约定承担连带责任的一种担保方式。作为保证人的相关联企业应经审核并具有较好的债务清偿能力。

6. 存单质押担保

存单质押担保是借款人或第三人将其合法持有的存单质押给担保公司以取得贷款的一种担保方式。存单质押应在存单所在银行办理核押手续。

7. 存货、仓单质押担保

存货质押及仓单质押担保是借款人或第三人将其合法所有的存货或仓单依法质押给担保公司以取得贷款的一种担保方式。

8. 股权质押担保

股权质押担保是指借款人或第三人以企业的股权依法质押给担保公司以取得贷款的一种担保方式。

9. 专利权质押担保

专利权质押是指借款或第三人将其合法所有的专利权质押给小额贷款公司以取得贷款的一种担保方式。专利权质押应依法在国家知识产权局办理质押登记。

10. 车辆质押担保

由于有关部门暂不能办理车辆抵押登记手续，车辆只能质押给小额贷款公司作为贷款的担保。

11. 股票质押及证券账户监管担保

股票质押及证券账户担保是指借款人或第三人以其合法所有的股票依法作质押担保或其与小额贷款公司、证券公司就股票证券账户签定监管协议从而取得贷款的一种担保方式。该类担保要求证券账户所有人与小额贷款公司、证券公司对证券账户实行封闭式监管。

12. 出口退税款账户监管及质押担保

出口退税款账户监管及质押担保是指出口企业即借款人与小额贷款公司、银行就出口退税款账户签定监管协议并且将退税账户中的出口退税款质押给小额贷款公司从而取得贷款的一种担保方式。

13. 应收账款账户监管及其质押担保

应收账款账户监管及其质押担保是借款人与小额贷款公司、银行就应收款账户签定监管协议并且将应收款账户中的款项质押给小额贷款公司从而取得贷款的一种担保方式。

二、办理质押、抵押的行政机构

表8-1 办理权利质押登记部门

权利性质	权利登记部门	备注
汇票、支票、本票、债券、存款单、仓单、提单		将权利凭证交付质权人
基金份额、股权	股票：证券登记机构办理出质登记；股份：工商管理部门	依法可转让股份、股票
商标专用权、专利权、著作权中的财产权	权利管理部门	依法可转
应收账款	人民银行信贷征信机构	
其他权利		依法可转，如：公路桥梁、公路隧道、公路渡口等不动产收益权出质

表8－2　办理抵押物登记部门

抵押物性质	抵押登记部门	备注
土地使用权（无地上定着物）	土地管理部门	核发土地证的土地管理部门
城市房地产、乡（镇）村企业的厂房等建筑物	县级以上地方人民政府规定部门	房地产产权监理中心
林木	县级以上林木主管部门	
航空器、船舶、车辆	运输工具的登记部门	
企业设备、其他动产（设备、原辅材料、产品或商品、其他可依法抵押的动产）	财产所在地工商行政管理部门	
其他财产（内容见备注）	抵押人所在地公证部门	（1）个人、事业单位、社会团体和其他非企业组织所有的机械设备、牲口等生产资料；（2）位于农村的个人私有房产；（3）个人所有的家具、家用电器、金银珠宝及其制品等生活资料；（4）担保法第三十七、四十二条之外的财产

备注：不动产：指土地以及房屋、林木等地上定着物。

动产：指不动产以外的物。

第四节　最高额担保

最高额担保包括最高额保证担保、最高额抵押担保和最高额质押担保。

（一）含义和规定

最高额担保是指在约定的最高债权额限度内，由担保人对一定期间内连续发生的债权提供担保。

（1）最高额担保额度是担保人承担担保责任的最高限额，超出最高额保证担保额度之外的债权，保证人不承担担保责任，超出最高额抵押和最高额质押担保额度之外的债权，银行不得对抵押物或质物主张优先受偿。

最高额担保合同的最高限额确定后，在发放信用时，要将本金、利息、罚息、其他实现债权的费用等全部计算在内，并预留出一定的余地，不能仅将本金数额作为最高限额。在最高额担保债务发生期内发生的债权超出最高额担保额度的，应按相关规定为超出部分追加其他担保。

（2）《担保法》司法解释规定，最高额抵押权所担保的债权范围，不包括抵押物因财产保全或者执行程序被查封后或债务人、抵押人破产后发生的债权。

（二）最高额担保债务发生期

（1）最高额担保债务发生期是指最高额担保合同约定的，担保人认可的所担保债务的发生期间。约定的最高额担保债务发生期届满，抵押权人的债权即确定。

①小额贷款公司的最高额保证合同约定的债权发生期间，一般不超过合同签订期的1年。

②小额贷款公司最高额抵押合同约定的债权发生期间，存货抵押的不超过1年，房地产抵押的不超过2年。

③小额贷款公司最高额质押合同约定的债权发生期间，最长不超过3年。

（2）最高额担保设立于债务发生之前，在最高额担保约定的债务发生期内发生的业务属于最高额担保的担保范围，因此，在约定债务的发生期时，应对拟担保债务的发生时间进行预测，并根据农业银行相关制度要求合理确定。实际办理业务时，应确保债权实际发生日不会超出最高额担保合同约定的债务发生期。

（3）最高额担保权设立前已经存在的债权，经担保人和债权人协商一致，可以纳入最高额担保范围内。

（三）最高额担保变更

（1）最高额抵押担保的债权确定前，抵押权人与抵押人可以通过协议变更债权确定的期间、债权范围以及最高债权额，但变更的内容不得对其他抵押权人产生不利影响。审查时应注意，若有其他抵押权人且顺序在后的，不宜对最高额抵押合同的最高限额、最高额抵押期间进行变更。

（2）最高额抵押担保的债权确定前，部分债权转让的，最高额抵押权不得转让，但当事人另有约定的除外。

（3）最高额抵押期间届满后，需要以原抵押物为原主合同当事人之间新发生的债权提供最高额抵押担保的，应重新签订最高额抵押合同，重新办理抵押登记手续。

图8－2　小额贷款公司服务于青年创业

（4）债权发生期间届满需签订新的最高额抵押合同时，若登记部门要求对原抵押登记先办理解押手续才能重新办理抵押登记的，应在新合同中明确约定该最高额抵押的担保对象包括原最高额抵押项下未全部清偿的债权，避免发生脱保的情形。

（四）最高额担保合同

（1）信贷业务主合同以及借款凭证中应正确填写最高额担保合同的名称与编号。

（2）信贷业务主合同项下的用信应发生在最高额担保债务发生期内，用信额度应控制在最高担保额度内，用信品种应属于最高额担保合同约定的用信品种范围。

（3）最高额担保权设立前已经存在的债权，如纳入最高额担保范围中，农业银行应与担保人在最高额合同中进行特别约定，约定的事项包括拟纳入债权的合同名称、编号，债权的余额等。

第五节 几种灵活的担保控制措施

一、担保措施

这里所指的担保措施是指平时由于受条件限制，基本不用或很少使用的担保方式。但小额贷款公司从灵活角度出发，可以方便使用。

1. 生物性资产质押担保

主要是“三农”中从事养殖、种植业的企业、专业合作社和自然人贷款时，以养殖、种植的生物（家禽、家畜）和庄稼、蔬菜、果木等进行质押担保贷款的一种方式。

2. 无形资产质押担保

主要包括有专利和商标的企业，以其拥有的专利权和商标权进行质押担保贷款的方式。专利权质押担保是指符合条件的科技型中小企业和自然人可以将专利权质押给小额贷款公司从而取得贷款的方式。专利权质押应依法在国家知识产权局办理质押登记；商标权质押担保的方式，是指拥有商标专用权的企业和小额贷款公司订立书面的质押合同，向商标管理部门办理出质登记，从而使债权人获得质权担保。

3. 林权抵押担保

借款人以其拥有的或第三人拥有的林权进行抵押担保获得贷款的一种方式。

4. 城镇土地、房产集体所有权的抵押

《担保法》第三十七条对抵押物的范围作出限定，其中明确规定土地所有权和集体土地使用权不得抵押。但这一限制并非绝对，在两种情况下可以例外：

一是由抵押人依法承包并经发包方同意抵押的荒山、荒沟、荒丘、荒滩等荒地的土地使用权可以用于抵押；

二是以乡（镇）、村企业的厂房等建筑物抵押的，其占用范围内的土地使用权同时抵押，但乡（镇）、村企业的土地使用权不得单独抵押。

因此，土地所有权和集体土地使用权作抵押有条件限制。

二、控制措施

从《担保法》的角度说，是不构成法律意义上的担保方式，但在实际业务中，具有一定的控制效果，基本能够确保债权人利益的实现和安全，所以把它称为贷款控制措施。体现了小额贷款公司的灵活性和创新性。

1. 城市开发区负责人承诺和签字

主要是针对城市的客户。有的客户在城市开发区支付了价款购买了土地，但一时办不了权属证明，通过城市开发区负责人承诺和签字，一是从管理的角度给客户一定的压力，二是如果出现贷款偿付问题，承诺以土地价款支付给小额贷款公司。

2. 镇、村负责人承诺和签字

主要是针对农村的客户。有的客户在镇、村的开发区或集中区支付了价款购买了土地，但一时办不了权属证明，通过镇、村负责人承诺和签字，一是从管理的角度给客户一定的压力，二是如果出现贷款偿付问题，承诺以土地价款支付给小额贷款公司。

3. 补贴、优惠政策主管部门或负责人承诺和签字

主要是符合政策规定，能够享受到国家或地方政府财政补贴和优惠政策的客户。目前比较多的是“三农”和高新技术行业的客户。当出现贷款偿付问题时，直接或间接划拨补贴款项。

4. 承诺期保证金制度

（1）以一定期限权属证明办妥后办理抵押或质押的，一方面签署承诺书，另一方面交纳贷款额5%～10%作为发行承诺的保证金。到期不办理的，保证金不再返还，同时承诺继续有效。

（2）以招、投标为目的的贷款，与招、投标方约定，一是未中标的，及时归还贷款，二是中标的，固定期限归还；同时，以交纳保证金的形式加强履约的可能性。

第三编

管理篇

小额贷款公司的管理是小额贷款公司赖以生存和发展的基础，是小额贷款公司经营成功的保证。特别是公司治理、人才队伍建设，更是小额贷款公司缺一不可的重要工作。

小额贷款公司的公司治理要求建立健全公司治理结构，明确股东、董事、监事和经理之间的权责关系，制定稳健有效的议事规则、决策程序和内审制度，提高公司治理的有效性。

小额贷款公司的日常管理主要是建立健全规章制度、明确各个部门和人员的职责、进行人力资源管理和财务会计管理。

小额贷款公司的风险管理是小额贷款公司生存和发展的生命线，体现小额贷款公司的经营管理水平。

小额贷款公司的贷后管理是小额贷款公司管理不可或缺的环节，是防范风险、规范运作、明确责任的重要组成部分。

第九章　小额贷款公司治理

小额贷款公司是不吸收公众存款、经营小额贷款业务的公司。单个自然人、企业法人和其他经济组织及关联方持股比例不得超过注册资本的10%。从小额贷款公司股东出资比例设计来看，其股权结构是分散的。分散股权结构虽然避免了"一股独大"可能造成的决策失误等负面影响，但分散的股权也可能造成公司决策效率低下，股东承担责任和防范风险的意识不强的弊端。《关于小额贷款公司试点的指导意见》中要求"小额贷款公司应按照《公司法》要求建立健全公司治理结构，明确股东、董事、监事和经理之间的权责关系，制定稳健有效的议事规则、决策程序和内审制度，提高公司治理的有效性"。因此，建立一个合理、规范、高效的公司治理结构是小额贷款公司长远发展的重要保证。

首先，在公司设立初期，需要寻找经营理念相同或者接近的股东。由于股权分散，如果股东的经营理念差别很大，公司股东在重大问题上难以达成一致，董事会也就难以作出决策，公司灵活快速的优势不能得到发挥。其次，建立一个强有力的董事会对于小额贷款公司发展非常重要。公司股权相当分散，强有力的董事会可形成对公司管理层的有效监督和正向激励，有效监督管理层的经营行为，规避管理层的道德风险，并对公司经营层的经营绩效形成正向反馈。另外，挑选熟悉金融业务并具备风险管理意识的高级管理人员是小额贷款公司经营成功的关键。总之，建立规范高效的股东会、董事会、经理层，形成公司治理的有效委托代理关系才能保证小额贷款公司的良性发展。

第一节 小额贷款公司的股东组成

一、股东组成

中国银行业监督管理委员会、中国人民银行《关于小额贷款公司试点的指导意见》规定：

小额贷款公司组织形式为有限责任公司或股份有限公司。

小额贷款公司的股东需符合法定人数规定。有限责任公司应由50个以下股东出资设立；股份有限公司应有2～200名发起人，其中须有半数以上的发起人在中国境内有住所。

小额贷款公司的注册资本来源应真实合法，全部为实收货币资本，由出资人或发起人一次足额缴纳。股东不能以实物、知识产权和土地使用权等非货币形式出资，这与公司法中股东的出资方式和出资比例不同。有限责任公司的注册资本不得低于500万元，股份有限公司的注册资本不得低于1 000万元。单一自然人、企业法人、其他社会组织及其关联方持有的股份，不得超过小额贷款公司注册资本总额的10%。

图9-1 苏南农村小额贷款公司

小额贷款公司主发起人的持股比例原则上不得超过注册资本的20%，其余单个自然人、企业法人和其他经济组织及关联方持股比例不得超过注册资本的10%。同时单个自然人、企业法人和其他经济组织持股比例不得低于注册资本的5‰。这些规定决定了小额贷款公司的股权是分散的。

由于出资人出资比例的限制，小额贷款公司的股东数量应在9个（包括9个）以上。

二、小额贷款公司股东的条件

出资设立小额贷款公司的自然人、企业法人和其他社会组织，应符合以下条件：

（一）境内企业法人和经济组织投资入股小额贷款公司，应符合以下条件

（1）在工商行政管理部门登记注册，具有法人资格。

（2）财务状况良好，入股上一年度盈利。

（3）入股资金来源真实合法，不得以借贷资金入股，不得以他人委托资金入股。

（4）公司治理良好，内部控制健全有效。

（5）有良好的社会声誉、诚信记录和纳税记录。

（6）有较强的经营管理能力和资金实力。

（7）拟入股的企业法人属于原企业改制的，原企业经营业绩可以延续作为新企业的经营业绩计算。

（8）监管部门规定的其他条件。

（二）境内自然人投资入股小额贷款公司的，应符合以下条件

（1）有完全民事行为能力。

（2）有良好的社会声誉和诚信记录。

（3）入股资金来源合法，不得以借贷资金入股，不得以他人委托资金入股。

(4) 监管部门规定的其他条件。

(三) 小额贷款公司应建立发起人承诺制度，公司股东应与小额贷款公司签订承诺书，承诺自觉遵守公司章程，参与管理并承担风险

第二节 小额贷款公司的公司治理及架构

小额贷款公司的公司治理及架构是现代企业制度的基础，是公司正常运行的基本保证。

一、公司治理目标

小额贷款公司实行简洁、灵活的治理方式，针对规模小、业务简单的特点，按照因地制宜、运行科学、治理有效的原则，建立和设置公司组织架构。

小额贷款公司实行商业化运作，建立有效的监督制衡机制。权力机构、决策机构、执行机构和监督机构相互独立，实行调查、决策、审查三岗分离的机制，权责明确，相互协调又相互制衡，保证公司内控机制的有效运行。从根本上建立民主管理的制度，构建聚才、留才、用才的人才智能环境，营造科学管理，严谨经营，开拓创新的企业氛围。

小额贷款公司通过建立现代企业组织框架、引进先进人才战略、建立风险管理制度等，着力健全公司治理、增强内控机制、强化风险管理，形成有效制衡、协调运作的架构与机制，在不断规范公司治理架构、规避风险的同时，逐步建立优秀的企业文化和风险文化。

二、公司治理架构

小额贷款公司最高权力机构为股东大会，设董事会，监事会。实行董事会领导下的总经理负责制。

1. 股东及股东大会

按照《中华人民共和国公司法》拟定公司章程，股东按其所持股份享有权利、承担义务。

公司章程拟定股东大会是公司的最高权力机构，依法行使决定公司经营方针和投资计划；选举和更换董事，决定董事的报酬事项；选举和更换由股东代表出任的监事，决定有关监事的报酬事项；审议批准董事会报告、监事会报告；审议批准公司的年度财务预算方案、决算方案；审议批准公司的利润分配方案和弥补亏损方案；对公司增加或减少注册资本做出决议；对发行公司债券作出决议；对公司合并、解散、清算等事项做出决议；修改公司章程等权利。

2. 董事会

董事会由股东大会选举产生，董事会拟设×名董事，设董事长一人，董事会秘书一人。董事会负责召集股东大会，并向大会报告工作；执行股东大会的决议；决定公司的经营计划和投资方案；制定公司的年度财务预算方案、决算方案；制定公司的利润分配方案和弥补亏损方案；制定公司增加或者减少注册资本、发行债券的方案；拟订公司合并、分立、解散、变更公司形式的方案；聘任或解聘公司总经理、董事会秘书、并根据总经理的提名聘任或解聘财务负责人；并决定其报酬事项和奖惩事项；制定公司的基本管理制度；制定公司章程的修改方案；聘请或更换公司会计师事务所、律师事务所；听取公司总经理的工作汇报并检查总经理的工作；拟订董事津贴标准。

3. 监事会

公司拟设监事会，由×名监事组成。经民主评选，从股东中选出×名、公司员工中选出一名，其中设监事会主席一名。监事会有权检查公司的财务；对董事、总经理和其他高级管理人员执行公司职务的行为进行监督，对违反法律、法规、章程或者股东大会决议的董事、高管人员向股东大会提出罢免的建议；当董事、总经理和其他高级管理人员的行为损害公司的利益时，要求其予以纠正，必要时向股东大会报告；提议召开临时股东大会；列席董事会会议；向股东大会会议提出提案。

4. 贷款审查委员会

小额贷款公司设贷款审查委员会，由公司部分高管、部门领导、董事会和对外聘请的专家2～3名组成。负责贷款的决策、审查工作。贷审委员会直接对董事会负责。

5. 高级管理人员和部门设置

小额贷款公司实行总经理负责制，设总经理一人，副总经理一人，财务总监一人。副总经理和财务总监由总经理直接领导，总经理主持公司的经营管理工作，并受董事会委托向董事会报告工作；组织实施董事会有关业务经营决议、公司年度经营计划和投资方案；拟定公司业务管理机构设置方案；拟定公司的基本业务管理制度方案；提名公司财务负责人；聘任或者解聘除应由董事会聘任或者解聘以外的管理人员；拟定公司职工的工资、福利、奖励具体方案，决定公司职工的聘用和解聘。

第三节 小额贷款公司的经营组织机构和职责

一、经营组织机构

经营组织机构是小额贷款公司计划、协调和控制经营活动的整体框架，一般的公司都可以通过组织结构图来体现。一个好的组织结构应该有明确的组织单位形式和性质来确认相关管理职能和报告关系，同时有每个组织单位内部的责任和权限。

小额贷款公司管理机构一般由五个部门组成，分别为信贷业务部、风险控制管理部、计划财务部、综合事务部和审计稽核部。组织机构图示如下：

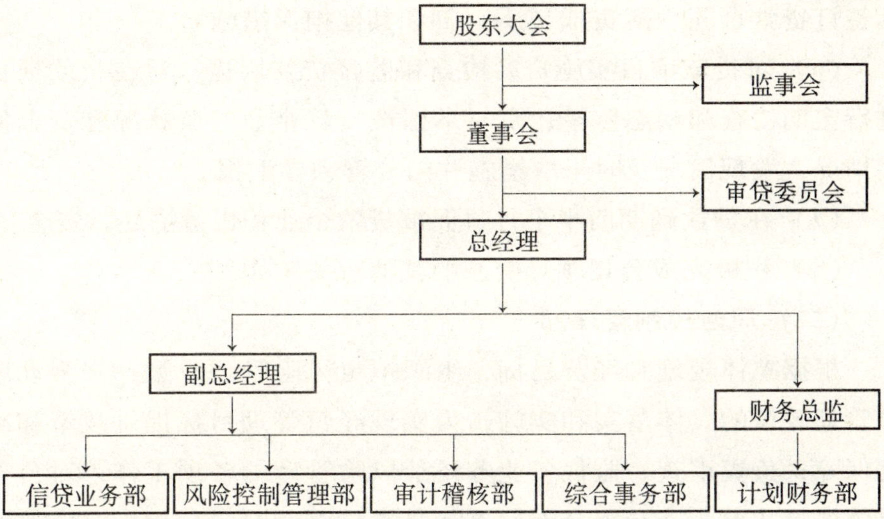

图9－2　小额贷款公司组织架构图

二、经营组织机构的职责

（一）信贷业务部

是公司的核心业务部门，负责贷款的调查、初审、发放和收回，对客户进行全程服务；拟定经营目标，制定业务流程，并不断改进；实行客户经理制，对业务进行分类管理，有工业、商业、农业、个体工商户、自然人等多种分类。具体职责为：

（1）熟悉中国银监会、中国人民银行《关于小额贷款公司试点的指导意见》和《××省小额贷款公司试点管理办法（试行）》的精神；熟悉国家及省政府关于促进中小企业发展的政策方针，把握政策导向，了解掌握被贷款企业发展状况。

（2）对市场开发、信贷产品开发进行深入研究，负责开发成本、效益的预测和评估。

（3）及时准确建立项目库，优选贷款对象。

（4）对申请贷款企业进行资信调查和评估，提供调查报告，并对报告的全面性、真实性负责。

（5）对评审通过并经公司研究同意贷款项目办理贷款手续，包括签订贷款合同、落实抵（质）押和其他担保措施。

（6）对贷款项目实施贷后检查和监督贷款用途，对在贷款项目进行定期检查和动态监控，及时掌握被贷款企业经营状况和资金使用情况，发现情况及时采取措施并向分管领导汇报。

（7）在贷款到期前半个月督促被贷款企业积极筹措还款资金。

（8）积极完成公司领导交办的其他有关工作。

（二）风险控制管理部

根据总体规划和经营目标，组织拟定风险管理政策，并推动风险管理政策的具体落实和实施，为实现经营管理目标提供政策和制度保障；负责审查、监督各业务环节风险管理的各项工作；对公司整体风险状况、资产组合限额进行日常检测和总量分析；对贷款业务中、后期进行跟踪管理。具体职责为：

（1）负责对信贷业务部提供的《信贷调查报告》进行风险评估并出具审查意见。

（2）定期或临时组织贷款审查委员会会议，对贷款项目进行综合评审并对贷款业务过程的合同、协议等进行审查把关。

（3）与业务部门一道，对在贷款项目进行定期抽查，对信贷业务部门的已贷款业务适时评估，抽查情况要形成书面材料，并对真实性、完整性负责。

（4）依法处置用于抵（质）押物或追究担保方的连带赔偿责任，力争使公司的损失降至最低。

（5）负责呆滞贷款、呆账贷款、已核销呆账的清收工作。

（6）对造成风险资产的原因进行准确、全面合理分析，并拟定规避风险的措施及办法。

（7）积极完成公司领导交办的其他有关工作。

（三）计划财务部

是公司组织财务活动、处理财务关系、进行财务监督的职能部门，根据公司长短期发展规划，编制经营计划和收支计划；制定公司会计管理办法和核算制度，按时编制财务决算，及时、准确、完整地反映公司资产状况和经营状况。具体职责为：

（1）严格遵守有关国家财经纪律和经济、金融法规，组织和指导公司财务核算和管理工作。

（2）负责拟定年度财务收支、资金需求、成本费用、现金流量等计划，经批准后组织实施。

（3）负责公司的资金调度和融资工作。

（4）掌握税收政策，负责与税务机关的协调和联系及时办理纳税工作。

（5）适时参与资本市场运作，在稳健、审慎和公司批准的基础上，进行有限、适度投资。

（6）积极完成公司领导交办的其他有关工作。

（四）综合事务部

负责公司文秘管理、综合协调、对外宣传、公务接待和后勤保障工作；负责公司人事劳资管理、文化建设和党务、群团组织工作的职能部门。具体职责为：

（1）负责公司综合性文字材料的草拟和公司的宣传报道工作。

（2）组织安排公司综合性会议及专题办公会议。

（3）负责公司内部协调、对外联络和接待工作。

（4）负责公司公文处理、印章、证件、文档管理和保密工作。

（5）负责公司办公用品、固定资产和低值易耗品的统一购置和管理。

（6）负责公司员工劳动合同的签订和管理，办理公司员工各类保险工作。

（7）负责公司信贷业务的档案收集、整理、归档和保管工作。

（8）积极完成领导交办的其他有关工作。

（五）审计稽核部

负责公司内部监督，对财务管理全过程、贷款业务全过程进行监督审查和运用法律手段维护公司权益的职能部门。具体职责为：

（1）定期对公司财务进行审计。

（2）定期对信贷业务工作进行稽核。

（3）定期对风险控制管理工作进行稽核。

（4）对稽核发现的问题提出整改意见，并督促落实到位。

（5）定期对公司重大贷款项目、重大投资项目、损失类的贷款项目进行集合审计，强化对信贷、投资项目的风险监控。

第四节 从业人员素质和团队建设

人才是企业的第一资源。尤其在小额贷款公司，高级管理人员更是企业的灵魂，是企业实现科学发展的引领者。

一、从业人员素质

小额贷款公司从业人员必须是具备相应专业知识和从业经验的工作人员。

（一）一般人员素质

信贷业务的经营和风险的识别、防控是靠人来做的。人的因素是决定的因素。基本的学历要求、品德要求、知识的积累、行业的背景等等是不容忽视的。小额贷款公司目前的专业人才标准要求：

1. 知识要求

一部分是要有金融背景的。小额贷款公司本身应该属于金融行业。具备金融业务知识是担保从业人员的基本要求。

一部分是要有行业背景的。俗话说，外行看热闹，内行看门道。小额贷款公司面向社会的各行各业，如果没有行业知识，很难了解到企业真实的情况。因此对各行各业都要有基本的了解，重点行业要熟悉和精通。

一部分是要会计师事务所和律师事务所从业背景的。小额贷款公司对最初的客户都是比较陌生的，要全面了解企业情况，通过审查会计财务资料是最快和最有效的。法律法规和政策是小额贷款公司生存和发展的生命线，在所有的业务环节进行合法合规的审查是至关重要的。

一个非常重要的业务技能就是要非常熟悉和善于进行企业的调查工作。这是对小额贷款公司业务人员的基本要求。

2. 业务水平和业务技巧

业务水平，也就是专业水平。目前大学里没有专门培养小额贷款公司专业人员的专业，与银行的要求也不一样，只有靠培训和自学，同时在实际工作中探索、在实践工作中不断领悟和不断创新。金融、会计学的知识加各行业的知识加法律知识是目前小额贷款公司基本知识的结构要求。

业务技巧。业务技巧说到底是业务水平的熟能生巧、灵活运用，在此基础上取决于个人的性格和反应能力。

（二）高级管理人员素质

企业高级管理人员是企业的大脑，企业经营成功或失败、企业持续经营的最终目标能否可以实现、企业文化建设的成就与否，很大程度上取决于高级管理人员的经营管理水平。就小额贷款公司而言，其已经列入金融机构的范畴，因此，监管机构应对其高级管理人员的任职资格予以考核和认定。小额贷款公司高级管理人员应具备公司法规定的高级管理人员任职的条件外，还应具备财经、金融、管理或法律等学历；在金融机构有一定时间的任职经验；没有违法犯罪记录。符合德才兼备的基本要求。理论和实践相结合，实践出真知。这亘古不变的真理，同样适合于小额贷款公司。高级管理人员应具备金融知识和贷款操作资历，具有贷款风险识别、判断、防范和化解的能力与经验。依法操作贷款、设置合法担保、合理防范风险并及时依法化解风险是对高级管理人员最起码但又是最高层次的要求。

严格小额贷款公司高级管理人员的任职资格考核，确保有懂金融、懂经营、会管理的专业人员经营管理小额贷款公司。

（三）小额贷款公司经理人的资质

在小额贷款公司迅速发展的今天，小额贷款公司仍然处于试点阶段，小额贷款公司人员的资质没有统一的规定。随着小额贷款公司的健康发展，对于从业人员的要求越来越高，必须有资质的限制和要求。

小额贷款公司专业性强、程序复杂、涉及范围广，需要从业人员具备金融、财务、法律、审计、评估、预测及分析等知识，因而对从业人员的专业素质与能力有着较高的要求。应该通过立法规定小额贷款公司从业人员资格要求。目前申请设立小额贷款公司，对于高级管理人员已经有任职专业知识和业务工作经验的要求，但还不够，申请设立小额贷款公司应该还要向监管机构提交拟任职的高级管理人员的简历和资格证明，监管机构对小额贷款公司的从业人员要实行严格的资格审查，相应地制定小额贷款公司高层管理人员、公司主要负责人任职管理条例。同时配套推行小额贷款公司从业人员资格考试和从业资格证书制度。

二、小额贷款公司人才任用管理

人才、知识（信息）、经济是知识经济的三大要素。知识和信息只有靠人才才能转换为现实生产力，促进经济的发展。因此，小额贷款公司只有完善人才任用和管理机制，合理使用人才，才能提高经营效率，实现经营目标。

小额贷款公司人才任用是指如何使员工担任某一职务，承担某一任务，并能够充分发挥其才华和潜能，达到高度满意的状态。人才任用得当与否关系到人才聪明才智的发挥程度与商业银行的人才效益的提高程度。

小额贷款公司的人才任用管理要求小额贷款公司建立以公开、

平等、竞争、择优为导向的，有利于实现人尽其才的选人用人机制。具体来说，小额贷款公司在人才任用管理中应着重注意以下三点。

1. 用人所长

用人所长有利于调动员工的积极性，使其在自己的工作岗位上做出更大的贡献。小额贷款公司做到用人所长具体包括：①分析员工的优势及其自身的弱点；②根据员工的优势和长处加以任用，尽可能避开其自身的弱点，或者创造条件，变其弱势为优势；③人才在某一岗位上的优势不是一成不变的，应根据行内外部环境的变化和工作需要，对员工进入时进行调整，始终保持员工与岗位相匹配；④在员工任用时，应充分尊重员工本人意愿。

2. 规范化管理

规范化管理要求小额贷款公司做到：①制定公司的用人计划；②在员工的招聘、培训、考核晋升等方面都有明确的程序和制度可循；③根据国家金融法律法规、行业自律规范及小额贷款公司企业文化等制定员工的岗位职责、工作规范等，使员工做到守法合规；④在赋予员工权力的同时明确其责任，实行个人责任制。

3. 权限制衡

权限制衡要求小额贷款公司的员工按照各自的岗位职责进行管理、操作、检查和监督，不得擅离职守和随意超越职权范围开展业务和进行交易。尤其要严格分离管理与操作职能，加强对员工的监督，完善早期风险预警系统。

三、团队建设

（一）员工队伍建设

员工队伍建设是整个企业队伍建设的基础。关于小额贷款公司工作和事务方面，应注重从以下三方面着手：

1. 定好目标

定好目标是指定好团队的共同总目标和个人的分解目标。制定小额贷款公司的发展目标，将目标清晰地传达给您的团队成员，并向大家进行解释和互动探讨，确保全员都能理解、认可和支持。

2. 给出方法

针对如何达成各人的目标以及最终促成团队的整体目标，要给出相关的指导性方法，要确保团队成员有章可循；切记，无论是完整性的指导方案还是方向性的指导提示，都要言之有物、具体明确，不要泛泛而谈。

3. 考核奖惩

围绕小额贷款公司的共同目标，针对员工的实际执行和实施情况，做出切实可行的考核，并同具备实效的奖惩政策挂钩，长此以往，就将形成良性的可持续循环。

小额贷款公司员工队伍建设在人员方面，应体现“以人为本”的原则，关键的项目包括“选、育、用、留、汰”。具体为：

选：选好人。要尽量做到选人适当，要根据岗位匹配合适的人才。

育：培育人。培训特别重要，要密集地做、用各种形式做，一方面提升员工技能，另一方面培养团队感情。

用：用好人。做好组织、指挥、调度、协调、监督、考核。

留：留用人。物质的薪酬、福利回报，精神的关心抚慰（包括日常关心表扬和企业文化活动）。

汰：优胜劣汰。对表现不好的员工，能劝导的要劝导，不能留的必须走，但处理方式需要技巧和人性化。

把事情管理好，把人管理好，就能够打造出一个坚强高效的团队。

（二）高级管理队伍建设

高级管理队伍建设应该以高效廉洁、团结奋进、强化责任、分工合作、开拓创新为原则，以小额贷款公司的整体目标为指引，率先垂范，成为小额贷款公司团队的坚强核心。

小额贷款公司的风险，最大来自内部人员的道德风险；而内部人员的道德风险，更多地来自高级管理层，而不是基层的一般人员。因此，一个机构的领导班子有没有好的职业道德操守和较强的业务能力，与该小额贷款公司发生贷款风险有着很高的关系。如果领导成员不能严格地进行自我道德约束和纪律约束，有规不循、有章不守，个人的专断代替集体的智慧，就会造成人心涣散，纪律松懈，大家滥用权力，久而久之，小额贷款公司就会被风险所吞噬，被市场所淘汰。因此，班子建设和队伍建设，是防范和控制风险的首要任务。更重要的是，高级管理层的权力不受制约和监督是要出问题的。众所周知，在官场上，绝对的权力导致绝对的腐败；在小额贷款公司，绝对的权力导致绝对的风险。

建立规范的从业队伍、引入权力制衡机制。严格遵守“一会三层”的组织体制，恪守风险决策程序，建立严密的内控机制，使权力得到应有的约束和制约，有效防范和控制风险。

第五节 小额贷款公司的内控机制

内部控制是小额贷款公司风险管理的基础，严密的内控是一个绩效优良的企业的共同特征。微小的内部控制缺陷可能带来灾难性的后果，内控失效是企业的最大风险，因此，内部控制体系是一个企业的关键因素。

内部控制是小额贷款公司为实现经营目标，通过制定和实施一系列制度、程序和方法，对风险进行事前防范、事中控制、事后监督和纠正的动态过程与机制。

一、小额贷款公司内部控制的目标、原则、基本要求和内容

（一）小额贷款公司内部控制的目标

（1）确保国家法律规定和小额贷款公司内部规章制度的贯彻执行。

（2）确保小额贷款公司发展战略和经营目标的全面实施和充分实现。

（3）确保风险管理体系的有效性。

（4）确保业务记录、财务信息和其他管理信息的及时、真实和完整。

（二）小额贷款公司内部控制的原则

小额贷款公司内部控制的原则：内部控制应当贯彻全面、审慎、有效、独立的原则，包括：

（1）内部控制应当渗透公司的各项业务过程和各个操作环节，覆盖所有的部门和岗位，并由全体人员参与，任何决策或操作均应当有案可查。

（2）内部控制应当以防范风险、审慎经营为出发点，公司的经营管理，尤其是设立新的机构或开办新的业务，均应当体现“内控优先”的要求。

（3）内部控制应当具有高度的权威性，任何人不得拥有不受内部控制约束的权力，内部控制存在的问题应当能够得到及时反馈和纠正。

（4）内部控制的监督、评价部门应当独立于内部控制的建设、执行部门，并有直接向董事会、监事会和高级管理层报告的渠道。

内部控制应当与小额贷款公司的经营规模、业务范围和风险特点相适应，以合理的成本实现内部控制的目标。

（三）内部控制的基本要求、条件和内容

1. 内部控制的要素

（1）内部控制环境。

（2）风险识别与评估。

（3）内部控制措施。

（4）信息交流与反馈。

（5）监督评价与纠正。

2. 内部控制的条件

小额贷款公司应当建立良好的公司治理以及分工合理、职责明确、相互制衡、报告关系清晰的组织结构，为内部控制的有效性提供必要的前提条件。

（1）小额贷款公司董事会、监事会和高级管理层应当充分认识自身对内部控制所承担的责任。

①董事会负责保证小额贷款公司建立并实施充分而有效的内部控制体系；负责审批整体经营战略和重大政策并定期检查、评价执行情况；负责确保公司在法律和政策的框架内审慎经营，明确设定可接受的风险程度，确保高级管理层采取必要措施识别、计量、监测并控制风险；负责审批组织机构；负责保证高级管理层对内部控制体系的充分性与有效性进行监测和评估。

②监事会负责监督董事会、高级管理层完善内部控制体系；负责监督董事会及董事、高级管理层及高级管理人员履行内部控制职责；负责要求董事、董事长及高级管理人员纠正其损害公司利益的行为并监督执行。

③高级管理层负责制定内部控制政策，对内部控制体系的充分性与有效性进行监测和评估；负责执行董事会决策；负责建立识别、计量、监测并控制风险的程序和措施；负责建立和完善内部组织机构，保证内部控制的各项职责得到有效履行。

（2）小额贷款公司应当建立科学、有效的激励约束机制，培育

良好的企业精神和内部控制文化，从而创造全体员工均充分了解且能履行职责的环境。

3. 内部控制的内容

（1）小额贷款公司应当设立履行风险管理职能的专门部门，负责具体制定并实施识别、计量、监测和控制风险的制度、程序和方法，以确保风险管理和经营目标的实现。

（2）小额贷款公司应当建立涵盖各项业务、全公司范围的风险管理系统，开发和运用风险量化评估的方法和模型，对信用风险、市场风险、流动性风险、操作风险等各类风险进行持续的监控。

（3）小额贷款公司应当对各项业务制定全面、系统、成文的政策、制度和程序，在全公司范围内保持统一的业务标准和操作要求，并保证其连续性和稳定性。

（4）小额贷款公司应当建立内部控制的评价制度，对内部控制的制度建设、执行情况定期进行回顾和检讨，并根据国家法律规定、公司组织结构、经营状况、市场环境的变化进行修订和完善。

（5）小额贷款公司应当明确划分相关部门之间、岗位之间、上下级之间的职责，建立职责分离、横向与纵向相互监督制约的机制。

涉及资产、负债、财务和人员等重要事项变动均不得由一个人独自决定。

（6）小额贷款公司应当根据不同的工作岗位及其性质，赋予其相应的职责和权限，各个岗位应当有正式、成文的岗位职责说明和清晰的报告关系。

（7）小额贷款公司应当明确关键岗位及其控制要求，关键岗位应当实行定期或不定期的人员轮换和强制休假制度。

（8）小额贷款公司应当根据各业务部门的经营管理水平、风险管理能力、地区经济和业务发展需要，建立相应的授权体系，实行统一法人管理和法人授权。

授权应适当、明确，并采取书面形式。

下级部门应当严格执行上级的决策，在自身职责和权限范围内开展工作。

（9）小额贷款公司应当建立有效的核对、监控制度，对各种账证、报表定期进行核对，对现金、有价证券等有形资产及时进行盘点，对柜台办理的业务实行复核或事后监督把关，对重要业务实行双签有效的制度，对授权、授信的执行情况进行监控。

（10）小额贷款公司应当按照规定进行会计核算和业务记录，建立完整的会计、统计和业务档案，妥善保管，确保原始记录、合同契约和各种资料的真实、完整。

（11）小额贷款公司应当建立有效的应急预案，并定期进行测试。在意外事件或紧急情况发生时，应按照应急预案及时做出应急处置，以预防或减少可能造成的损失，确保业务持续开展。

（12）小额贷款公司应当设立独立的法律事务部门或岗位，统一管理各类授权、授信的法律事务，制定和审查法律文本，对新业务的推出进行法律论证，确保各项业务的合法和有效。

4. 内部控制的电子化管理

条件许可的小额贷款公司，应当实现业务操作和管理的电子化，促进各项业务的电子数据处理系统的整合，做到业务数据的集中处理。

小额贷款公司应当实现经营管理的信息化，建立贯穿各级机构、覆盖各个业务领域的数据库和管理信息系统，做到及时、准确提供经营管理所需要的各种数据，并及时、真实、准确地向金融办等机构报送监管报表资料和对外披露信息。

5. 内部控制的反馈监督制度

（1）小额贷款公司应当建立有效的信息交流和反馈机制，确保董事会、监事会、高级管理层及时了解本公司的经营和风险状况，确保每一项信息均能够传递给相关的员工，各个部门和员工的有关信息均能够顺畅反馈。

（2）小额贷款公司的业务部门应当对各项业务经营状况进行经常性检查，及时发现内部控制存在的问题，并迅速予以纠正。

（3）小额贷款公司的内部审计部门应当有权获得所有经营信息和管理信息，并对各个部门、岗位和各项业务实施全面的监督和评价。

（4）小额贷款公司应当建立有效的内部控制报告和纠正机制，业务部门、内部审计部门和其他人员发现的内部控制的问题，均应当有畅通的报告渠道和有效的纠正措施。

二、信贷业务的内部控制

（1）小额贷款公司信贷业务内部控制的重点是：实行统一信贷业务管理，健全客户信用风险识别与监测体系，完善信贷业务决策与审批机制，防止对单一客户、关联企业客户和集团客户信贷业务风险的高度集中，防止违反信贷原则发放关系人贷款和人情贷款，防止信贷资金违规使用。

（2）小额贷款公司应当设立独立的信贷业务风险管理部门，对不同客户对象、不同种类的信贷业务进行统一管理，设置信贷业务风险限额，避免信用失控。

（3）小额贷款公司信贷业务岗位设置应当做到分工合理、职责明确，岗位之间应当相互配合、相互制约，做到审贷分离、业务经办与会计账务处理分离。

（4）小额贷款公司应当建立有效的信贷业务决策机制，包括设立贷款审查委员会，负责审批权限内的授信。

贷款审查委员会审议表决应当遵循集体审议、明确发表意见、多数同意通过的原则，全部意见应当记录存档。

（5）小额贷款公司应当对信贷业务合理确定授信审批权限。根据风险大小，对不同种类、期限、担保条件的信贷业务确定不同的审批权限，审批权限应当采用量化风险指标。

（6）小额贷款公司应当明确规定授信审查人、审批人之间的权限和工作程序，严格按照权限和程序审查、审批业务，不得故意绕开审查人、审批人。

（7）小额贷款公司应当以风险量化评估的方法和模型为基础，开发和运用统一的客户信用评级体系，作为信贷业务客户选择和项目审批的依据，并为客户信用风险识别、监测以及制定差别化的信贷业务政策提供基础。客户信用评级结果应当根据客户信用变化情况及时进行调整。

（8）小额贷款公司应当建立统一的信贷业务操作规范，明确贷前调查、贷时审查、贷后检查各个环节的工作标准和尽职要求。具体内容见本书第五章的内容。

（9）小额贷款公司应当制定统一的各类信贷业务品种的管理办法，明确规定各项业务的办理条件，包括选项标准、期限、利率、收费、担保、审批权限、申报资料、贷后管理、内部处理程序等具体内容。

小额贷款公司实施有条件授信时应当遵循“先落实条件、后实施授信”的原则，信贷业务条件未落实或条件发生变更未重新决策的，不得实施信贷业务。

（10）小额贷款公司应当严格审查和监控贷款用途，防止借款人通过贷款、贴现等方式套取信贷资金，改变借款用途。

小额贷款公司应当严格审查借款人资格合法性、融资背景以及申请材料的真实性和借款合同的完备性，防止借款人骗取贷款，或以其他方式从事金融诈骗活动。

（11）小额贷款公司应当建立资产质量监测、预警机制，严密监测资产质量的变化，及时发现资产质量的潜在风险并发出预警提示，分析不良资产形成的原因，及时制定防范和化解风险的对策。

小额贷款公司应当建立贷款风险分类制度，规范贷款质量的认定标准和程序，严禁掩盖不良贷款的真实状况，确保贷款质量的真实性。

（12）小额贷款公司应当建立信贷业务风险责任制，明确规定各个部门、岗位的风险责任。

小额贷款公司应当对违法、违规造成的信贷业务风险和损失逐笔进行责任认定，并按规定对有关责任人进行处理。

（13）小额贷款公司应当建立完善的信贷业务管理信息系统，对信贷业务全过程进行持续监控，并确保提供真实的信贷业务经营状况和资产质量状况信息，对信贷业务风险与收益情况进行综合评价。

（14）小额贷款公司应当建立完善的客户管理信息系统，全面和集中掌握客户的资信水平、经营财务状况、偿债能力和非财务因素等信息，对客户进行分类管理，对资信不良的借款人实施信贷业务禁入。

三、会计的内部控制

（1）小额贷款公司会计内部控制的重点是：实行会计工作的统一管理，严格执行会计制度和会计操作规程，运用计算机技术实施会计内部控制，确保会计信息的真实、完整和合法，严禁设置账外账，严禁乱用会计科目，严禁编制和报送虚假会计信息。

（2）小额贷款公司应当依据企业会计准则和国家统一的会计制度，制订并实施本行的会计规范和管理制度。

小额贷款公司应当确保会计工作的独立性，确保会计部门、会计人员能够依据国家统一的会计制度和本行的会计规范独立地办理会计业务，任何人不得授意、暗示、指示、强令会计部门、会计人员违法或违规办理会计业务。

对违法或违规的会计业务，会计部门、会计人员有权拒绝办理，并向上级机构报告，或者按照职权予以纠正。

（3）小额贷款公司会计岗位设置应当实行责任分离、相互制约的原则，严禁一人兼任非相容的岗位或独自完成会计全过程的业务操作。

小额贷款公司应当明确会计部门、会计人员的权限，各级会计部门、会计人员应当在各自的权限内行事，凡超越权限的，须经授权后，方可办理。

（4）小额贷款公司应当对会计账务处理的全过程实行监督，会计账务应当做到账账、账据、账款、账实、账表和内外账的六相符。

凡账务核对不一致的，应当按照权限进行纠正。

（5）应当对会计主管、会计负责人实行从业资格管理，建立会计人员档案。

会计主管、会计负责人和会计人员应当具有与其岗位、职位相适应的专业资格或技能。

小额贷款公司会计主管的变动应当经上级机构会计部门同意。

会计人员调动工作或离职，应当与接管人员办清交接手续，严格执行交接程序。

（6）小额贷款公司应当实行会计差错责任人追究制度，发生重大会计差错、舞弊或案件，除对直接责任人员追究责任外，机构负责人和分管会计的负责人也应当承担相应的责任。

（7）小额贷款公司应当做到会计记录、账务处理的合法、真实、完整和准确，严禁伪造、变造会计凭证、会计账簿和其他会计资料，严禁提供虚假财务会计报告。

（8）小额贷款公司应当建立规范的信息披露制度，按照规定及时、真实、完整地披露会计、财务信息，满足股东、监管部门和社会公众对其信息的需求。

（9）小额贷款公司应当完善会计档案管理，严格执行会计档案查阅手续，防止会计档案被替换、更改、毁损、散失和泄密。

四、计算机信息系统的内部控制

小额贷款公司的计算机信息系统目前尚不成熟。条件成熟的小额贷款公司应当实行计算机信息系统内部控制。

计算机信息系统内部控制的重点是：严格划分计算机信息系统开发部门、管理部门与应用部门的职责，建立和健全计算机信息系统风险防范的制度，确保计算机信息系统设备、数据、系统运行和系统环境的安全。

五、内部控制的监督与纠正

（1）小额贷款公司应当指定不同的机构或部门分别负责内部控制的建设、执行和内部控制的监督、评价。

内部控制的建设、执行部门负责设计内部控制体系，组织、督促各业务部门建立和健全内部控制。

内部控制的监督、评价部门负责组织检查、评价内部控制的健全性和有效性，督促管理层纠正内部控制存在的问题。

（2）小额贷款公司应当建立内部控制的报告和信息反馈制度，业务部门、内部审计部门和其他控制人员发现内部控制的隐患和缺陷，应当及时向董事会、管理层或相关部门报告。

（3）小额贷款公司内部控制的监督、评价部门应当对内部控制的制度建设和执行情况定期进行检查评价，提出改进建议，对违反规定的机构和人员提出处理意见。

（4）小额贷款公司上级机构应当根据自身掌握的内部控制信息，对下级机构的内部控制状况定期做出评价，并将评价结果作为经营绩效考核的重要依据。

（5）小额贷款公司应当建立内部控制问题和缺陷的处理纠正机制，管理层应当根据内部控制的检查情况和评价结果，提出整改意见和纠正措施，并督促业务部门落实。

六、小额贷款公司应当建立内部控制的风险责任制

（1）董事会、高级管理层应当对内部控制的有效性负责，并对内部控制失效造成的重大损失承担责任。

（2）内部审计部门应当对未执行审计方案、程序和方法导致重大问题未能被发现，对审计发现隐瞒不报或者未如实反映，审计结论与事实严重不符，对审计发现问题查处整改工作跟踪不力等行为，承担相应的责任。

（3）业务部门应当及时纠正内部控制存在的问题，并对出现的风险和损失承担相应的责任。

（4）高级管理层应当对违反内部控制的人员，依据法律规定、内部管理制度追究责任和予以处分，并承担处理不力的责任。

七、小额贷款公司开展咨询、财务顾问等业务

小额贷款公司开展咨询、财务顾问等业务，应当坚持诚实信用原则，确保客户对象、业务内容的合法性和合规性，对提供给客户的信息的真实性、准确性负责，并承担为客户保密的责任。

第十章　小额贷款公司的日常管理

小额贷款公司的公司治理制度、股东会（董事会）议事规则、业务操作规则、财务管理制度和风险控制措施是其治理公司、操作业务和控制风险的主要规章。不依规矩，无以成方圆。小额贷款公司应确保公司治理制度、股东会（董事会）议事规则符合《公司法》规定；确保涉及贷前调查、贷时审查、贷后检查的贷款业务操作和风险控制的各类规章制度合法并具有可操作性；确保财务管理制度能依法核算和管理。监管机构应结合相应法律法规、部门（地方）规章以及其内部制度，检查小额贷款业务是否依法有序进行操作。对违规、违章操作者，应及时予以处罚和纠正，以保障其安全合法运营。

第一节　建立健全规章制度

小额贷款公司除了具有完善的组织架构以外，还应有符合规定的章程和管理制度，这样才能符合现代企业制度的基本要求。

一、符合法律规定的公司章程

小额贷款公司应按照《公司法》要求建立健全公司治理结构，明确股东、董事、监事和经理之间的权责关系，制定稳健有效的议事规则、决策程序，提高公司治理的有效性。

为适应市场要求，增强企业竞争力，有效防范和控制风险，依据《中华人民共和国公司法》及其他有关法律、行政法规的规定，由出资人各方共同出资设立××小额贷款公司，必须制定公司章程，规范公司的行为。章程的主要内容包括：

（1）公司名称和住所、公司经营范围、公司注册资本。

（2）股东的名称、出资方式、出资额、出资时间。

（3）公司的机构及其产生办法、职权、议事规则。

（4）财务、会计、利润、分配。

（5）劳动用工制度。

（6）公司的解散事由与清算办法。

（7）股东认为需要规定的其他事项。

二、信贷业务的操作规程

小额贷款公司应建立健全贷款管理制度，明确贷前调查、贷时审查和贷后检查业务流程和操作规范，切实加强贷款管理。小额贷款公司贷款业务操作规程的主要内容包括：

（1）明确贷款业务程序。

（2）贷款申请和贷款受理。

（3）贷款项目初审和实地调查。

（4）贷款项目评审与决策。

（5）贷款合同的签订和担保措施的落实。

（6）利息收取和贷款发放。

（7）贷后管理和贷款收回。

（8）贷款的追偿和责任追究。

三、信贷风险管理制度

为进一步加强贷款风险的防范和控制，切实化解和消化贷款风险，提高贷款质量，保证信贷资产安全，建立以贷款风险管理为核心的信贷管理体制。

贷款风险管理的基本任务是：贯彻落实国家关于防范和控制金融风险的各项政策措施，建立和完善适应公司小额贷款业务特点的贷款风险管理制度和机制，强化贷款风险全程管理，有效防范、控制和化解各类贷款风险，降低不良贷款，提高贷款质量。

应遵循的原则是：第一，贷款风险管理一般原则与贷款业务实际相结合；第二，实行贷款按风险性质和历史成因分类管理；第三，坚持贷款风险管理权责相结合；第四，坚持把封闭管理措施纳入风险管理。

信贷风险管理应执行严格的风险分类管理制度和风险预警制度。规范操作程序，并相应建立风险责任追究制度。

四、企业的基本管理制度

企业基本管理制度包含人力资源管理制度、财务会计管理制度、信息披露制度、安全保卫制度和日常工作管理制度等等。

（一）人力资源管理制度的主要内容

1. 组织架构设计

包括部门设计、部门职能、部门职责的描述。

2. 定岗定编

包括岗位构成、工作分析、岗位职责描述。

3. 人力资源规划

包括人才现状、人才培养和招聘引进。

4. 选　人

包括岗位素质能力要求、人员招聘成本预算控制。

5. 育　人

包括上岗培训、在职培训、脱产培训。

6. 用　人

包括薪酬机制、绩效考核体系。

7. 留 人

包括激励机制、员工职业生涯设计规划。

（二）财务会计管理制度的主要内容

小额贷款公司应加强内部控制，按照国家有关规定建立健全企业财务会计制度，真实记录和全面反映其业务活动和财务活动。

小额贷款公司应按照《企业会计准则》规定的一般原则和要求，进行会计核算。

小额贷款公司应建立岗位责任制度和内部牵制制度。

小额贷款公司执行《金融企业财务规则》。

小额贷款公司应执行国家法律法规和金融政策，根据自身发展的需要，建立健全内部财务管理制度，设置财务管理职能部门，配备专业财务管理人员，运用预测、计划、预算、控制、监督、考核、评价和分析等方法，筹集资金，营运资产，控制成本，分配收益，配置资源，反映财务状况和经营成果，有效防范和化解财务风险，努力实现持续经营和价值最大化。

小额贷款公司应按照有关规定，建立审慎规范的资产分类制度和拨备制度，准确进行资产分类，充分计提呆账准备金，确保资产损失准备充足率始终保持在100%以上，全面覆盖风险。

（三）小额贷款公司建立的信息披露制度

小额贷款公司建立的信息披露制度，应及时披露年度经营情况、重大事项等信息。按要求向公司股东、相关部门、向其提供融资的银行业金融机构、有关捐赠机构披露经中介机构审计的财务报表和年度业务经营情况、融资情况、重大事项等信息。省政府金融办有权要求小额贷款公司以适当方式，适时向社会披露其中部分内容或全部内容。

（四）小额贷款公司的安全保卫制度

（1）确保计算机系统的安全，包括公司的综合管理系统和财务管理系统等。

（2）确保资金安全和贷款安全。

（3）确保人身安全和车辆安全。

（4）确保工作场所的安全。

（5）要坚持值班制度；实行值班负责制和报警制度。

（五）日常工作管理制度

（1）上下班考勤制度、假期制度。

（2）出差制度、会议制度、车辆管理制度和通讯管理制度。

（3）财产管理制度。

（4）正常福利制度。

图 10－1 小额贷款公司年会

第二节 人力资源管理和绩效管理

一、人力资源管理的含义及基本内容

按照现代人力资源管理的概念，小额贷款公司人力资源管理是

一个获取和利用人才资源，组织和协调各种专业活动（如制定规划、招聘、培训等）的过程，以促进小额贷款公司实现整体目标。其具体内容包括小额贷款公司人力资源规划、小额贷款公司员工的招聘与录用、小额贷款公司员工培训、小额贷款公司人才任用管理、小额贷款公司员工绩效考评、小额贷款公司员工薪酬管理和小额贷款公司员工激励7个方面。

二、小额贷款公司人力资源管理的方法和策略

以下将从小额贷款公司人力资源规划、小额贷款公司员工的招聘与录用、小额贷款公司员工培训、小额贷款公司人才任用管理、小额贷款公司员工绩效考评、小额贷款公司员工薪酬管理和小额贷款公司员工激励7个方面介绍人力资源管理的方法和策略。

（一）小额贷款公司人力资源规划、员工招聘和录用

1. 小额贷款公司人力资源规划

小额贷款公司人力资源规划是指根据小额贷款公司总体发展战略和竞争战略，分析和确定其人力资源需求和这种需求满足的可能性的过程。这个过程的实现需要有完善的人力资源信息系统与之相配套。

小额贷款公司的人力资源规划流程如下图所示。

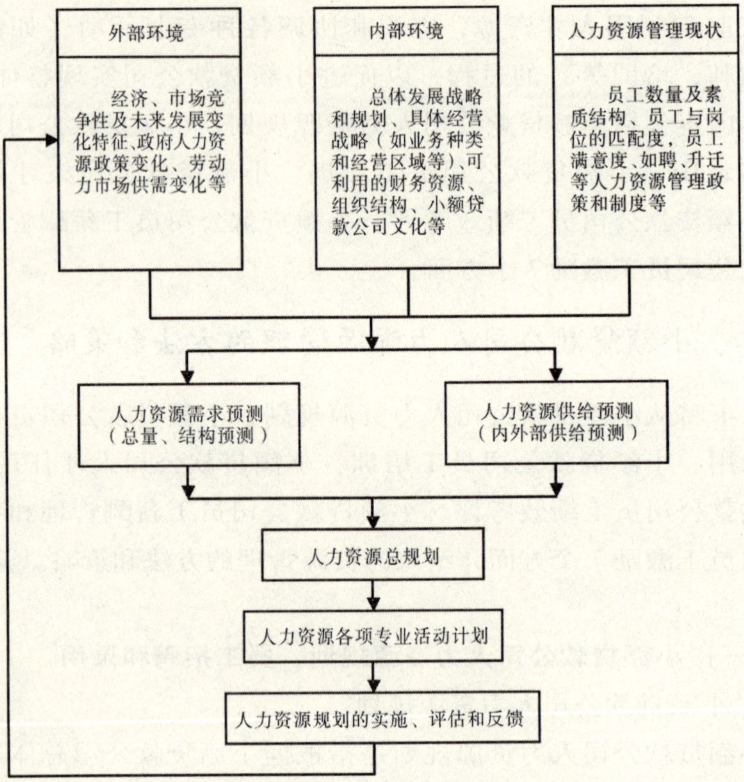

图 10－2 小额贷款公司的人力资源规划流程图

2. 小额贷款公司员工的招聘和录用

小额贷款公司员工的招聘和录用是小额贷款公司人力资源规划的具体实施，是小额贷款公司根据人力资源规划和具体的职位分析出的数量和质量要求，从组织内部或外部吸收人才的过程。它关系到小额贷款公司员工的素质，也直接影响着小额贷款公司未来的发展。

（1）小额贷款公司员工招聘和录用的流程：

小额贷款公司员工招聘和录用的流程如下图所示。

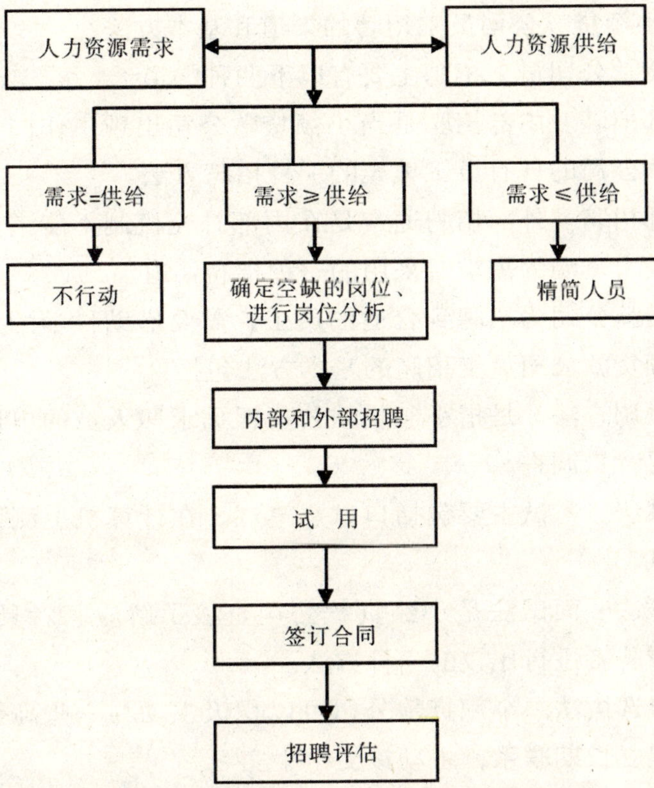

图 10－3　小额贷款公司员工招聘和录用流程图

（2）岗位分析：

岗位分析（即职位分析或工作分析）是指通过一系列科学的方法、分析、测定岗位的工作内容和岗位对员工的素质要求。它的制定为寻找合适的人选完成确定的工作奠定基础。岗位分析所掌握的信息主要包括：

①工作目标及主要职责。

②工作的时间和地点。

③完成此项工作的步骤和方法。

④此项工作的任职资格。

⑤工作的业绩标准。

（3）小额贷款公司员工招聘的渠道和基本方法：

小额贷款公司员工招聘主要有以下两种渠道：

①内部招聘。内部招聘是当小额贷款公司出现工作岗位空缺时由小额贷款公司的现有员工填充的一种招聘方法。

②外部招聘。外部招聘通常是在内部补充机制不能满足小额贷款公司对人力资源的需求时采用的一种招聘渠道。

小额贷款公司为招聘到合适的员工，需要借助科学的人才选拔方法。小额贷款公司员工招聘的基本方法包括：

①背景调查法。是指小额贷款公司根据求职人员的申请表对其进行的必要背景调查。

②考试法。考试主要包括口试、笔试、在计算机上测试以及情景模拟测试。

③面试法。面试法是小额贷款公司直接了解应聘者具体情况，并对众多应聘者进行比较的一种方法。

④实习选拔法。小额贷款公司可以积极主动与一些高等院校和职业院校建立长期联系，主动接受学生实习。

（二）小额贷款公司员工培训

从小额贷款公司的角度出发，培训是提高组织绩效的需要，它能使职工终身受益，小额贷款公司长期收效。小额贷款公司的员工培训是指小额贷款公司通过某种方式对其员工施加影响，以更新其知识、技能或理念，提高其综合素质，影响并改变其工作行为，以提高小额贷款公司的竞争能力。

小额贷款公司培训的内容包括操作和合规、管理技能、信贷产品知识、销售和服务、简单的礼仪等。

1. 小额贷款公司员工培训的流程

小额贷款公司员工培训的流程如下图所示。

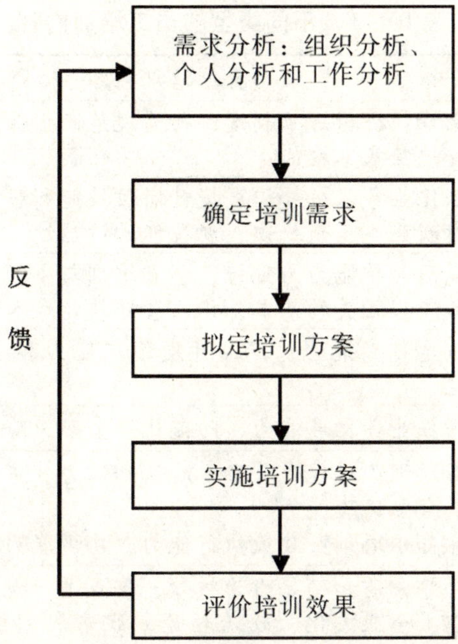

图 10－4　小额贷款公司员工培训流程图

2. 小额贷款公司员工培训的内容

（1）任职资格培训。岗位任职资格培训能够保证员工的知识和能力达到岗位准入时的基本要求。按照管理系列、运营系列、销售系列和操作系列的岗位分类，以及岗位所需专业知识、技术经验和行为能力，开发分级分类的岗位任职资格培训课程体系。系统、全面、规范地提供符合各类岗位需要的岗位资格培训和岗位资格考试，推行岗位资格认证制度，把获得岗位资格作为员工上岗的必备条件。

（2）履职能力培训。履职能力培训能够使在岗员工适应岗位职责变化的要求，提高履行岗位职责的能力。要根据培训对象所需要掌握的知识和技能等，制定不同的培训方案，确定差异化的培训内容和培训方式。小额贷款公司的不同类型的员工的培训内容如下表所示。

表 10－1 不同类型的员工培训内容

培训对象	培训内容
新员工	小额贷款公司规章制度、行为规范、企业文化、工作所需基本知识及基本技能
操作类人员	以强化业务基础知识、提升岗位技能和服务能力为主，强化其对新业务、新知识、新技能的适应性
销售类人员	以提高营销能力为目标，重点培训与小额贷款公司业务、产品和流程相关的基本知识、营销技能和人际沟通能力等
专业技术人员	以技术创新能力、产品开发推广能力和项目研发设计能力为主
基层管理人员	以增强业务拓展能力、防范化解金融风险能力的培训为主
中层管理人员	业务培训：对现代金融发展认知能力、市场拓展能力和防范化解金融风险能力 领导知识培训：政策执行能力、协调能力和创新能力
高层管理人员	以领导素质和领导力为核心，重点进行现代金融理论、管理知识、企业文化、政治理论、战略规划能力、系统思维能力、决策能力和开拓创新能力的培训

（3）岗位职务晋升培训。岗位职务晋升培训为员工未来职务提升、转换岗位储备必需的知识和能力，同时也可以为小额贷款公司各级岗位尤其关键岗位选拔后备人员，确保人才队伍的稳定和可持续性，因此，岗位晋升培训实际上是合理配置培训资源的一种手段，应该主要向优秀员工倾斜，使之真正成为有效的激励手段。小额贷款公司培训的主要内容是新知识、新技能以及观念态度的培训。

3. 小额贷款公司员工培训方法

（1）讲授法。讲授法是最为传统的培训方法，应用范围也非常广泛。

（2）研讨法。研讨法通常是由培训者综合介绍一些基本概念和原理，然后组织员工就某一主题展开讨论。

（3）案例分析法。案例分析法是指把实际工作中的实例作为案例，让员工去研究、分析，培养员工的分析能力、解决问题能力及积极创新肥力的一种培训方法。

（4）岗位轮换。岗位轮换是指小额贷款公司员工在内部同一层次上先后承担不同工作的一种培训方式。

（5）向外界学习。主要包括外派培训和聘请专家学者来小额贷款公司讲学。

（6）与大学等教学机构合作。

对于小额贷款公司来说，可以几种方法综合起来使用。

（三）小额贷款公司人才任用管理

见本书第九章第四节“二”的内容。

（四）小额贷款公司员工绩效考评

小额贷款公司的绩效考评就是针对每个员工履行职务的程度以及担任更高一级职务的潜力，应用定性和定量的方法，对员工行为的实际效果进行有组织并尽可能客观地考核和评价过程。

1. 小额贷款公司绩效考评的流程

小额贷款公司绩效的流程如下图所示。

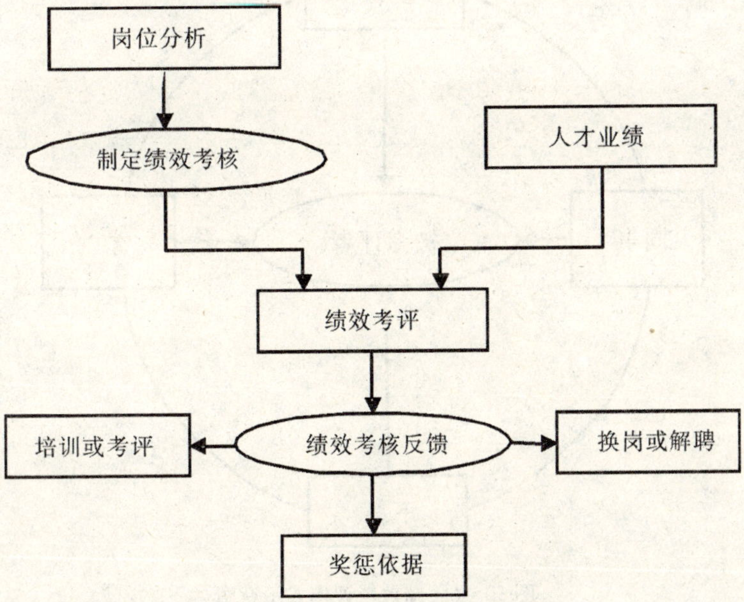

图 10－5　小额贷款公司绩效考评的流程

为了使绩效考核更具有可操作性、客观性和规范性，小额贷款公司需要按照岗位职责与绩效指标匹配的原则构建员工绩效考核指标体系。不同类型的员工，其绩效考核的重点不同，如管理类员工的绩效考评以组织绩效为主，辅以个人能力和行为考评；专业类员工的绩效考评以个人绩效为主，与部门绩效挂钩；销售类员工的绩效考评则以个人绩效为导向，必要时可以采用销售团队绩效和个人绩效相结合的方式；操作类员工的绩效考评以个人绩效为主，一般不与组织和部门绩效挂钩。

2. 小额贷款公司绩效考评的方法

按照考评信息来源的多少将绩效考评方法分为1度、90度、180度、360度四种类型。如下图绩效考评模式示意图所示，各种绩效考评方法的评价信息来源如下表所示。其中360度绩效考评方法对员工进行了全方位、多角度的考核，不仅能够真实、全面、客观地考评了员工的绩效，还可以改善沟通，推动员工的自我开发。

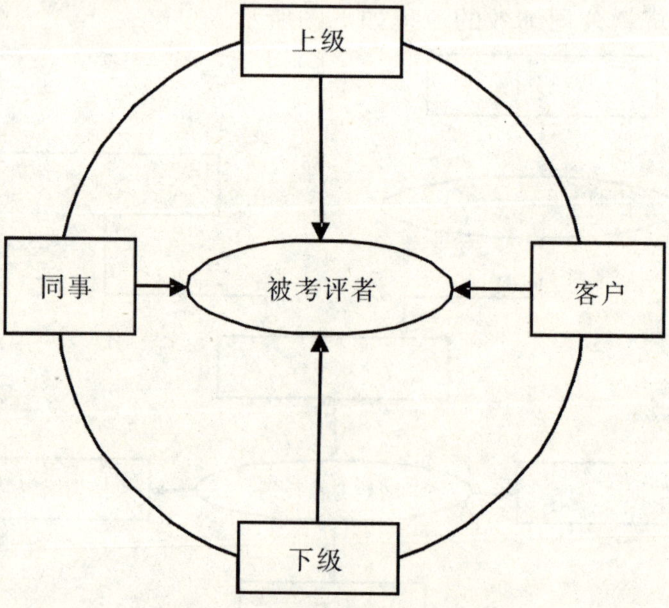

图10－6 绩效考评模式示意图

表 10－2　各种绩效考评方法的评价信息来源

绩效考评方法	评价信息来源
1 度绩效考评	主要是被考评者的直接上级或被考评者。传统的绩效考评方法（如小组评价法、工作标准评价法）就属于 1 度绩效评价
90 度绩效考评	被考评者的直接上级、同事及被考评者
180 度绩效考评	被考评者的直接上级、同事、下级及被考评者
360 度绩效考评	被考评者的直接上级、同事、下级、客户及被考评者

（五）小额贷款公司员工薪酬管理

小额贷款公司员工薪酬管理，应该根据不同岗位等级、不同岗位类别确定员工的薪酬水平，相应地薪酬管理的各类也因等级、岗位的不同而有差异。

1. 管理类员工

按照“年薪制”的原理进行设计和管理，采用“岗位工资＋绩效工资＋长期激励＋福利”的薪酬结构，实行以绩效工资和长期激励为主、岗位工资为辅的分配制度。经营管理类和业务管理类的高层人员和战略管理类员工的长期激励以股票增值权为主、辅以奖励性年金等工具。中层以下的经营管理类和业务管理类员工的长期激励以延期支付的绩效工资为主。

2. 专业类员工

按照“岗位工资制”的原理设计，采用以岗位工资为主的薪酬结构。整体薪酬较为稳定，少数资深专业人才和关键岗位员工可享受股票增值权、奖励性年金等长期激励。

3. 销售类员工

按照“佣金制”的原理设计，采用以绩效工资为主体、岗位工资为辅的薪酬结构。绩效工资根据营销业绩确定，实行基于业务综合积分制的提成佣金制度，超过 100% 的绩效工资部分实行延期支付制度。

4. 操作类员工

按照“计件工资制”的原理设计，采用“基本工资＋计件工资

+年度奖金+福利”的薪酬结构。岗位工资根据员工能力等级确定，包括基本工资和计件工资的定额部分，绩效工资则包括计件工资的超额部分和根据营销结果、服务质量等因素综合考评后的年度奖金。

薪酬管理是小额贷款公司人力资源管理活动中最受重视的部分。小额贷款公司员工的薪酬包括小额贷款公司支付给员工的薪水及其他形式的奖励。既包括以货币形式来表现的外在报酬，也包括非货币形式表现的内在报酬。在内在报酬中，包括给员工更富挑战性的工作、晋升、培训机会、弹性工作时间及优越的办公条件等。在小额贷款公司人力资源管理中，把外在报酬作为员工薪酬体系研究的重点。

1. 小额贷款公司员工薪酬的主要形式及适用对象

小额贷款公司员工薪酬的主要形式及适用对象如下表所示。

表 10-3 小额贷款公司员工薪酬的主要形式及适用对象

薪酬形式	内容	适用对象
年薪制	以年为单位支付固定薪水，考虑了高级管理人员业绩的间接性和长期性	高层管理人员
股票期权制和员工持股计划	根据职位、能力、责任等因素，小额贷款公司人员持有数量不等的本公司股份的一种长期激励计划	高层管理人员、技术骨干等核心员工
项目承包收入制	将员工收入与所负责的开发项目相挂钩	金融新产品开发人员和部分项目经理
佣金制	以销售量（额）或一定时间内建立新客户的数量为基础，乘以一定的佣金率	营销人员
奖金制	通过发放奖金将绩效考评结果反馈给员工	一般员工
福利计划	福利计划主要包括生活性福利、保障性福利、教育培训性福利等方式。具体形式有交通补贴、医疗保险、商业保险、取暖津贴等	生活性福利、保障性福利适用于所有员工。教育培训性福利主要适用于高层管理人员

2. 小额贷款公司员工薪酬设计的流程

小额贷款公司员工薪酬设计流程如下图所示。虚线所指为相应步骤的主要职责。

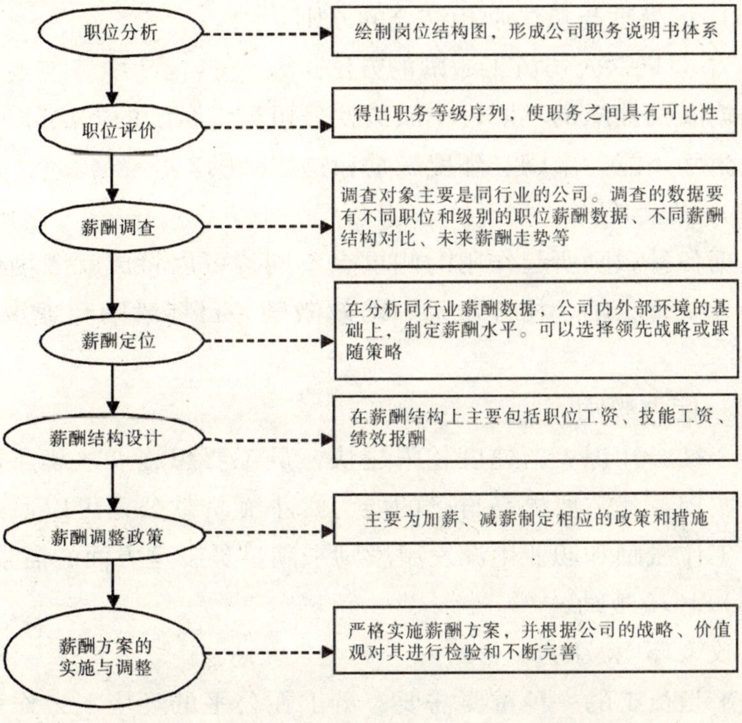

图 10－7 小额贷款公司员工薪酬设计流程图

(六) 小额贷款公司员工激励

激励是指用各种有效的方法去调动员工的积极性和创造性，使员工努力完成小额贷款公司的任务，实现小额贷款公司目标。激励的实质就是通过一定的手段对人的需求或动力施加影响，从而达到引导、改变和强化人的某种行为的目的。通过激励调动小额贷款公司管理者和员工的工作积极性是小额贷款公司管理的重要任务之一。

1. 小额贷款公司员工激励的原则

(1) 目标结合原则。

(2) 合理性原则。

（3）时效性原则。

（4）针对性原则。

（5）物质激励和精神激励相结合的原则。

（6）正激励与负激励相结合的原则。

2. 小额贷款公司员工激励的方法

根据激励性质的不同，小额贷款公司员工激励的方法分为4类，即成就激励、能力激励、环境激励和物质激励。

（1）成就激励：

根据各种激励所起作用的侧重点不同，可以将成就激励分为组织激励、荣誉激励、榜样激励、绩效激励、目标激励和理想激励6个类型。

（2）能力激励：

当今社会知识更新速度越来越快，员工要想施展才华、不断得到自我实现，就需要提高自己的能力。小额贷款公司可以通过培训激励、工作激励和职业生涯发展激励来满足员工这方面的需求。

（3）环境激励：

①政策环境激励。

公平是员工的一种重要需要，员工在公平的环境下工作可以减少他们因不公平产生的不满，提高工作效率。政策环境激励就是通过制定良好的制度、规章等对员工产生激励。

②客观环境激励。

客观环境激励是指通过改善员工的办公环境、办公设备、环境卫生等客观环境来改善员工的工作情绪，从而产生激励作用。

（4）物质激励：

物质激励包括工资奖金和各种公共福利。它是一种最基本的激励手段。同时随着员工收入及居住条件的改善，也影响其社会地位、社会交往、文化娱乐等精神需要的满足程度。

附录：××小额贷款公司绩效挂钩考核办法（参考文本）

第一章　总　则

第一条　为调动员工工作热情，提高工作质量和效率，充分发挥员工的积极性和创造性，全面公正地评价员工工作业绩，制定本办法。

第二条　本办法所称绩效挂钩，是指用员工的一定工资额度与所从事岗位的工作质量和数量进行挂钩的一种考核方式。工作业绩越突出挂钩工资比例越高，反之则越低。

第二章　考核范围和办法

第三条　本办法的考核范围包括全公司业务岗位员工和公司所有人员。公司全体员工年度总收入按该年度公司各项收入的10%总量控制。

第四条　考核按岗位采用百分制的方式进行，每季度考核兑现一次，不便于按季考核的项目，年终一次考核兑现。

第五条　在岗职工每人每月按工资总额的60%实行绩效挂钩，由公司统一管理。

计算公式：绩效挂钩金额＝（工资表实发金额＋岗位津贴＋保留奖金）×60%。

第六条　实行全员保证金制度。每人必须缴纳5万～10万元的保证金，作为履行职责和完成目标任务的保证金。客户经理采取一次性上交保证金方式，由总经理年终考核兑现。

第七条　本办法由总经理负责组织实施，董事长对考核工作进行监督和指导。

第三章　考核项目

第八条　信贷岗位考核项目

1. 贷款农户面与贷款存量（40分）

2. 不良贷款（20分）

3. 贷款利息收回率（20 分）

4. 其他项目（20 分）。其中：中间业务（10 分）；咨询服务（10 分）。

第九条 会计岗位考核项目

1. 财务管理及财务规范（40 分）

2. 业务量（15 分）

3. 基本制度（20 分）

4. 贷款指标（20 分）

5. 出勤率（5 分）

第十条 记账员（复核）及出纳岗位考核项目

1. 财务规范（50 分）

2. 业务量（15 分）

3. 基本制度（20 分）

4. 贷款指标（10 分）

5. 出勤率（5 分）

第十一条 风险管理员岗位考核项目

1. 风险管理（40 分）

2. 贷款综合指标（20 分）

3. 业务量（5 分）

4. 专业工作（30 分）

5. 出勤率（5 分）

第十二条 行政后勤人员以工作职责量化后进行考核

1. 职责内容（50 分）

2. 工作效率（20 分）

3. 工作态度（10 分）

4. 工作质量（15 分）

5. 出勤率（5 分）

第四章　内容及评分标准

第一节　信贷员工作岗位

第十三条　贷款存量指标40分。此项指标主要考核农户贷款面及贷款存量，其中：贷款存量余额包括正常、逾期和呆滞（不含呆账），最高加3分。

计算公式为：该项目得分＝［（本人管辖贷款户数÷本公司信贷员人均贷款户数）×55%＋（本人管辖贷款余额÷本公司信贷员人均贷款余额）×45%］×分值。

第十四条　中间业务（其他项目）指标20分

1. 财务管理咨询10分。按完成任务比例计分，超额完成任务一个百分点加0.5分，最高加5分。余额不降反升一个百分点扣0.5分，可扣负分。

2. 其他中间业务10分。按完成比例计分，每超额完成任务5 000元加1分，最高加5分。

第十五条　贷款利息收回率20分。

正常及逾期贷款利息收回率10分。按完成比例计分。其中：正常贷款利息收回每欠1户（次）扣0.5分，此项分扣完为止。

第十六条　不良贷款指标20分。每发生一笔不良贷款扣8分，直至扣完。

第十七条　附加指标：农户小额信用贷款推广工作指标5分。按各信贷员所管辖经济区域分别下达指标，年末按完成比例计分。

第二节　会计工作岗位

第十八条　财务规范，每违反一项，扣5分。

第十九条　贷款指标，按全额计分，每超额完成1万元，加2分。

第二十条　业务量指标，按比例计分，同比例加减分。

第三节　风险管理员岗位

第二十一条　风险管理每发生一次，扣10分。风险管理的其他按指标顺序，每发生一项扣5分。

第五章 考核兑现

第二十二条 总经理、副总经理、财务负责人由董事会统一考核。

第二十三条 每季度预考核一次，兑现一次，年度结算，多退少补。

第三节 会计核算和财务管理

小额贷款公司应加强内部控制，按照国家有关规定建立健全企业财务会计制度，真实记录和全面反映其业务活动和财务活动。

小额贷款公司应按照有关规定，建立审慎规范的资产分类制度和拨备制度，准确进行资产分类，充分计提呆账准备金，确保资产损失准备充足率始终保持在100%以上，全面覆盖风险。

一、小额贷款公司的会计核算

小额贷款公司应按照《企业会计准则》规定的一般原则和要求，进行会计核算。在不违背《企业会计准则》的前提下，可结合本企业的具体情况，制定适合本公司的具体核算办法。

（一）按照《企业会计准则》统一规定会计科目和编号

1. 原则和要求

依据《企业会计准则》统一规定会计科目和编号，以便于编制会计凭证，登记账簿，查阅账目，实行会计电算化。公司不宜打乱重编。某些会计科目之间留有空号，供增设会计科目之用。

（1）小额贷款公司设置和使用会计科目。在不影响会计核算要求和会计报表指标汇总，以及对外提供统一的财务会计报告的前提下，可以根据实际情况自行增设、减少或合并某些会计科目。明细科目的设置，公司可以根据需要自行确定。

（2）公司在填制会计凭证、登记账簿时，应当填列会计科目的名称，或者同时填列会计科目的名称和编号，不应当只填科目编号，不填列科目名称。

（3）公司应当编制财务会计报告（又称财务报告，下同）。财务会计报告由会计报表和会计报表附注组成。会计报表包括：资产负债表、利润表、现金流量表、所有者权益变动表及会计报表附注。

（4）公司应当以实际发生的交易或者事项为依据进行会计确认、计量和报告，保证会计信息真实可靠、内容完整。

公司提供的会计信息应当清晰明了，便于财务会计报告使用者理解和使用。公司提供的会计信息应当具有可比性。

（5）公司应当按照交易或者事项的经济实质进行会计确认、计量和报告，不应仅以交易或者事项的法律形式为依据。

（6）公司对交易或者事项进行会计确认、计量和报告应当保持应有的谨慎，不应高估资产或者收益、低估负债或者费用。

公司对于已经发生的交易或者事项，应当及时进行会计确认、计量和报告，不得提前或者延后。

2. 会计科目编号和名称

将会计科目分为四大类：

（1）资产类。

（2）负债类。

（3）所有者权益类。

（4）损益类。

将每一类的会计科目进行编号。

3. 会计科目账务处理说明

对会计科目的账务处理进行详细说明。

（一）会计人员岗位责任制度

小额贷款公司的财会部门一般设置三个工作岗位，即财务负责人、会计岗位和出纳岗位。其岗位职责如下：

1. 财会主管岗位

（1）按国家有关财政财经方针政策、法律法规、规章制度组织制定和修订小额贷款公司的财会管理制度。

（2）具体负责组织本公司财会工作，组织编制小额贷款公司的预算计划、财务计划，审核监督本公司的财务收支。

（3）督促本公司的会计依法建账、依法核算，保证会计工作规范有序、科学，并依法对小额贷款公司的预算计划、财务计划执行情况进行监督。

（4）定期或根据实际需要审核（查）小额贷款公司的财务报告，并负责向公司领导汇报，促进财务管理和经营管理水平的提高。

（5）参与拟定项目申报文件、经济合同（协议）及其他经济文件：协助公司领导做好项目的审查、申报、检查和指导等工作。

（6）模范遵守会计人员职业道德规范，努力当好公司领导的参谋和助手。

（7）积极完成公司领导安排的其他有关工作。

2. 会计岗位

（1）认真执行财会规章制度，依法建立总账、明细账及其他辅助账簿，进行固定资产核算以及往来账项的结算等工作。

（2）审核收支的原始凭证，保证按合法有效的原始凭证填制会计凭证、登记会计账簿、编制会计报表。

（3）定期对本公司的固定资产进行清理。

（4）按时办理有关证、照年审工作，交纳有关税费。

（5）妥善保管会计凭证、会计账簿、会计报表等有关会计资料。

（6）自觉遵守会计人员道德规范，工作尽职尽责。

（7）积极参加政治学习，刻苦学习业务和参加财政或上级主管部门组织的业务培训，不断提高自身的综合素质。

（8）积极完成领导安排的其他有关工作。

3. 出纳岗位

（1）办理现金收付和银行结算业务，逐笔顺序及时登记现金和银行存款日记账。

（2）保管库存现金和各种有价证券，保管有关印章和空白票据。

（3）严格遵守和执行银行结算制度、现金管理制度，定期盘点库存现金和有价证券，保证账款相符。

（4）协同会计做好财务收支监督工作，及时结账和传递会计凭证。

（5）自觉遵守会计人员职业道德规范，及时参加政治学习和业务技能培训，不断提高自身政治、业务素质。

（6）积极完成领导安排的其他有关工作。

（三）账务处理程序制度

（1）按照企业单位财会制度的规定设置、使用和审核会计科目和明细科目；运用借贷记账法进行会计核算；会计凭证的格式采用借贷记账法的格式；会计账簿的设置分为总分类账、明细分类账和日记账；会计报表的种类为资产负债表、损益表、现金流量表和其他报表；按月（季）、年度编制报表并报送有关单位和部门。

（2）会计根据出纳签章收款后的收入凭据定期汇总填制收入记账凭证，同时登记收入明细账，之后及时交给出纳登记“现金日记账”，然后再交会计保管。

（3）会计根据审核无误的原始支出凭证填制记账凭证后交出纳付款并登记“现金日记账”后再交会计登记支出明细账，并保管凭证。

（4）会计定期汇总账凭证，填制记账凭证汇总表，登记总账。

（5）会计根据银行收、付款票据凭证填制记账凭证，登记明细账后交出纳登记银行、现金日记账，之后交会计保管。

（6）会计根据实物保管部门编制的财产变动情况表及有关原始凭证，核对后填制记账凭证，登记明细账。

（7）会计根据工程结算单等填制有关结算记账凭证，登记明细账。

（8）记账凭证的审核要求：审核记账凭证名称、填制日期和编号、经济业务内容摘要、会计科目和金额、所附的原始凭证张数、记账凭证的填制人、记账人、复核人的签名和盖章。审核完毕后还需签上审核人的名字或签章。

（9）记账原则：按记账凭证的时序登记日记账，按记账凭证的明细科目登记明细分类账，按记账凭证汇总表登记总分类账。

（10）月末、季末、年末会计根据有关余额作必要调账后结账并编制会计报表，编写财务报告说明书，尽可能地说明、分析本公司的财务计划执行情况和财务状况。

（四）内部牵制制度

见本书第九章第五节“四”的内容。

（五）内部稽核、审计监督制度

（1）财务主管负责组织稽核、监督、审计工作。

（2）财务主管负责对本公司的会计凭证、会计账簿、会计报表进行复核和经济合同、协议、项目的执行情况进行监督。

（3）会计负责对原始凭证进行审核，财务主管负责对原始凭证进行复核。对不真实、不合法的原始凭证，不予受理，并及时向公司领导报告，请求查明原因，追究当事人的责任。对记载不准确、不完整的原始凭证，予以退回，要求更正、补充。

（4）会计人员发现账簿记录与实物、款项不符的应及时按国家规定处理，超越会计人员职权范围的，应立即向领导报告，请求查明原因，作出处理。

（5）财务主管必须每月定期核对银行存款、库存现金结余数；经常核对债权、债务往来账项；定期核实财产物资期末结余，以保证账账、账实相符。

（6）财务主管对收入款项存入银行进行监督，防止私设“小金库”、“账外账”。

（7）稽核的方法内容包括：原始凭证是否合法真实；记账凭证是否附有合法完整的原始凭证；记账凭证与原始凭证、总账、明细账之间是否相符；会计报表与总账或明细账是否相符；固定资产、流动资产等实物与账面记录是否相符。

（8）财务主管、会计、出纳必须对财务收支情况、会计资料的合法性和真实性负责。

（六）原始记录管理制度

（1）原始凭证的审核包括合法性、合理性、完整性、准确性的审核。

（2）原始凭证内容必须具备：凭证的名称、填制凭证日期、填制凭证单位的名称和盖章、接受凭证单位名称、经济业业务内容、数量、单价和金额。

（3）自制原始凭证必须有财会主管的签名或盖章，对外开出的原始凭证，必须加盖本单位的公章。

（4）原始凭证的填制必须记录真实、填制及时、内容完整、书写清楚、数字准确、责任明确。

（5）外来原始凭证如有遗失，应取得原填制单位加盖公章的书面证明，证明中应列明遗失的原始凭证的号码、金额和内容等，由公司领导批准后，才能代替原始凭证。

（七）财产清查制度

（1）本公司所有固定资产、货币资金和有价证券等都应定期或根据实际需要不定期盘点。

（2）财产清查由综合管理部门组织进行。

（3）财产清查期限为：固定资产至少每年年终盘点一次；货币资金、有价证券至少每月盘点一次。盘点方式一般采用“实地盘存制”。

（4）盘点结果处理：盘盈部分应及时补记入账，盘亏损失，属于自然灾害等特殊情况造成的，由公司领导批准销账；属于过失的责任事故造成的，应当给予过失人以必要的经济、行政处罚，作损失处理；属于违法的，应当依法追究责任。

（八）财务收支审批制度

（1）严格执行国家财会制度规定的开支范围及标准。对违反国家财会制度规定的财务支出，财务不予办理。

（2）支出必须取得合法的原始凭证，由经手人、证明人签字送会计审核无误后再报公司总经理审批。

（3）严格执行“一支笔”审批制度，即由公司总经理负责审批。公司总经理出差超过十天的，可委托一名副总经理代为审批。

（4）重大项目开支必须经公司领导班子集体研究决定后总经理审批方可执行。

（九）财务会计分析制度

（1）月末、季末、年末定期或根据实际需要对本公司经济活动状况、预算计划的执行情况进行分析。提供经济预测、决策资料，为领导决策服务。

（2）财务活动分析的主要内容包括：收入、费用支出及效益的分析；流动资产与固定资产使用效果分析；债权、债务构成及原因分析等。

（3）财务活动分析的基本要求为：情况真实、要点明确、问题准确、建议可行、文字简练。

（4）财务活动分析的一般程序为：占有资料，掌握情况；指标对比，揭露问题；抓住关键，分析预测。提出可行措施，解决问题。

（5）财务活动分析方法包括：对比分析法、连环替代法和差额计算法等。

（6）财务活动分析的格式结构：财务状况总的评价；分析与论

证；提出建议或措施。

二、小额贷款股份有限公司财务管理

为了规范小额贷款公司财务行为，财政部明确，凡依据中国银行业监督管理委员会、中国人民银行关于小额贷款公司试点的指导意见》设立的小额贷款公司，将执行《金融企业财务规则》。

小额贷款公司应执行国家法律法规和金融政策，根据自身发展的需要，建立健全内部财务管理制度，设置财务管理职能部门，配备专业财务管理人员，运用预测、计划、预算、控制、监督、考核、评价和分析等方法，筹集资金，营运资产，控制成本，分配收益，配置资源，反映财务状况和经营成果，有效防范和化解财务风险，努力实现持续经营和价值最大化。

（一）小额贷款公司财务管理的职责、职权

小额贷款公司的经营者按照规定行使下列财务管理职权：

（1）执行国家有关小额贷款公司财务管理的规定。

（2）拟订内部财务管理制度、财务控制制度及贷款管理制度，经投资者议定后报同级财政部门备案，并具体组织实施。

（3）组织财务预测，编制财务计划和财务预算草案，实施财务控制、分析和考核；组织实施利润分配等财务管理方案；组织财务事项审批。

（4）组织缴纳各类税费。

（5）执行国家有关职工劳动报酬和劳动保护的规定，依法缴纳社会保险费、住房公积金等，保障职工合法权益。

（6）归集财务信息，依法组织编制和报送财务会计报告。

（7）提请聘任或者解聘财务负责人。

（8）配合有关机构依法实施的审计、评估和监督检查。

（9）按照章程的规定，以及股东会或者董事会的要求，行使其他财务管理职权。

（二）小额贷款公司的资产管理

（1）小额贷款公司应当统一管理资金账户，明确资金调度的条件、权限和程序。调度资金应当按照内部财务管理制度，依据有效合同和合法凭证办理手续，不得私存私放资金。

小额贷款公司管理库存现金及其他形式的现金资产，应当满足流动性要求，并控制现金资产总量。

（2）小额贷款公司应当按照内部财务管理制度对合同进行财务审核，跟踪履约情况，明确债权，及时清收应收款项。

（3）小额贷款公司应当按照内部财务管理制度规定，定期清查核实各类固定资产，落实使用和管理责任。

（4）小额贷款公司发生的资产损失，应当及时核实，查清责任，追偿损失，并按照国家有关规定进行处理。

（5）小额贷款公司以出售、出租、抵押、置换、报废等方式处置资产，应当根据有关法律法规的规定，履行相应程序。

（6）小额贷款公司对外捐赠应当符合有关法律法规的规定，明确捐赠的范围和条件，落实执行责任，严格办理捐赠资产的交接手续。

（三）小额贷款公司的成本、费用管理

（1）小额贷款公司应当结合自身特点，按照内部财务管理制度，强化成本费用预算约束，实行成本费用全员管理和全过程控制。

小额贷款公司的成本费用支出应当按照有关规定纳入账内核算，不得违反规定进行调整。

（2）小额贷款公司在经营过程中发生的与经营有关的支出，包括各项利息支出（含贴息）扣除允许资本化的部分、手续费支出、佣金支出、应计入损益的各种准备金和其他有关支出，应当按照国家有关规定计入当期损益。

（3）小额贷款公司的成本核算，应当严格区分本期成本与下期成本的界限、成本支出与营业外支出的界限、收益性支出与资本性支出的界限。

小额贷款公司的成本核算，应当以季（月）、年为计算期。同一计算期内，核算成本和营业收入的起止日期、计算范围和口径应当一致。

（4）小额贷款公司应当注重费用支出与经济效益的配比，实行费用预算控制，确定必要的费用支出范围、标准和报销审批程序。

小额贷款公司应当强化费用支出约束，对业务宣传费、业务招待费、差旅费、会议费、通讯费、维修费、董事会经费等实行重点监控。

小额贷款公司的业务宣传费、业务招待费一律按规定据实列支，不得预提。

（5）小额贷款公司应当按照国家有关规定，以及与职工签订的劳动合同，核定和计发职工薪酬，并按规定列支。

（6）小额贷款公司根据有关法律法规和政策的规定，为职工缴纳的基本医疗保险、基本养老保险、失业保险和工伤保险等社会保险费用，应当据实列入成本（费用）。

（7）小额贷款公司为职工缴纳住房公积金的处理，按照国家有关规定执行；工会经费按照职工工资总额的2%计提；职工教育经费按照不超过职工工资总额的2.5%的比例提取，用于职工教育和职业培训。

（8）小额贷款公司依法缴纳的行政事业性收费、政府性基金以及使用或者占用国有资源等费用应据实列入成本。

（9）小额贷款公司根据经营情况支付必要的佣金、手续费等支出，应当签订合同，明确支出标准和执行责任。除对个人代理人外，不得以现金支付。

（四）小额贷款公司的收益、分配管理

（1）小额贷款公司经营业务范围内的各项收入和其他营业收入、营业外收入，应当在依法设置的会计账簿上按照国家有关规定统一登记、核算，不得存放其他单位，或者以任何理由坐支。

（2）小额贷款公司发生年度亏损的，可以用下一年度的税前利润弥补；下一年度的税前利润不足以弥补的，可以逐年延续弥补；延续弥补期超过法定税前弥补期限的，可以用缴纳所得税后的利润弥补。

（3）小额贷款公司本年实现的净利润（减弥补亏损，下同），应当按照提取法定盈余公积金、提取一般（风险）准备金、向投资者分配利润的顺序进行分配。法律法规另有规定的从其规定。

法定盈余公积金按照本年实现净利润的10%提取，法定盈余公积金累计达到注册资本的50%时，可不再提取。

小额贷款公司应当按照《金融企业呆账提取管理办法》（财金〔2005〕49号）及《财政部关于呆账准备提取有关问题的通知》（财金〔2005〕90号）有关规定，于每年年终根据承担风险和损失的资产余额的一定比例提取一般准备金（一般准备金年末余额不低于年末贷款余额1%），用于弥补尚未识别的潜在损失。

以前年度未分配利润，并入本年实现净利润向投资者分配。

资本充足率、偿付能力充足率、净资本负债率未达到有关法律法规规定标准的，不得向投资者分配利润。

任意盈余公积金按照公司章程或者股东会决议提取和使用。

经股东会决议，小额贷款公司可以用法定盈余公积金和任意盈余公积金弥补亏损或者转增资本。法定盈余公积金转为资本时，所留存的该项公积金不得少于转增前小额贷款公司注册资本的25%。

（五）小额贷款公司的财务风险管理

（1）小额贷款公司应按照《公司法》要求建立健全法人治理结构，明确股东、董事、监事和经理之间的权责关系，制定稳健有效的议事规则、决策程序和内审制度，提高公司治理的有效性。

（2）小额贷款公司应建立健全贷款管理制度和风险控制制度，明确贷前调查、贷时审查和贷后检查的业务流程和操作规范，建立审慎规范的资产分类和拨备制度，准确进行资产分类，充分计提减值准备金，确保资产损失准备充足率保持在100%以上。

小额贷款公司呆账核销工作应严格执行国家有关规定，对于符合呆账认定条件的债权，经股东会或董事会批准后予以核销。

（3）小额贷款公司应按照国家有关规定建立健全企业财务会计制度，并定期聘请具有相应业务资格的中介机构开展外部审计。

（4）小额贷款公司应建立信息披露制度，按期向有关部门提交财务报表和业务经营情况报告等，并定期向公司股东、为其提供融资的银行业金融机构和有关捐赠机构披露上述信息，必要时应向社会披露。

（5）小额贷款公司应当根据本制度的规定及内部财务管理制度的要求，建立健全财务风险控制体系，明确财务风险管理的权限、程序、应急方案和具体措施以及财务风险形成当事人应承担的责任，防范和化解财务风险。

（6）小额贷款公司应当建立规范有效的资本补充机制，保持业务规模与资本规模相适应，在资本充足率、偿付能力等方面满足有关法律法规的要求。

（7）小额贷款公司应当按照保障相关各方利益、保证支付能力、实现持续经营的原则，根据有关法律法规的规定，控制资产负债比例，足额提留用于清偿债务的资金。

（8）小额贷款公司应当定期或至少于每年年终对各类资产进行评价，按照规定进行风险分类，对可收回金额低于账面价值的部分，按照国家有关规定计提资产减值准备。

小额贷款公司应按五级分类原则，并按以下比例按季计提贷款损失准备：对于关注类贷款，计提比例为2%；对于次级类贷款，计提比例为25%；对于可疑类贷款，计提比例为50%；对于损失类贷款，计提比例为100%。其中：次级和可疑贷款的损失准备，计提比例可以上下浮动20%。

(9) 小额贷款公司对计提减值准备的资产，应当落实监管责任。对能够收回或者继续使用的，应当收回或者使用；对已经损失的，应当按照规定的程序核销；对已经核销的，应当实行账销案存管理。

(10) 经有关部门批准可从事担保业务的小额贷款公司，对外提供担保应当符合法律法规的规定，根据被担保对象的资信及偿债能力，采取相应的风险控制措施，并设立备查账簿登记，及时跟踪监督。

小额贷款公司提供除主营业务范围以外的担保，应当由股东会或董事会决定；为小额贷款公司投资者或者实际控制人提供担保的，应当由股东会决议。小额贷款公司对外提供担保，应按照国家有关规定，分别按照年末担保费收入50%的比例计提未到期责任准备和按当年年末担保余额1%的比例计提担保赔偿准备。

(六) 小额贷款公司的财务信息管理

(1) 额贷款公司应当在会计电算化的基础上，整合业务和信息流程，推行财务管理信息化，逐步实现财务、业务相关信息一次性处理和实时共享。

(2) 小额贷款公司应当根据有关法律法规规定，编制中期财务会计报告和年度财务会计报告，在规定期限内报送财政部门以及其他有关使用者，不得拒绝、拖延财务信息的披露。

(3) 小额贷款公司报送的年度财务会计报告应当经会计师事务所审计。小额贷款公司不得编制和对外提供虚假或者隐瞒重要事实的财务信息。小额贷款公司负责人对本企业财务信息的真实性、完整性负责。

(4) 小额贷款公司应当按照财政部门绩效评价结果和要求，对财务状况和经营成果进行总结、评价和考核，提高财务信息披露的真实性和完整性。

第十一章　小额贷款公司的风险管理

小额贷款公司作为我国新型的准金融类机构，风险管理在其运作中处于非常重要的地位。

第一节　对小额贷款公司的风险认识和理解

一、对小额贷款公司的风险分析和认识

小额贷款公司与风险相伴而生，做业务就要有风险。所以，不仅要树立正确的风险观念，更要具有高超的防控风险的水平和能力，把风险防范放在一个非常重要的位置，既开拓和发展好业务，又防控好风险。这一点，对于市场化运作的小额贷款公司尤其重要。

（1）风险是客观存在的。风险并不可怕，风险始终伴随着人类的生活，也伴随着小额贷款公司业务的方方面面、时时处处。

人类社会在与各种风险的抗争中不断前进发展。小额贷款公司作为新兴的行业，仍处于试点阶段，行业的特点和不成熟的特点，决定着其风险的客观性和必然性。因此对风险的正确认识是搞好小额贷款公司工作的前提条件。必须以高超的智慧、专业的素质、有效的方法，在与风险的周旋中生存、发展、壮大，发挥着它服务社会，促进社会经济发展的责任和使命。

（2）风险是可以防范和规避的。俗话说："晴带雨伞，饱带干

粮。”这是人们长期以来总结出的防范风险、“有备无患”的办法。正是因为小额贷款公司的风险也是可以防范和规避的，才使得小额贷款公司会给社会带来很大的贡献。“办法总比困难多”，不仅小额贷款公司自身有着一整套风险防控的办法和措施，国家和地方政府的政策和资金支持也支撑着小额贷款公司共同防控和化解风险。

（3）与一般行业相比，小额贷款公司风险更大。企业和社会一样，是一个开放的系统，因此，企业的生存和目标的实现会面临各种风险。从筹集资金设立企业，到场所的选择建设、机器设备采购、原材料采购，再到组织人员进行生产经营管理，销售产品、提供服务，最后到收回成本，实现利润，每一个环节都充满着不确定性。而小额贷款公司业务发生时，是企业不确定因素相对积聚的时候，因而风险更大、工作更难、任务更重。再加上小额贷款公司本身经营的是货币，比一般商品经营的风险更大。

二、小额贷款公司的信贷经营风险

1. 信用风险

到期不能履约的风险，也称违约风险。包括道德风险和偿债能力风险。因此，控制信用风险，必须开展信用调查，识别出影响信用水平的各种因素，采取各种技术手段剔除虚假信息。综合评价信用水平。

2. 操作风险

控制操作风险，最为重要的是制定风险责任制度，既要控制操作风险，又要有利于业务发展。特别要防止行政干预和“人情贷款”。

3. 市场风险

市场风险是系统性风险，是指宏观经济下滑使所有企业经营都出现困难，也包括市场竞争激烈而必然有一小部分企业失败所带来的风险。系统性风险是无法控制，只能回避或补偿。

4. 法律风险

法律风险指小额贷款公司签署的各种合同，因不符合法律规定，或得不到法律保护而造成损失的风险。目前关于贷款和担保的法律很不完善，执法环境也存在一定问题，故法律风险很大。

因此，控制法律风险，一是要熟悉相关法律，二是要兼顾法律实施的有效性。

5. 流动性风险

它包括小额贷款公司资本的流动性和变现性，正常业务要有足够的现金流，一旦出现坏账和损失时有足够的现金头寸，也包括担保资产的变现性。否则，将严重影响小额贷款公司的信用水平和经营能力。

三、小额贷款公司风险管理特点、方法和思路

（一）特　点

1. 以人为本

注意鼓励员工的创造性，不断改进工作方法，鼓励不断学习，丰富多方面知识；鼓励团队合作精神，反对推诿扯皮现象，在工件环境、工作界面、领导方法等方面，力求增加人性化内容，充分体现以人为本思想。营造一个创新、求变、力控风险的氛围和机制。

2. 一人多角色和一角色多人

由于内部牵制的需要和小额贷款公司的特殊性，在用人上就要求综合能力强，有多方面的丰富知识。一人能够胜任多角色任务，并且要求有高度的责任感。同时，一个角色往往需要多个人去完成或配合。这些要求都体现在招聘条件和用工合同上。

（二）风险控制方法

一是各种主控险措施。从贷款方式看，有信用贷款、保证贷款、抵（质）押贷款等；细分种类更多。从形式看，在担保方式上有担保保证、担保抵押、担保质押、担保定金、联保以及各种组合

担保等，从物质内容看，有地产、房产、设备、债权、股权、退税、预算拨款、信用及其各种组合等。

二是各种辅助控险措施，重点从心理动机上控制道德风险，包括保证金、委托银行划款书、法人代表家庭财产保证并附配偶和财产共有人连带责任承诺等。

（三）小额贷款公司风险管理的基本思路

1. 对风险递减转移的认识

小额贷款公司作为一个风险经营和管理的机构，必须把自己承担的风险大部分按照风险递减转移原则转移出去，才能做到可持续发展。

2. 小额贷款公司风险转移

（1）必要性：

小额贷款公司风险是一种风险与收益不对称的高风险，小额贷款公司只有固定收益，却有高风险损失的可能。因此小额贷款公司必须把这过高的风险转移出去，使自己承担风险与收益基本相当。这样小额贷款公司才能健康长久的可持续发展。

（2）风险递减转移三要素：

风险递减转移原则按照信息、信心、能力三要素确定。

（3）风险递减转移的意义：

小额贷款公司在转移风险时，必须按风险递减原则转移风险。简单的风险转嫁甚至会放大风险，不是长久有效的方法，将对小额贷款公司、对社会都将产生消极的影响。

（4）风险递减转移原则：

一是要考虑信息对称，风险接受者必须对风险主体的信息充分了解，才能降低风险识别的错误。

二是要考虑风险接受者的信心或意愿，是否认为风险较低，是否愿意承担风险递减部分的风险量。

三是要考虑风险接受者是否有能力承担风险，是否有能力控制风险，这是检验其承受风险信心的物质基础。

(5) 担保风险递减转移的对象：

一是债权人，适当承担一点风险；二是债务人；三是债务人的关键人物；四是债务人的关联企业，特别是债务人的债务人。

(6) 风险转移的特点：

风险递减转移和风险分散、风险转嫁不同。

风险分散是指小额贷款公司总体风险分配不能过分集中在少数企业或少数行业上，而应尽量分散在相关性很低的众多企业上，这样小额贷款公司总体风险才可明显降低。

风险转嫁是指风险简单转出，不具备风险递减转移三要素，它包括信贷保险、政府补偿等。

3. 风险控制机制

小额贷款公司自身的风险控制问题是小额贷款公司所面临的最大和最核心的问题。完善的风险控制应包括风险内控机制、风险补偿机制和风险分散机制。

(1) 风险内控机制：

风险内控机制是要求小额贷款公司自身要建立起风险防范与控制的制度。其一是担保条件控制。小额贷款公司应制定信用担保的受理标准，严格要求客户对象应具备一定的条件。其二是小额贷款公司信贷业务评估制度。小额贷款公司应建立严格的信贷业务评估制度，加强对贷款项目的风险评估审查，保证信贷业务的安全性。其三是小额贷款公司业务流程控制。规范小额贷款公司自身的内部管理制度，实行严格的审、贷分离制度，使小额贷款公司的操作程序规范化、制度化、公开化。

(2) 风险补偿机制：

风险补偿是指小额贷款公司应建立准备金制度。为了应付未来可能发生的损失或亏损，小额贷款公司应在正常的经营活动范围计提一定比例的呆账准备金。一是根据贷款五级分类结果，按可疑类贷款50%及损失类贷款的100%计提贷款专项准备，对关注类贷款计提比例为2%，对次级类贷款计提比例为25%。其中，次级和可疑类贷款的损失准备，计提比例可以上下浮动20%；按风险资产期末余额的一定比例从净利润中提取一般呆账准备金。

（3）风险分散机制：

鉴于风险是客观存在的，要杜绝是不可能的，只有尽可能地降低风险、分散风险。因此小额贷款公司必须建立一系列风险分散的制度，制定责任分担原则，将风险分散。

图11－1 小额贷款公司参加政府组织的银企对接会

第二节 小额贷款公司的风险管理

一、小额贷款公司的全面风险管理的目标和要求

（1）小额贷款公司的全面风险管理的目标是：贯穿于业务经营管理的全过程，对公司所有业务、所有过程、所有种类的风险进行管理。

（2）小额贷款公司的全面风险管理的要求：

①在管理层面上建立统一的风险管理战略、统一的风险管理政策、统一的风险管理制度、统一的风险管理文化。

②在操作层面上对所有业务过程、所有风险种类中蕴含的各种风险加以识别，用统一标准进行测量并加总各种风险，在通盘考虑各种风险状况和影响的基础上，采取相应的风险管理与控制措施。

二、公司全面风险管理的模式

逐步建立对各个业务岗位、各个种类的风险进行通盘控制与管理，将信用风险、市场风险、操作风险及其他风险，以及包含这些风险的各种金融资产组合，承担这些风险的各个业务岗位纳入统一的管控体系中，对各类风险依据统一的标准进行测量并加总，依据全部业务的相关性对风险进行整体管理与控制。

三、风险管理组织架构及职责

（1）建立全面风险管理组织架构体系，由股东大会、董事会、监事会、管理层、信贷管理部等职能部门组成。

（2）公司要指定专人承担风险管理职责，人选由公司总经理提出报董事会批准。

（3）公司根据发展需要，逐步建立完善信贷审批委员会等专业委员会。

（4）股东大会、董事会及下设专业委员会、监事会均按照《公司法》及《公司章程》的规定履行风险管理职责。总经理及风险控制负责人均在董事会的授权范围内履行风险管理职责。

（5）总经理向董事会报告；风险控制负责人向总经理报告。

各业务部门建立层级清晰的报告关系，部门负责人向总经理报告。

四、风险管理制度安排

（1）建立健全信用风险管理控制制度。应包括客户信用风险评级、贷款利率的定价管理、客户风险限额管理与资产组合管理的规章制度。

（2）建立健全市场风险管理控制制度。包括建立市场风险管理的组织架构和职责体系、管理政策和程序、管理方法和技术、适当的市场风险资本分配机制等规章制度。

（3）建立健全操作风险管理控制制度。应包括建立操作风险管理的组织架构和职责体系、管理政策和程序、管理方法和技术、监控与报告、操作风险的缓释、抵御和转移等规章制度。

（4）建立健全流动性风险管理控制制度。应包括建立与交易有关的流动性风险控制的规章制度。

（5）建立健全法律风险管理控制制度。避免业务经营与法规不相适应所遭受损失的风险。

（6）建立健全声誉风险管理制度。避免由于操作失误，或违反有关法律，或资产质量下降，或不能向客户提供高质量服务等因素给公司声誉造成不良影响，进而给公司造成损失的可能性。

（7）建立内部控制评价制度。应包括建立明晰的内控评价的对象、内控评价的内容、内控评价的目标。如调查人员的 AB 角制度等。

（8）建立风险管理考评制度。建立对风险管理工作的动态考评制度，并将考评结果与激励约束机制相挂钩，保障公司的风险管理政策和制度得到有效的贯彻和执行。

（9）建立健全信贷风险预警制度。快速上报风险向下迁移信息，提高风险处置决策效率，确保贷款风险能及时、准确识别与化解。

（10）建立和完善存量资产风险化解机制，完善抵债资产经营管理制度。优化不良资产处置的流程，加快处置、消化不良资产的步伐。

（11）制定资产损失责任认定及追究制度。遵循人与事、认定责任与追究责任两个适度分离原则。

（12）建立研究开发应用现代风险管理技术制度，加快风险管理信息系统建设。将信用风险、市场风险和操作风险纳入整体风险管理，并能对其实施实时监控，为风险管理的事前防范提供技术保障。

五、内部控制流程

（1）建立产品业务流程和管理流程，并对其分布网络及风险点进行识别，制定风险控制措施。

（2）业务流程风险控制体系按照会计类业务流程、出纳业务流程、公司贷款类业务流程和客户联保业务流程分类。梳理风险点分布及网络风险点控制措施，制定业务流程风险内控对应岗位职责和各类业务流程风险内控相关规章制度。

（3）管理流程风险内部控制体系按照行政管理流程、人力资源管理流程、安全保卫管理流程、内部审计管理流程、法律事务管理流程、信息技术管理流程、风险资产管理流程、资产管理流程、中间业务管理流程分类，梳理以上各类管理流程风险点及分布网络，制定以上各类管理流程风险点控制措施、风险内控对应岗位职责以及相关规章制度。

（4）建立内部控制考评办法、考评内容、考评权重、评分标准。

（5）考评体系以报告层级和线路为依据，自上而下考评为原则，按照业务条线和营运条线进行考评。

（6）建立科学合理的内部控制考评机制，明确实施控制考评的考评者，制定符合本公司特点的内部控制考核指标体系，合理安排内部控制考核间隔期。

六、风险管理技术和工具应用

（1）根据公司实际状况并结合商业银行在风险管理技术和工具应用的经验，建立选择风险管理技术和工具应用方案，包括信用风险、市场风险和操作风险的管理技术和工具。

（2）建立信用风险管理技术和工具应用体系。

（3）建立市场风险管理技术和工具应用体系。

（4）建立操作风险管理技术和工具应用体系。

七、风险文化建设

（1）强化“公司是经营风险的企业”的意识。明确风险防范是各个部门、每一名员工共同的责任。

（2）树立“控制风险才能增加效益”的理念，把风险管理提高到发展战略的高度来认识。

（3）树立“风险管理是增强小额贷款公司核心竞争力”的观念。从组织体系、管理机制和技术手段等方面，全面增强公司的风险管理能力。

（4）建立具有本公司特色的风险文化。风险文化要从公司高层开始，渗透到各个部门，渗透到每一个员工。风险文化植根于公司、融入公司。

第三节 小额贷款公司主要风险防范

一、小额贷款公司目前面临的主要风险

与其他公司一样，小额贷款公司在市场上面临着各种各样的风险，而目前小额贷款公司面临的风险主要为：一是公司自身的操作风险；二是客户的主观违约风险和农业系统性风险。其中第二类风

险情况较为严重。

二、风险产生的主要原因

（1）农业生产有一定的规律性，易受自然条件影响。小额贷款公司开展的业务要先满足农村发展的资金要求，所以它的贷款业务主要是支持农业经济发展。农户和农村中小企业获得贷款资金大多是投入到种植业、养殖业和土畜产品生产经营等农村经济中。与非农产业不同，农业生产具有较长的生产周期，从投入生产到获得产出都有一定的时间周期。除此之外，农业生产具有较大的风险，生产过程的每一环节，都容易受到自然条件的影响和制约，从播种、养殖到收获，整个过程处于一定的风险之中。因此，当贷款获得者无法取得预期的收入时，小额贷款公司就面临贷款的信用风险。

（2）我国的信用制度体系不完善。目前我国信用法律法规并不完善，对信用风险的防范还未制定出规范小额贷款公司信贷业务的具体实施细则，并采取有效监管。小额贷款公司虽然已经开始开办业务，但由于一系列原因导致目前我国农村借款人信用评估难、信用跟踪难、信用约束难，借贷双方的信息不对称必然会引发信用风险。

（3）农户投资获利能力不高，信用意识淡薄。农户作为一个文化水平相对较低的群体，他们对金融知识缺乏了解，对市场信息的获取渠道也不够畅通，不能选择较好的投资方向，这无疑会影响他们贷款投资的获利能力，在客观上造成了还款能力不足的可能性，这些问题也将转化为一定的信用风险。而且农户的信用意识比较淡薄。有些农户认为没按时还款，自身也没什么损害，所以产生了逆向选择，越是还不上贷款的越要借款。

（4）小额贷款公司自身经营管理上的不足。现在投资于小额贷款公司的股东多元化，甚至没有金融机构作为股东而完全由个人和一般企业法人投资成立。因此，工作人员一般都不是专业人员，经营管理水平有限，导致贷前调查、贷中审查、贷后检查和贷后跟踪管理等工作还不很到位，容易诱发风险。

二、小额贷款公司主要风险防范

（一）加强管理，严控市场风险、政策风险及利率风险

首先，强化宏观风险的基本控制措施。汇总金融记录、将触及市场风险的因素逐一细化并密切关注政策出台及利率浮动带来的风险，在此基础上建立客户信用评级机制、汇总其他信用记录（如纳税情况等），对企业和个人客户的信用等级每年进行调整，这是控制宏观风险的基本措施。

其次，加大贷款“三查”力度。紧跟国家出台的有关市场、政策、利率及相关因素的各项法规，加大贷款“三查”执行力度，即调查人员深入企业核实相关数据，进行“贷前调查”；在贷款审批过程中，严格审查，规范审批流程，做到“贷中审查”；信贷人员深入企业，监控其经济活动和资金流向，把握企业生产经营变化情况，认真分析贷款风险变化，进行“贷后检查”；及时反映信贷情况，监控信贷执行的全过程，进行“贷后管理”。对确实发生的不良贷款，以相关法规政策及内部约定为依据，依托政府在不良贷款清收方面给予的大力支持，加大清收力度。

最后，贷款利率按市场化原则，根据国家有关法律的规定，综合考虑借款人信用等级、贷款金额、贷款期限等因素，在浮动区间内，由借贷双方充分调研后协商确定。

（二）加强内部控制与监督，降低道德风险、操作风险

以法律法规为准绳，在国家的规章制度范围内，制定小额贷款公司切实可行的财务内控制度。为确保新的管理体制有效实施，明晰责权，规范经营，可参照法律规定，制定内部授权、外部授信制度；“全过程”融入相互牵制、相互制约的控制制度，在内部平行的组织机构之间进行财务监督和约束；设立专门的事后监督岗位，

除正常的财务核算外，定期对相关岗位业务工作进行全面、细致的检查；强化内部审计，建立有效的“以查为主”的监督防线，防范潜在风险，避免或减少可能发生的损失，杜绝违规操作现象，尤其是要建立信贷风险防范制度。

建立和完善内部激励机制。积极推行和落实经营目标责任制和岗位目标责任制，做到权责分明，奖罚分明。在分配上拉开档次，以调动全体员工工作的积极性。

注重文化道德建设，积极推进信贷风险管理文化，促进信贷人员形成良好的信贷价值取向。严密的信贷管理制度是硬约束，先进的信贷管理文化是软约束，这种软和硬的结合，较严格地控制了信贷风险。

操作过程中，严格按公司章程和有关财务制度办事。严格控制财务费用，实行按股金分配盈利的制度；实行定岗定编制度，根据工作需要和业务量的大小，合理确定人员编制。对内引进竞争机制，实行竞聘上岗，并加大员工培训、培养力度，提高工作人员素质；对外引进精通经济、金融和管理工作的专业人才，进一步优化员工队伍结构，适应新形势的需要。

为最大限度地降低风险，根据法律相关规定，在正常的经营活动范围内可以计提一定比例的呆账准备金。一是根据贷款五级分类结果，按可疑类贷款50%及损失类贷款的100%计提贷款专项准备，对关注类贷款计提比例为2%，对次级类贷款计提比例为25%。其中，次级和可疑类贷款的损失准备，计提比例可以上下浮动20%；按风险资产期末余额的一定比例从净利润中提取一般呆账准备金，既加大拨备提取力度，又努力提高信贷资产质量，严防可疑类贷款和损失类贷款的发生。

（三）坚持分散风险原则

贷出款项最大单户金额不得超过全部实收资本的5%，最大10户贷款总额不得超过全部实收资本的10%，平均单户贷款余额不得超过当地人均GDP的10倍。

实行“贷审分离”的审查构架。建立“信贷制度制定权”、“贷款发放执行权”和“风险贷款处置权”三权分立的贷款审查组织架构，建立相对独立的风险调查制约系统、风险审查制约系统、风险审批制约系统和风险检查制约系统。

建立直观科学的风险预警体系，建立企业承贷能力分析指标体系，通过对企业最大限度承担负债能力的分析，控制企业的贷款规模。同时充分运用企业的现金流量指标，搞好企业偿债能力分析，并加强对企业的盈利能力分析，预测企业的发展前景和趋势。

加强贷款客户的综合贡献度测评分析，对贷款客户评定授信等级，并据以进行贷款投放和管理决策。对贷出资金的未到期责任准备金，按贷出额的50%计提，一般风险准备金按年末资产余额的1%计提，由担保、租赁形成的代偿损失准备金按代偿资金和账龄计提，一年计提33%，二年增提66%，三年增提到100%。

（四）实行保证金制度和抵押担保制度，有效转移风险

发售风险组合产品，例如“小额信贷+保险”可以作为小额贷款公司直接发售的金融产品。制定消费者信用评分表，设立不同的信用等级，划分不同的需求群体，再通过市场细分将贷款与农户等的需求整合起来，直接提供不同利率与险费的“小额信贷+保险”的信贷产品。以定价销售来迎合多元目标群体的需要，简化农户等获得贷款的程序，降低管理成本。实现小额信贷保险的价格下降是依据风险定价机制来提供金融产品的必要尝试。

小额贷款公司出具的借款合同中可以要求资金需求方出具一定数额的风险保证金，但利息收入归借款方所有。贷出款项有必要实施抵押担保的，严格按照国家法规政策执行。

第四节 贷款质量分类管理

为加强小额贷款公司信贷管理，改进贷款分类方法，提高信贷资产质量，必须制定贷款分类的管理办法。

一、基本概念

信贷资产风险分类管理，是指由小额贷款公司的分类人员按照规定的标准、程序对法人客户信贷资产质量进行评价，并按照风险程度将法人客户信贷资产形态划分为正常类、关注类、次级类、可疑类和损失类等五个级次的过程。其中次级类、可疑类和损失类三类为不良信贷资产。

分类人员，是指信贷资产风险分类各环节所涉及的经办人和负责人。小额贷款公司分类人员主要是风险控制部和财务部人员。

二、分类对象

客户信贷资产风险分类对象为小额贷款公司发放的贷款和相关信贷资产。

三、风险分类的原则

1. 准确性原则

分类人员应充分评价信贷资产的风险状况，根据信贷资产风险分类的核心定义及标准，准确划分信贷资产级次，真实反映信贷资产形态，不得弄虚作假，人为调整分类结果。

2. 及时性原则

分类人员应根据信贷资产风险程度的变化情况，及时调整信贷资产形态，不得滞后集中认定。

3. 规范性原则

分类人员应按规定的权限和程序进行分类，不得超权限、逆程序操作。

四、贷款分类的目标

贷款分类，是指按照风险程度将贷款划分为不同档次的过程。

通过贷款分类应达到以下目标：

（1）揭示贷款的实际价值和风险程度，真实、全面、动态地反映贷款的质量。

（2）发现贷款发放、管理、监控、催收以及不良贷款管理中存在的问题，加强信贷管理。

（3）为判断贷款损失准备金是否充足提供依据。

五、信贷资产风险分类的频率要求

所有客户贷款一般按季进行手工分类；在发现影响贷款偿还能力的风险信号时，应按权限、按程序及时调整贷款风险分类形态。

六、贷款分类的标准

评估小额贷款公司贷款质量，采用以风险为基础的分类方法（简称贷款风险分类法），即把贷款分为正常、关注、次级、可疑和损失五类，后三类合称为不良贷款。

简单的五类贷款的定义（具体可参阅《银行贷款质量分类各级次的核心定义及分类标准》）分别为：

正常：借款人能够履行合同，没有足够理由怀疑贷款本息不能按时足额偿还。

关注：尽管借款人目前有能力偿还贷款本息，但存在一些可能对偿还产生不利影响的因素。

次级：借款人的还款能力出现明显问题，完全依靠其正常营业收入无法足额偿还贷款本息，即使执行担保，也可能会造成一定损失。

可疑：借款人无法足额偿还贷款本息，即使执行担保，也肯定要造成较大损失。

损失：在采取所有可能的措施或一切必要的法律程序之后，本息仍然无法收回，或只能收回极少部分。

七、贷款质量评估

（1）使用贷款风险分类法对贷款质量进行分类，实际上是判断借款人及时足额归还贷款本息的可能性，考虑的主要因素包括：

①借款人的还款能力。

②借款人的还款记录。

③借款人的还款意愿。

④贷款的担保。

⑤贷款偿还的法律责任。

⑥小额贷款公司的信贷管理。

借款人的还款能力是一个综合概念，包括借款人现金流量、财务状况、影响还款能力的非财务因素等。

（2）对贷款进行分类时，要以评估借款人的还款能力为核心，把借款人的正常营业收入作为贷款的主要还款来源，贷款的担保作为次要还款来源。

（3）需要重组的贷款应至少归为次级类；重组后的贷款（简称重组贷款）如果仍然逾期，或借款人仍然无力归还贷款，应至少归为可疑类。

（4）重组贷款是指银行由于借款人财务状况恶化，或无力还款而对借款合同还款条款作出调整的贷款。

（5）重组贷款若具备其他更为严重的特征，可参照本指导原则第四条和第五条作进一步的调整。

（6）对利用企业兼并、重组、分立等形式恶意逃废银行债务的借款人的贷款，至少划分为关注类。并应在依法追偿后，按实际偿还能力进行分类。

（7）分类时，应将贷款的逾期状况作为一个重要因素考虑。逾期（含展期后）超过一定期限、其应收利息不再计入当期损益的贷款，至少归为次级类。

（8）违反国家有关法律和法规发放的贷款应至少归为关注类。

八、贷款分类的基本要求

分类是小额贷款公司信贷管理的重要组成部分。在贷款分类过程中，小额贷款公司必须至少做到以下6个方面：

（1）建立健全内部控制制度，完善信贷规章、制度和办法。

（2）建立有效的信贷组织管理体制。

（3）实行贷审分离。

（4）完善信贷档案管理制度，保证贷款档案的连续和完整。

（5）改进管理信息系统，保证管理层能够及时获得有关贷款状况的重要信息。

（6）督促借款人提供真实准确的财务信息。

贷款风险分类法是对贷款分类的最低要求，也是判定小额贷款公司贷款质量的基础。

小额贷款公司可直接采用小额贷款公司贷款分类标准规定的贷款风险分类标准，也可依据小额贷款公司的实际情况，从自身风险防范和信贷管理需要出发，制定相应的贷款分类制度。在实际中，各省（自治区、直辖市）的标准在借鉴银行标准的基础上，不尽相同。本人以为最接近实用的是内蒙古自治区制定的办法（见本章附录）。

九、贷款分类的组织与实施

小额贷款公司对贷款进行分类，应遵循内部控制原则，保证贷款分类的独立、连贯和可靠。

小额贷款公司的内部报告制度应对贷款分类的报告关系作出明确的规定，保证管理层能及时了解贷款质量及变化情况。

信贷人员应该全面掌握并熟悉借款人和贷款的情况，有责任把借款人和贷款的真实情况书面报告给负责分类复审的部门。

小额贷款公司内部审计（稽核）部门应定期对贷款分类政策、程序的执行情况进行检查和评估，并将检查结果向董事会作出书面汇报。

附录：内蒙古自治区小额贷款公司试点管理实施细则（节选）

……

第三十五条　小额贷款公司应建立审慎规范的资产分类制度和拨备制度，准确进行资产分类，充分计提呆账准备金。

（一）依照下表，根据本金或利息分期回款的逾期天数对贷款进行分级：

逾期天数	当日	30天内	31～60天	61～90天	90天以上
分级	正常	关注	次级	可疑	损失

（二）小额贷款公司损失计提的最低要求为：

贷款形态	正常	关注	次级	可疑	损失
计提比例	2%	15%	50%	75%	100%

……

第十二章　小额贷款公司的贷后管理

小额贷款公司的贷款一般期限较短，因此许多小额贷款公司对贷后管理不重视，工作比较薄弱，存在一定程度的重贷轻管现象。但是小额贷款公司的贷后管理是非常重要的，它决定着小额贷款公司贷款质量的高低，关系着小额贷款公司资产质量的优劣。

第一节　贷后管理基本概念、原则和职责

贷后管理是控制风险、防止不良贷款发生的重要一环。客户的经营财务状况是不断变化的。可能在审批授信时客户经营财务状况良好，但由于行业政策的影响、客户投资失误的影响，上下游的影响（负面影响表现在原材料涨价和产品降价或需求减少等）会引起客户的经营财务状况发生较大不利变化。贷后管理就是要跟踪客户所属行业、客户的上下游和客户本身经营财务状况包括其商业信用的变化，及时发现可能不利于贷款按时归还的问题，并提出解决问题的措施。防患于未然，减少损失甚至避免损失。

一、小额贷款公司贷后管理的定义

小额贷款公司贷后管理是指从小额贷款公司贷款发放直到本息全部收回的全过程中贷款管理行为的总和。包括贷后检查、风险预警、贷款风险分类、档案管理、逾期及不良贷款处理、贷款收回和总结等。

二、小额贷款公司贷后管理坚持的原则

（1）加强贷后管理，首先必须坚持职责明确、检查到位、及时预警、快速处理的原则。业务部门、财务部门、风险管理部门及其他相关贷后管理责任人，应各自按照不同的职责要求和操作规范，各司其职，通力协作，共同防范、控制和化解贷款风险。

（2）服务与监督有机结合的原则。贷后监督管理和金融服务两者相辅相成，要在向客户提供优质服务，提高客户贡献度、忠诚度的同时，通过对客户的监督管理，把握客户走势，捕捉风险信号，在保障贷款资产安全性的前提下实现效益最大化。

（3）不同客户分类管理原则。由于不同客户差异较大，应根据客户贷款的期限、金额、用途以及客户所处的行业等实行分类管理。

（4）电子化管理原则。要充分利用小额贷款管理系统进行贷后管理工作。各部门应根据各自的工作职责，实时在系统中对贷款业务发生、收回本金、收回利息、贷款展期、贷款结清等内容进行录入更新，充分发挥电子信息对于贷后管理工作的作用。

三、小额贷款公司贷后管理的分工与职责

（一）信贷业务部门

信贷业务部门是贷后管理的实施部门。承担客户的日常贷后经营管理。

信贷业务部门的主要职责是：

（1）客户监管及贷后检查。监管客户资金账户往来，信贷资金使用用途等情况，客户生产、经营及财务状况，贷后跟踪检查，落实审批内容，收集客户公开信息并定期联系客户。

（2）担保人及担保物的监管。

（3）风险分类及日常管理。按规定复测客户信用等级，并及时进行资产风险预分类；维护（电子）贷后管理台账；整理、收集信

贷客户档案有关资料；信贷管理系统数据录入；利息及本金的收回等。

（4）会同有关部门制定不良信贷资产（未移交专业不良贷款清收部门前）重组初步方案，并组织实施。

（5）风险预警。发现风险信号及时提出处理建议并报告。

（6）定期报告。定期向总经理和贷审会汇报辖内客户贷后管理情况。

（二）风险控制部门

风险控制部门是贷后管理的风险监控部门，设立风险经理。通过系统监测客户风险，检查信贷业务部门贷后管理行为，并与信贷业务部门紧密合作，共同控制客户信贷风险。其主要职责是：

（1）实时监测客户及信贷业务部门贷后管理等情况。

（2）按规定对信贷业务部门贷后管理情况实施现场检查，经所在部门负责人同意，也可延伸到客户进行检查，深入了解客户风险状况。

（3）风险分析和预警。定期对信贷业务部门管理客户信贷业务进行风险分析，并于每季后10日内向信贷业务部门发布风险分析报告及相关信息。监测、检查、风险分析中发现客户风险预警信号及时提示并督促信贷业务部门限期处理，并向部门负责人报告。

（4）定期向总经理、贷款审查会汇报所监控的经营单位（客户）贷后管理情况及客户风险状况。

（三）其他相关部门

资产处置部门（或风险控制部）负责按规定管理信贷业务部门移交的不良贷款，包括不良贷款的清收、盘活、保全，抵债资产的接受和处置；会计部门负责配合信贷业务部门做好账户监管、本息扣划工作，严控资金流向；法律事务部门（或风险控制部）为贷后管理提供法律支持；审计稽核部门是贷后管理的后监督部门。

四、贷后管理的作用

贷后管理的作用在于跟踪客户所属行业、客户的上下游、客户本身经营财务状况的变化，及时发现可能不利于贷款按期归还的问题，并提出解决问题的措施。不良资产清收主要负责对已形成的不良资产，通过查找借款人和担保人的资产线索并查封之、处理抵押品或质押品等措施，尽量减少或避免贷款损失。不良资产清收的秘诀之一是不存侥幸心理和“先下手为强”。

加强小额贷款公司贷款管理，完善和落实贷后管理制度，是小额贷款公司防范化解贷款业务风险的重要环节，也是小额贷款公司提高贷款资产质量的有效手段。

第二节　贷后管理的内容和方法

一、业务部门的贷后检查

（一）期限在3个月以内（含）的贷款检查

对于担保充足可靠，风险确定可控的贷款，原则上可以不进行现场检查，业务部主要以非现场形式进行日常跟踪，并做好跟踪记录，主要关注贷款资金投向的项目进展情况，以及客户获取用于偿还贷款的资金进度。

对于金额在500万元以上的及其他重大贷款项目，采取现场与非现场相结合的方式进行跟踪检查，特别重大的项目，可采取派驻的方式实施现场跟踪。

（二）期限在3个月以上（不含，下同）的贷款检查

1. 首次贷后跟踪检查

贷款发放后30日内，客户经理需进行首次贷后跟踪检查，填制《贷款业务发生后首次跟踪检查表》（本章附录1），重点检查贷款

是否按借款合同约定如期发放，客户是否按照合同约定用途使用贷款资金，有无挤占挪用贷款的行为，以及公司审批的限制性条款落实情况。首次贷后跟踪检查可采取现场形式或非现场形式进行。

2. 贷后日常跟踪检查

对于正常类客户，每季度至少进行一次现场检查，根据贷款和贷后检查的实际需要填制《贷款业务发生后定期检查表》和《贷款业务发生后首次跟踪检查表》（本章附录1、2），原则上需附书面检查报告。重点检查以下内容：

（1）客户生产经营状况、财务状况是否正常；客户原料市场、生产技术、组织管理、主要产品的市场变化是否影响产品的销售和经济效益。

（2）客户、担保人的机构、体制及高层管理人员是否发生重大变动，分析这些变动是否影响或将要影响客户生产经营。

（3）客户是否有违法经营行为，是否卷入经济纠纷，与其他债权人的合作关系如何。

（4）客户对外担保等或有负债情况，客户母公司及主要子公司经营管理情况，关联交易情况等。

（5）贷款的抵押物、质押物以及权利凭证的保管情况。

对于在检查中发现有不利于公司债权因素的贷款，业务部门需在发现不利因素后三个工作日内，以书面形式作出风险预警报告，分析风险形成的原因，提出初步的风险化解方案，向风险控制部和公司领导报告。对于该类贷款，在不利因素消除或全部贷款本息收回之前，业务部每月至少进行一次现场检查，详细了解客户的整体状况特别是不利因素的变化情况，以及保证人、抵（质）押状况，对贷款是否能够按期足额偿还作出初步判断，并对下一步的贷后管理工作提出建议，形成书面报告。

对于发生本金逾期的贷款，业务部最迟需在发生逾期后三个工作日内实施现场检查。详细了解客户产生逾期的原因，并向客户和全部保证人发送贷款逾期催收通知书，对下一步催收工作提出初步意见，形成书面报告向风险控制部和公司领导报告。对于该类贷款，在全部贷款本息收回之前，业务部每月至少进行二次现场检查，重点关注客户的生产经营状况是否恶化，保证人配合催收情况及履约意愿，抵（质）押物状况等，并形成书面报告。

对于发生利息拖欠的贷款，业务部最迟需在发生利息拖欠后三个工作日内实施现场检查。详细了解客户拖欠利息的原因，并同时向全部保证人实施现场或非现场催收，关注抵（质）押物状况，形成书面报告向风险控制部和公司领导报告。对于该类贷款，在全部欠息结清并确认客户还款能力和还款意愿正常的情况下，按正常类客户实施后续贷后检查。否则，在全部贷款本息收回之前，业务部每月至少进行二次现场检查，重点关注客户的生产经营状况是否恶化，保证人配合催收情况及履约意愿，抵（质）押物状况等，并形成书面报告。

注：本金逾期贷款，是指借款合同约定到期（含展期后到期）未全额归还的贷款；利息拖欠贷款，是指在借款合同约定的结息日未全额偿付应付利息的贷款。

3. 贷后管理档案管理

业务部门贷后管理形成的资料档案，由管户客户经理负责收集整理，最迟于该户贷款本息全部清偿后10日内按户编制成册，移交风险控制部归档管理。

二、风险控制部门贷后管理

风险控制部门是贷后管理的监管部门，监督检查业务部门贷后管理行为，参与组织实施重大贷款项目的贷后管理工作，对检查中发现的问题要及时向公司领导报告，采取有效措施化解风险，同时要与业务部门紧密合作，共同控制客户贷款风险。

（1）每月下旬根据公司贷款管理系统，对次月全部到期贷款情况进行汇总，按每笔贷款的管户归属提示每一位管户客户经理，督促业务部门以次月到期贷款为重点开展次月贷后管理工作。

（2）每月初对上月到期贷款贷后管理工作进行总结，在公司业务例会上通报。对于上月发生逾期的贷款，提出贷后管理责任处理初步意见，并对该逾期贷款提出下一步的催收意见。

（3）每季度的第一个月，对业务部门上季度的全部贷后管理工作进行一次监督检查，主要检查业务部门是否按公司规定实施贷后检查工作，形成检查报告，报公司领导。

（4）联合业务部门参与组织、实施重大项目的贷后管理工作。

（5）联合业务部门参与组织、实施逾期贷款及公司认定的不良贷款的贷后管理工作。

（6）对本部门贷后管理工作形成的档案以及业务部门移交来的贷后管理档案按年分户装订成册，登记归档保管。

（7）建立并加强与属地法院及仲裁机构的日常业务联系。对于经公司决定实施诉讼或仲裁主张债权的贷款，风险控制部为诉讼或仲裁事务主承办部门，需全力配合公司代理律师，制订诉讼或仲裁方案，并全程跟踪案件的进展，确保诉讼或仲裁程序的顺畅进行。

三、信贷业务到期处理

1. 到期收回

（1）到期通知：

贷款到期前10天内，客户经理填制《贷款到期通知书》，同时发送借款客户和担保人并取得回执，督促客户尽快落实还贷资金。

（2）还款方式：

对于短期贷款，可以采用一次性还本付息，或一次还本、分期付息，或分期还本付息等还款方式；对于期限较长的贷款，原则上应采用分期还本付息的还款方式。

信贷业务到期要按照信贷业务合同约定的期限和还款方式，由客户主动归还。小额贷款公司客户与开户行三方签订《划款授权书》的，小额贷款公司可按《划款授权书》的约定请开户银行从客户的存款账户或银行卡中予以扣收。

（3）担保解除：

客户还清全部贷款后，凭贷款本息收回凭证，客户经理应协助客户办理解除担保手续，退回相关的抵（质）押物权利证书并作签收登记，设定抵押、质押登记的要及时与抵押、质押人共同向登记部门办理登记注销手续。

2. 提前还款

提前归还贷款，应当按照实际借款的期限计收贷款利息；如合同另有约定，还可以按照约定要求客户支付违约赔偿金。

（1）借款人要求提前归还贷款的，应提出书面申请，与客户经理协商一致，报经总经理同意后，办理提前还款手续。

（2）若发生借款主、从合同约定的贷款提前到期事项，客户经理应报经总经理同意后，向借款人和担保人发出《贷款提前到期通知书》，限期提前还款。

3. 展期处理

因特殊原因客户到期无力归还贷款，申请进行贷款展期时，客户经理须按下列要求进行处理：

（1）客户应提交书面展期申请。客户应在贷款到期前 10 天填制并向信贷业务部门提交《贷款展期申请书》，原贷款的保证人、抵押人或质押人应在《贷款展期申请书》上签署“同意展期”的意见并签章。

（2）贷款展期的调查、审查、审批。信贷业务部门应对客户贷款展期的原因、金额、期限、还款措施和还款资金来源进行调查，写出书面调查报告，送分管副总经理审查，由贷款审查委员会审查，同意后办理展期手续。

（3）签订贷款展期协议。贷款展期批准后，信贷业务部门与客户、担保人（保证人、抵押人或质押人）签订《贷款展期协议书》，并由有权签字人签章。

（4）贷款展期账务处理。

贷款展期不得低于原贷款条件。短期贷款展期累计不得超过原贷款期限；期限较长贷款展期累计不得超过原贷款期限的一半。

贷款展期应重新定价，贷款展期期限加上原期限达到新的利率期限档次后，展期后贷款利率按新的利率期限档次执行，原则上要求贷款展期后利率浮动水平不低于展期前贷款利率浮动水平。

4. 逾期管理

贷款到期之日尚未归还的信贷业务列入逾期催收管理，信贷业务部门应填制《贷款逾期催收通知书》、《担保人履约通知书》，分别发送到客户和担保人进行催收，并取得回执。会计部门从信贷业务到期的次日起计收信贷业务逾期利息。

逾期一个月仍不能偿还或预计逾期一个月仍不能偿还的，信贷业务部门要及时按规定调整风险分类。

四、不良贷款管理

（1）不良贷款认定：

风险控制部每季度末按通行的五级分类标准对存量贷款进行分类认定（具体认定标准和认定程序另见贷款分类实施细则），经公司贷审会确认。对于经认定为不良的贷款实施差异化重点管理。

（2）不良贷款管理，除了按要求进行日常化贷后跟踪管理外，业务部门和风险控制部门要特别着重债权维护管理。

①向借款人、担保人发送书面催收通知书，每月一次。

②随时跟踪监督债务人及担保人行为，防止其转移财产、变卖资产、放弃债权等。必要时，要依法向人民法院提出申请，撤销其行为。

③维持诉讼时效。借款人有所欠的贷款将要失去诉讼时效，拒

绝还贷付息，又拒绝签收债务催收通知书等情形的，应当根据实际情况，采取公证催收或向法院申请支付令的办法，以引起诉讼时效期间的中断，延续对借款人、担保人的诉讼时效。

④对于已经发生本金逾期或利息拖欠的，业务部门最迟于发生本金逾期或利息拖欠后三个工作日内实施现场检查。

（3）对于不良贷款，尽可能采取多种方法，通过与客户积极协商实现债权，必要时通过诉讼程序实现债权。

图 12－1　客户感谢小额贷款公司的支持

第三节　贷后管理的预警和处置

一、贷后管理的风险预警

小额贷款公司应建立健全风险预警机制，通过客户资金账户信息、信贷管理系统、贷后检查、客户财务报表及公开信息、上下游企业、行业及国家宏观经济政策、贷款风险分类等及时发现并处理风险预警信号，控制、化解信贷风险。

（一）风险预警报告

客户经理和风险经理在贷后管理中发现风险预警信号，要填制《风险预警信号处理表》，及时报告部门负责人，并按规定反馈客户的主要负责人。

若三个月内预警信号未消除或预计三个月预警信号不能解除的，要及时将《风险预警信号处理表》报告风险控制部门，由信贷业务部门会同风险控制部门研究制定风险化解措施，经总经理同意后，由信贷业务部门组织实施。总经理必须亲自对风险化解措施进行督导。

（二）重大风险信号应急处理

出现同时符合以下特征的重大风险信号，信贷业务或风险控制部门应视情况采取电话、传真等方式于当日当时或最迟次日报告部门负责人和总经理，由总经理视情况确定并指导相关部门落实风险应急处理措施，牵头组织风险管理部、法律事务部、资产处置部等部门组成风险处理小组具体负责研究制定并组织落实风险控制措施，尽可能控制风险，减少损失；单户不良贷款占比或预计不良贷款占比超过50%的，原则上由专门负责不良贷款清收的部门牵头处置；其中预计损失在注册资本3%以上的实行一把手负责制，由总经理全权负责处置。

（1）风险敞口在注册资本3%以上（含）。

（2）出现以下情形之一，可能对客户生产经营造成严重不利影响，导致小额贷款公司债权处于严重不确定状态且极有可能发生较大风险的：

①客户实行租赁、承包、联营、合并（兼并）、分立、合作、重组等重大体制变更。

②客户主要股东或实际控制人发生变更或客户的核心管理人员（主要指法人代表、董事长、总经理、财务总监等）突然死亡、失踪或涉及重大人事变动。

③客户涉及重大诉讼、案件、违规事项或客户实际控制人或核心管理人员卷入刑事案件或重大民事纠纷。

④政策、市场条件发生重大不利变化。

⑤生产经营财务状况发生重大不利变化。

⑥抵（质）押资产灭失、重大物理毁损、经济价值下降或出现法律瑕疵（如被有关机关查封、冻结）等，使其代偿能力遭受严重削弱并无法提供其他合法、足值、有效的第二还款来源，或者担保人丧失担保能力或担保能力严重削弱。

⑦投资项目无法顺利完工或与预期目标有重大差距。

⑧市场上出现对客户有重大不利影响的传言。

⑨客户出现恶意逃废债行为。

⑩发生自然、社会、卫生等重大不利突发事件等。

⑪客户或者保证人怠于行使其对他人的到期债权或者申报破产债权，可能损害小额贷款公司债权的；或者放弃对他人的到期债权，无偿或者以明显不合理的低价转让其财产，可能损害小额贷款公司债权的。

⑫法律法规出现重大变化，可能会对小额贷款公司的权益产生重大影响的。

⑬客户或者担保人明确表示或者以自己的行为表明其不履行合同的。

二、贷后管理的风险预警的处置

（1）建立预警信号的处置反馈机制。对发出的风险预警信号，要密切跟踪处置结果，对风险信号处置中发现的问题，及时向部门负责人反馈。总经理应定期或不定期对风险预警信号处置情况实施督导检查。

（2）对客户挪用信贷资金，擅自处理抵（质）押物，逃废债务等预警信号，经总经理同意，要及时采取限期纠正、要求补充担保物或增加担保人、停止发放新贷款、收回已发放贷款等经济及法律措施控制风险；对风险预警信号未解除的，不得新增贷款。

（3）对客户财务状况恶化，或发生其他可能影响客户还款能力事项的，客户经理应及时查明原因，对临时性、季节性财务指标恶化或其他临时性风险因素，经总经理同意后，列入重点观察名单，同时采取要求补充担保物、增加担保人、或停止发放新贷款等风险防范措施。

（4）按照合同约定应当发放但尚未发放的贷款，应当按照合同约定或者法律规定，中止发放；需要解除合同的，应当及时通知借款人；需要变更合同条款的，应及时与借款人协商变更。需要采取诉前财产保全或者证据保全措施的，应当及时向管辖法院提出申请。

附录1　贷款业务发生后定期检查表（附表一）

检查时间　　　　　　　　　　　　　　　　　　　　　　　　金额单位：万元人民币

<table>
<tr><td>客户名称</td><td colspan="7"></td></tr>
<tr><td rowspan="8">在我公司贷款情况</td><td rowspan="2">贷款余额</td><td>检查日</td><td>比年初</td><td>担保方式</td><td rowspan="8">与我公司合作情况</td><td rowspan="2">累计贷款次数</td><td rowspan="2"></td></tr>
<tr><td></td><td></td><td></td></tr>
<tr><td>其中：正常类</td><td></td><td></td><td></td><td rowspan="2">累计贷款金额</td><td rowspan="2"></td></tr>
<tr><td>关注类</td><td></td><td></td><td></td></tr>
<tr><td>次级类</td><td></td><td></td><td></td><td rowspan="2">累计欠息次数</td><td rowspan="2"></td></tr>
<tr><td>可以类</td><td></td><td></td><td></td></tr>
<tr><td>损失类</td><td></td><td></td><td></td><td rowspan="2">累计逾期次数</td><td rowspan="2"></td></tr>
<tr><td>结欠利息</td><td></td><td></td><td></td></tr>
<tr><td rowspan="4">在其他机构融资状况</td><td>机构名称</td><td>检查日</td><td>比年初</td><td colspan="2">机构名称</td><td>检查日</td><td>比年初</td></tr>
<tr><td></td><td></td><td></td><td colspan="2"></td><td></td><td></td></tr>
<tr><td></td><td></td><td></td><td colspan="2"></td><td></td><td></td></tr>
<tr><td colspan="7">在其他机构融资的整体风险状况：</td></tr>
<tr><td rowspan="5">生产经营及财务状况</td><td></td><td>报告期</td><td>比年初</td><td colspan="2"></td><td>报告期</td><td>比年初</td></tr>
<tr><td>总资产</td><td></td><td></td><td colspan="2">销售收入</td><td></td><td></td></tr>
<tr><td>总负债</td><td></td><td></td><td colspan="2">税后利润</td><td></td><td></td></tr>
<tr><td>存货</td><td></td><td></td><td colspan="2">实收资本</td><td></td><td></td></tr>
<tr><td colspan="7">备注（根据借款人实际情况对其财务状况作简要说明）：</td></tr>
<tr><td rowspan="2">担保分析</td><td colspan="7">保证人生产经营及财务状况：</td></tr>
<tr><td colspan="3">抵（质）押物保存是否完好：</td><td colspan="4">价值变动状况：</td></tr>
<tr><td rowspan="7">其他风险因素</td><td colspan="4">有无拖欠或违约行为</td><td colspan="3"></td></tr>
<tr><td colspan="4">有无重大人事变动，对我公司债权的影响</td><td colspan="3"></td></tr>
<tr><td colspan="4">有无出现行业性衰退或地区经济衰退</td><td colspan="3"></td></tr>
<tr><td colspan="4">有无向非主业盲目扩张</td><td colspan="3"></td></tr>
<tr><td colspan="4">供、销状况是否良好</td><td colspan="3"></td></tr>
<tr><td colspan="4">是否有违法经营行为，是否卷入经济纠纷</td><td colspan="3"></td></tr>
<tr><td colspan="4">有无逃废其他债权人债务行为</td><td colspan="3"></td></tr>
</table>

风险综合评价、主要问题及建议（可另附报告）：

　　　　　　　　　　　　　　　　　　　　管户客户经理签字：

业务部门负责人意见：

　　　　　　　　　　　　　　　　　　　　业务部门负责人签字：

附录2 贷款业务发生后首次跟踪检查表（附表二）

检查日期　　　　　　　　　　　　　　　　　　　　金额单位：万元人民币

客户名称					
贷款金额		贷款发放日		贷款到期日	
贷款用途				担保方式	

实际贷款用途（贷款资金出账方式、用途、去向）

限制性条款落实情况

担保落实情况

有无其他风险因素

风险综合评价、主要问题及处理建议

管户客户经理签字：

业务部门负责人意见

业务部门负责人签字：

第四编

展望篇

小额贷款公司在我国产生和发展时间较短，我国经济的迅速发展，而我国金融业的发展又滞后于经济的发展，加上一些其他因素，我国中小企业的资金面非常紧张，使得市场对于小额贷款公司的需求相当旺盛。基于对小额贷款公司现状和政策的研究，笔者对小额贷款公司的发展和前景充满乐观的期望。

对于目前政策的解读，有利于我们加强对小额贷款公司的认识，更好地指导我们的实际工作。

而对于小额贷款公司前景的判断和分析，是小额贷款公司规范运作和良性发展必不可少的工作，也是对我国金融业改革发展充满的期待。

第十三章　小额贷款公司的政策解读和前景分析

第一节　小额贷款公司的政策解读

一、《关于小额贷款公司试点的指导意见》的解读

中国银行业监督管理委员会和中国人民银行于 2008 年 5 月 4 日发布了《关于小额贷款公司试点的指导意见》（银监发〔2008〕23 号）。这是我国首次对小额贷款公司正式公开出台新的规定。从此，中国的“地下金融”开始浮出水面。

（1）对小额贷款公司的性质、设立条件、资金来源、资金运用

图 13－1　小额贷款公司的管理工作交流

和监管等方面做出了明确的规定。

意见提出，小额贷款公司是由自然人、企业法人与其他社会组织投资设立，不吸收公众存款，经营小额贷款业务的有限责任公司或股份有限公司，其注册资本金最低门槛分别为500万和1 000万，按一次性足额实付货币资本缴纳。单一股东不得超过总股本的10%上限比例。

（2）明确规定，小额贷款公司主要资金来源为股东缴纳的资本金、捐赠资金，以及来自不超过两家银行业金融机构的融入资金。

在法律、法规规定的范围内，小额贷款公司可从银行业金融机构获得资金融入，但融入资金的余额不得超过资本净额的50%。融入资金的利率、期限由小额贷款公司与相应银行业金融机构自主协商确定，利率以同期“上海银行间同业拆放利率（Shibor）”为基准加点确定。

（3）《指导意见》强调，按照市场化原则进行经营，贷款利率上限放开，但利率不得超过司法部门规定的上限，即银行同期贷款利率的4倍；下限为央行公布的贷款基准利率的0.9倍，浮动幅度按照市场原则自主确定。有关贷款期限和贷款偿还条款等合同内容，均由借贷双方在公平自愿的原则下依法协商确定。

（4）《指导意见》指出，在资金投向和发放贷款方面，应在坚持为农民、农业和农村经济发展服务的原则下自主选择贷款对象。应坚持“小额、分散”的原则，鼓励小额贷款公司面向农户和微型企业提供信贷服务，着力扩大客户数量和服务覆盖面。同一借款人的贷款余额不得超过小额贷款公司资本净额的5%。在此标准内，可以参考小额贷款公司所在地经济状况和人均GDP水平，制定最高贷款额度限制。

（5）《指导意见》要求，小额贷款公司应执行国家金融方针和政策，在法律、法规规定的范围内开展业务，自主经营，自负盈亏，自我约束，自担风险，其合法的经营活动受法律保护，不受任何单位和个人的干涉。

(6)《指导意见》对小额贷款公司未来的发展方向有明确的指导，只要小额贷款公司依法合规经营，没有不良信用记录的，可在股东自愿的基础上，按照《村镇银行组建审批指引》和《村镇银行管理暂行规定》规范改造为村镇银行。

投资小额贷款公司门槛的放开，对从事民间贷款担保的机构来说，是一个重大利好。这意味着：从事民间借贷的担保公司可以根据文件规定，申请设立一家小额贷款公司，开展业务。一方面可以为融资人提供小额贷款，另一方又可以对小额贷款提供担。此前民间借贷活动一直处在发展边缘，监管部门对此没有明确的态度，随着此次《指导意见》的出台，民间借贷可以得到政策保障，这非常有利于民间借贷行业规范的有序发展。同时，为解决小企业和微型企业的“融资难”提供了一条值得探索的道路。

二、《小额贷款公司转制设立村镇银行暂行规定》的解读

(一)《小额贷款公司改制设立村镇银行暂行规定》的背景、原因和意义

(1) 2008 年 5 月，银监会与人民银行出台了《关于小额贷款公司试点指导意见》(以下简称《指导意见》)。各省依据《指导意见》要求积极开展试点，小额贷款公司发展速度迅猛。小额贷款公司对活跃县域及农村金融市场发挥了积极作用，但同时个别地区也出现了盲目发展、市场定位偏差、风险加大等问题。为了引导小额贷款公司健康发展，按照《指导意见》关于“小额贷款公司依法合规经营，没有不良信用记录的，可在股东自愿的基础上，按照《村镇银行组建审批指引》和《村镇银行管理暂行规定》规范改造为村镇银行”的意见，银监会本着积极审慎、有效防范风险的原则，研究制定了《小额贷款公司改制设立村镇银行暂行规定》(以下简称

《暂行规定》)。

(2)《暂行规定》的出台，对小额贷款公司规范经营、持续稳健发展具有积极的引导和推动作用，对促进小额贷款公司活跃县域和农村金融市场，加强对“三农”和小企业的支持，进一步落实“保增长，促内需，调结构”宏观调控政策将发挥积极作用。

(二)小额贷款公司改制设立村镇银行须满足的条件

小额贷款公司改制设立村镇银行，除满足村镇银行市场准入的基本条件特别是银行业金融机构作为主发起人条件外，还应当在法人治理、内部控制、经营管理及支农服务等方面符合一定要求。主要有：

一是公司治理机制完善、内部控制健全。

二是考虑经营能力和持续发展的要求，规定“按《指导意见》新设后持续营业 3 年及以上；清产核资后，无亏损挂账，且最近 2 个会计年度连续盈利”。

三是考虑防范和控制风险的要求，规定“资产风险分类准确，且不良贷款率低于 2%；已足额计提呆账准备，其中贷款损失准备充足率 130% 以上”。

四是考虑支农和服务当地的要求，规定“资产应以贷款为主，最近四个季度末贷款余额占总资产余额的比例原则上均不低于 75%，且贷款全部投放所在县域及最近四个季度末涉农贷款余额占全部贷款余额的比例均不低于 60%”。

五是考虑流动性风险和抵债资产减值风险的要求，规定“抵债资产余额不得超过总资产的 10%”。

(三)小额贷款公司改制设立村镇银行时，要坚持银行业金融机构作为村镇银行的主发起人

坚持村镇银行的主发起人、最大股东必须是符合条件的银行业金融机构，主要基于以下考虑：一是县域及农村信用体系的现状。现阶段我国征信体系建设尚不完善，特别是在县城以下广大农村，

图 13－2　安徽省小额贷款公司协会成立

征信体系建设尚处于起步阶段。二是保护存款人利益的需要。村镇银行与小额贷款公司本质区别在于村镇银行可吸收公众存款，因此小额贷款公司由只贷不存的专业贷款机构转制为既能贷款又能存款的村镇银行，需要通过引进银行业机构作主发起人、最大股东，以确保机构安全运营、健康发展，遵守银行业金融机构运行的客观规律，有效防范金融风险，从根本上保护存款人利益，防止重蹈上世纪九十年代农村基金会的覆辙。三是确保村镇银行可持续发展。吸收符合条件的银行业金融机构作为主发起人，可以引进和利用银行的运营、管理经验和人才、技术、网络优势，使村镇银行从设立开始就具有良好的发展基础，从而有效保证农村金融服务的质量和水平。

多年的发展实践也证明，村镇银行能够稳健发展，坚持“主发起人是符合条件的银行业金融机构”是重要原因之一，因此《小额贷款公司改制设立村镇银行暂行规定》第三条规定“已确定符合条件的银行业金融机构拟作为主发起人”。

（四）《小额贷款公司改制设立村镇银行暂行规定》（以下简称《暂行规定》）发布后，符合条件的小额贷款公司均可提出改制设立村镇银行的申请

为有效改善农村地区金融网点覆盖率低、金融服务不足、竞争不充分等现状，确保村镇银行支农方向不变，加强和完善农村地区金融服务，更好地支持社会主义新农村建设，未设村镇银行的县（市）及县（市）以下地区符合条件的小额贷款公司原则上优先改制设立村镇银行。

第二节 小额贷款公司的发展研究

自从2008年5月我国开始小额贷款公司的试点以来，小额贷款公司得到了迅猛发展。央行发布《2010年小额贷款公司数据统计报告》显示，截至2010年年底，全国共有小额贷款公司2 614家。

小额贷款公司不仅在促进农村经济发展、农民增收致富和新农村建设方面取得了明显成效，而且在解决中小微型企业融资难问题上发挥了巨大作用，同时也促进了弱势群体的就业。然而，我国小额贷款公司的发展依然缓慢，不能弥补农村巨大的资金需求缺口和满足中小微型企业对资金的需求，小额贷款公司在资金来源、风险控制、地位和政策扶持等方面还存在很多问题。

一、小额贷款公司目前存在的问题

（一）资金总量不足，难以满足农户需要和中小微型企业需求

我国农村金融的根本问题是资金供应问题，特别是需要解决农户的资金需求问题。然而，长期以来，我国农村金融发展始终面临供给与需求失衡的困境。小额贷款公司虽然在一定程度上解决了农民贷款难和中小微型企业需求的问题，但相对于农户旺盛的资金需求和中小微型企业需求，银行、农村信用社和小额贷款公司提供的资金供给明显不足。其原因一方面在于农村资金大量外流，影响农村资金整体供给。银行和邮政储蓄不仅没有成为农村金融的“蓄水池”，反而成了农村资金的“抽水机”。农村资金的大量流失制约了农村小额贷款的发展。另一方面，小额贷款公司和公益性小额信贷机构主要依靠自有资金和捐赠，缺乏宽松和大量的融资渠道。不能对客户的信用需求做出积极灵活的反应。

（二）担保机制缺失，风险分散和化解困难

农业产业是一个受自然灾害、市场行情、人为因素等诸多环节影响的弱势产业，小额信贷的借款主体——农民，大多还属于经济弱势群体，自身抗风险能力比较脆弱。中小微型企业也存在同样的问题。如果用每天生息的贷款从事高风险产业，一旦出现风险，无疑使本来拮据的家庭生活雪上加霜，致使无法按期还贷。而农村小额贷款原则上不需要抵押担保，有的则是多户联保或采取灵活多样的抵押担保形式。即使有担保抵押，其担保抵押的“刚性”不够，出现不能偿还贷款时变现非常困难。薄弱的农村征信体系和保障机制致使小额贷款的高风险不能有效地分散，不利于小额贷款的长期发展。

（三）小额贷款利率单薄，引发诸多弊端

我国开展小额信贷业务的机构包括正规金融机构和非政府民间信贷机构。小额贷款公司有自主的利率定价权。只贷不存的小额贷款公司贷款年利率最高可达到国家基准利率的4倍。对于农民和中小微型企业来说，负担很重，但为了发展和创业，又必须使用。一旦发展和创业受挫，不能偿还贷款，容易引发一系列问题。

二、完善和促进小额贷款公司试点和发展的措施

（一）政策上

（1）解决小额贷款公司的资金来源问题。容许小额贷款公司在银行的贷款可以放大为注册资本的3~5倍。

（2）与农村信贷机构享受同等优惠政策甚至享受更优惠的政策。减免营业税和所得税，享受政府扶持“三农”的各种补贴。

（3）小额贷款公司应参照银行系统、设立风险拨备制度。有了贷款损失的拨备制度，小额贷款公司就能在其财务成本中建立损失拨备，从而保证资本金的完整性。只有在资本金完整的前提下，建立完整的信贷风控制度。有关部门才有可能放开对小额贷款公司的再

融资限制。

（二）手段上

1. 大力发展农业保险，分散小额贷款公司的信用风险

农产品的生产周期长，不可控制的因素较多，由于自然灾害而引起的农业歉收和农民收入下降，降低了受灾农户的偿债能力，影响了农业小额贷款的归还，增加了参与小额贷款的金融机构的风险管理成本。而农业保险的介入，会有效减轻自然风险对农民收入、农业生产经营、农户消费支出等方面的冲击，使遭受自然灾害条件下的农户收入变化仍然处于一种相对平滑的状态。这意味着农户仍然具有较好地维持农业再生产和进行产业结构调整的能力，从而提高小额贷款公司向农民进一步放贷的预期。形成农业生产的稳定、可持续发展与小额贷款公司对农业发展支持可持续性增强的良性循环。从上述意义上说，发展农业保险不仅可以降低农业生产的自然风险和市场风险，也是形成农业生产与农村信贷市场良性互动机制，推进小额信贷市场持续发展的重要环节。

2. 人民银行允许小额贷款公司使用征信系统

人民银行允许小额贷款公司使用征信系统，这样就能使小额贷款公司获取充分的客户信息，有利于小额贷款公司在经营管理中，

图13－3 小额贷款公司高管人员交流研讨

加强风险防控能力，降低风险发生的概率。

（三）监管上

（1）监督小额贷款公司的服务对象，防止其步入传统金融机构对客户的选择模式。

以商业银行为代表的我国金融机构在选择客户时，一般严格遵循贷款资产“效益性、安全性和流动性”原则。这即是说，经营效益好、财务结构合理、贷款用途明确可靠、资金回笼有把握且能提供足额担保的企业最容易获得银行的贷款支持。而反之，其他企业则可能是告贷无门，遭遇银行冷遇。但小额贷款公司设立的目的却是“坚持为农民、农业和农村经济发展服务的原则下自主选择贷款对象。小额贷款公司发放贷款，应坚持‘小额、分散’的原则，鼓励小额贷款公司面向农户和微型企业提供信贷服务，着力扩大客户数量和服务覆盖面”。因此，小额贷款公司不能等同于一般工商企业，监管机构不能任其为利润最大化之目的而自由选择优质客户。如果放任，就等同于让小额贷款公司步传统金融机构之后尘，最终只是使其加入传统金融的行列、逐步扩大了传统金融的规模而已。

（2）鼓励小额贷款公司积极参与“三农”服务和为微小企业（尤其是无法和银行建立信贷关系的小企业）服务。近年来，由于银行网点逐步向城市收缩、国家银根紧缩和信贷资产质量较差等原因，“三农”企业和微小企业一直遭遇银行“惜贷”和“慎贷”的冷脸，无法逾越银行贷款的高门槛。作为正规金融的补充、民间资金合法化之渠道的小额贷款公司，监管机构应鼓励其积极参与“三农”服务，致力农村金融建设和为微小企业提供金融服务，以弥补国家正规金融之空白，解决小企业融资难的现实课题。实践操作中，首先，监管机构应协调政府、工商、税务等部门，对小额贷款公司服务“三农”和小企业的业务进行量化考核，并给予减征、免征营业税、企业所得税以及其他税费等优惠政策。其次，对于致力于小企业贷款服务的小额贷款公司应持续予以专门的知识和业务培训，不断强化其在金融服务中的风险控制能力。再次，对从小额贷款公司取得贷款的小企业和“三农”企业给予政策扶持，以增强小额贷款公司后续服务的信心。最后，为满足小额贷款公司资产流动性需求，监管机构应适时协调银行等金融机构对致力于“三农”企业和微小企业服务的小额贷款公司予以信贷支持，以解决其资金流动性难题。

（3）严格小额贷款公司高级管理人员的任职资格考核，确保有懂金融、会管理的专业人员经营小额贷款公司。严格审核小额贷款公司的公司治理制度、股东会（董事会）议事规则、业务操作规则、财务管理制度和风险控制措施。

（4）加强小额贷款公司资本金和负债的监督管理，防止抽逃资本；防止小额贷款公司成为非法集资和洗钱的温床与渠道。

由于不能吸收存款，小额贷款公司的贷款资金来源主要是股东投入的资本金。首先，目前投资经营贷款公司的多是民营企业资本，由于股东或管理层不熟悉金融企业运作的特点，贷款公司很容易出现经营势头不好，风险难以控制和管理的局面。此时，股东势必会抽逃贷款公司的资本金挪作他用。其次，随着贷款业务的逐步开展，由于乏于外来资金后续支持，公司资金流动性必然出现捉襟见肘之势。随着业务规模的扩大，小额贷款公司不断寻求外来资金支持以满足其资产流动性必将是其不可避免的发展阶段。因此，监管机构应加强监督，对小额贷款公司资本金的运用和现金流量进行严密检查，除防止公司股东抽逃资本金、防止贷款公司高额非正常负债经营外，尤其应重视不能让小额贷款公司成为非法吸收公众存款、高息集资甚至洗钱的温床。不然，小额贷款公司不仅不能实现国家预期之目的，反而成了扰乱金融秩序、破坏金融监管的罪魁祸首。

（四）法律上

小额贷款公司是领取企业法人营业执照而经营小额贷款业务的

特殊法人。但现行法律体系中《公司法》、《人民银行法》、《商业银行法》等法律对这类处于交叉地带的特殊企业没有规定。法律法规环境的缺失将直接影响今后对其实施的管理。

为保障小额贷款公司合法高效运作，实现其预期目的，目前应在《关于小额贷款公司试点的指导意见》试点的基础上，未雨绸缪，吸取早年一些非银行金融机构监管失败的经验和教训，及早制定部门规章以上的法律制度，赋予特定监督机构一定的执法检查和监督权力，通过法律手段加强对小额贷款公司营业中可能会出现的难点和重点问题的监管和规制。这样既有利于小额贷款公司的健康有序发展，又能解决“三农”和微小企业融资难的现实问题。

图 13－4　小额贷款公司召开支持中小企业座谈会

第三节 小额贷款公司的前景分析

从目前小额贷款公司试点的情况和我国经济金融形势的发展来看，我认为，小额贷款公司的发展前景主要有以下几个方面：

（1）对于新成立的小额贷款公司，真正服务小企业和"三农"、合规经营的，一年后可增资扩股。通过不断的增资扩股，扩大经营，不断加强管理，实现做大做强的目标。

（2）改制为村镇银行。

小额贷款公司依法合规经营，没有不良信用记录的，可在股东自愿的基础上，按照《村镇银行组建审批指引》和《村镇银行管理暂行规定》规范改造为村镇银行。

小额贷款公司转制村镇银行准入条件：

（一）拟改制小额贷款公司须符合《指导意见》的审慎经营要求。

（二）小额贷款公司改制设立村镇银行，除满足《村镇银行管理暂行规定》第二章、第三章、第四章规定外，还须满足下列条件：

1. 召开股东（大）会，代表三分之二以上表决权的股东同意小额贷款公司改制设立村镇银行，并对小额贷款公司的债权债务处置、改制工作作出决议。债权债务处置应符合有关法律法规规定。

2. 公司治理机制完善、内部控制健全、经营状况良好、信誉较高，且坚持支农服务方向。

（1）各治理主体职责明确，议事规则和决策程序清晰，治理目标科学，考核激励机制有效，信息披露透明。

（2）具有完备有效的内部控制制度，能覆盖各业务流程和各操作环节，且执行到位。

（3）有良好社会声誉、诚信记录和纳税记录，无重大违法违规行为。

（4）按《指导意见》新设后持续营业 3 年及以上；清产核资

后，无亏损挂账，且最近 2 个会计年度连续盈利；资产风险分类准确，且不良贷款率低于 2%；已足额计提呆账准备，其中贷款损失准备充足率 130% 以上；净资产大于实收资本。

（5）资产应以贷款为主，最近四个季度末贷款余额占总资产余额的比例原则上均不低于 75%，且贷款全部投放所在县域。

（6）最近四个季度末涉农贷款余额占全部贷款余额的比例均不低于 60%。

（7）单一客户贷款余额不得超过资本净额的 5%，单一集团客户贷款余额不得超过资本净额的 10%。

（8）抵债资产余额不得超过总资产的 10%。

3. 已确定符合条件的银行业金融机构拟作为主发起人。

4. 省级政府主管部门推荐其改制设立村镇银行，同时对其公司治理、内部控制、经营情况等方面进行评价。

5. 未设村镇银行的县（市）及县（市）以下地区的小额贷款公司原则上优先改制。

6. 银监会规定的其他审慎性条件。

三、成为商业银行的零售商

对于守法合规经营的小额贷款公司，商业银行通过授信给小额贷款公司，由小额贷款公司以一定的担保方式向银行贷款后，以专业、负责的做法，向中小微型企业零售贷款。

四、发展成为社区银行

十七届五中全会审议通过的《中共中央关于制定国民经济和社会发展第十二个五年规划的建议》第三条“推进农业现代化，加快社会主义新农村建设”中明确指出：“深化农村信用社改革，鼓励有条件的地区以县为单位建立社区银行，发展农村小型金融组织和小额信贷，健全农业保险制度，改善农村金融服务。”

目前，发展“社区银行”的呼声日益高涨，业已成为金融改革的热门话题之一。发展“社区银行”是缓解小企业和个体工商户贷款难的治本性措施，是改善金融生态和宏观调控的必要措施。社区银行的概念来自美国等西方金融发达国家，其中的“社区”并不是一个严格界定的地理概念，既可以指一个省、一个市或一个县，也可以指城市或乡村居民的聚居区域。凡是资产规模较小、主要为经营区域内中小企业和居民家庭服务的地方性小型商业银行都可称为社区银行。

在美国，“社区银行”就是小型商业银行。在我国社区银行应界定为“县域商业银行”。

由小额贷款公司发展成为社区银行，是符合目前农村的经济状况和小额贷款公司运行实际的。首先，注重法制化。一定要“先定规则、后做游戏”，要按照“县域商业银行”的定位制订相应法规或暂行规定，并切实执行。其次，注重市场化。“社区银行”是商业银行、是企业，其组建必须是企业行为、市场行为，不能变成市场行为；其发展只能根据当地经济发展的客观需要即个私经济发展的需要，要切实防止地方政府权力的介入。再次，要确保“预算硬约束”。也即要确保地方政府无须为“社区银行”的经营风险“买单”，否则就是失败。基本途径是建立完备的产权约束、竞争约束和规则约束。最后，要确保合理的市场定位。也即要确保“社区银行”能确实地面向“微小企业”。基本途径是控制“社区银行”组建时的规模和依法严格监管其单笔贷款占资本金的比例。

五、成为专业的贷款公司

自 2004 年以来，国家为了弥补面向大众的金融产品不足，放宽了相关的政策，我国小额信贷行业得到了快速发展。其中涌现了一些管理规范，服务信誉都比较好的贷款公司，如中安信业等。这些贷款公司与传统银行相对，专业针对工薪族及个体工商户人群提供资金支持。如果你有稳定的收入来源，无不良的信用历史，都可以申请。

贷款公司是指经中国银行业监督管理委员会依据有关法律、法规批准，由境内商业银行或农村合作银行在农村地区设立的专门为县域农民、农业和农村经济发展提供贷款服务的非银行业金融机构。贷款公司是由境内商业银行或农村合作银行全额出资的有限责任公司。

贷款公司可经营下列业务：办理各项贷款；办理票据贴现；办理资产转让；办理贷款项下的结算；经中国银行业监督管理委员会批准的其他资产业务。贷款公司开展业务，必须坚持为农民、农业和农村经济发展服务的经营宗旨，贷款的投向主要用于支持农民、农业和农村经济发展。贷款公司不得吸收公众存款，信贷额度较高，贷款方式灵活。

小额贷款公司转变为专业的贷款公司，除了出资人的限制和资本金的总额限制以外，其他的条件都没有太大的什么问题，如果政策允许，就能更好地为中小企业的融资提供解决渠道。

第五编

案例篇

案例是对具体情景的记录，是对当前真实发生的实践情景的描述。它不能用“摇摆椅子上杜撰的事实来替代”，也不能用从抽象的、概括化的理论中演绎的事实来替代。

案例是为了突出某个主题而截取的现实行为片段，所描述的是具体的、特殊的、需要进行探索和解决的两难境地和紧张状态。

本编所采用的三个案例是实际经营管理中小额贷款公司发生的甚至是笔者亲历的故事。通过对案例发生过程的叙述，呈现事实的原貌，再通过对它的分析和总结，归纳出在以后工作中应该借鉴和注意的事项和方方面面，供从业人员在以后小额贷款公司经营管理的工作中借鉴，少走弯路或不走弯路，少犯错误或不犯错误，从而提高工作效率，减少损失。

第十四章　案例及分析

案例一　种植、养殖业风险

××县的三户养殖企业：××县××养殖场、××畜牧养殖有限公司、××牧业有限公司组成三户联保共计向××小额贷款公司申请115万元。

一、借款人基本情况和经营情况：

××县××养殖场、××畜牧养殖有限公司、××牧业有限公司组成三户联保，于2009年10月23日经以上三企业股东会决议决定向××小额贷款股份有限公司申请6个月期流动资金贷款115万元，其中××县××发展养殖场申请贷款40万元、××畜牧养殖有限公司申请贷款60万元、××牧业有限责任公司申请贷款15万元，由以上三户企业组成三户联保。

1. ××县××养殖场

××县××养殖场（以下简称“养殖场”）于2002年10月在××县工商行政管理局注册成立，投资人及经营人为赵××。该养殖场为××县政府2002年招商引资项目，占地面积为487亩，位于××县××镇××村。养殖场现有管理工作人员4人，主要从事种牛、种猪养殖和林木种植，目前已养殖纯淮猪154头，后备母猪60头，商品猪2 000头；养殖奶牛种牛18头（2009年9月开始养殖)；林场主要种植速生杨树，面积为220.6亩。

养殖场今年采取多元化经营战略，以种猪养殖为重点，新增种牛养殖和在林场内利用猪粪作为肥料套种食用菌。目前在原于2005年投资30万元建造的3 200 m^2 种猪养殖场和154头种猪的基础上，正在新建980 m^2 的猪舍用于养殖育肥自产的273头生猪（已育肥1个月），外部框架已全部完成，已进入内部设施的建造。按目前已育肥3个月的生猪1 400元每头的价格计算，年底前273头全部生猪的销售收入可达到38万元，同时，种猪一般一年可产仔猪两窝半，每窝平均在8～10头左右，繁殖速度快，目前仅生猪育肥出售一项业务年收入即可达到150万元，纯利润在80万元左右。该养殖场于今年9月新增了种牛养殖业务，已用16万元购入种牛18头，目前已经过配种，明年将进入小牛的生产及育肥期并可实现销售收入，计划近期再购入20头种牛以扩大生产经营规模，采取多元化经营战略，增加新的盈利增长点。

养殖场目前由于新建980 m^2 猪舍和购买种牛造成临时性资金周转紧张，目前该公司已向××县××村镇银行申请了40万元贷款，但是目前尚处于审核期，短期内形成了资金缺口。此次向××小额贷款公司申请6个月期40万元贷款，主要用于购买猪饲料及20头种牛。借款人目前生猪育肥出售一项业务年收入即可达到150万元，纯利润在80万元左右，同时该养殖场从2006年开始每年都可获得市财政局10万元农业养殖扶持资金。该养殖场向××县××村镇银行申请的40万元贷款已由××县财政局担保中心出具了担保函。

2. ××畜牧养殖有限公司

××畜牧养殖有限公司（以下简称“公司”）成立于2008年11月13日，位于××县××镇××村，占地147亩。公司注册资本10万元整，法人代表谢××。公司所属行业为养殖农业，主营业务为肉牛、肉鸽、食用菌类的养殖和销售，拥有员工9名，包括4

名专业技术人员。公司目前养殖肉牛 70 头，种鸽（品种为美国落地王）6 000 对，食用菌类种植面积达到了近 100 亩。

公司自 2003 年已开始了肉牛养殖业务，去年销售肉牛 800 头，目前正处于育肥期的肉牛有 70 头，年底即可出栏销售，一般每头 1 200斤的肉牛价格在 9 000 元左右。育肥肉牛所用饲料均为直接从当地农户购买，肉牛销售主要面向整个××市场。公司于 2008 年年底以每对 85 元的价格购买了 6 000 对种鸽进行养殖，目前处于繁殖期，每对种鸽在繁殖期平均每月可产一窝，每窝一对，一对乳鸽满 28 天即可以 30 元的价格出售，市场销售前景良好。公司利用自产的牛粪作配料，建造了近百亩的食用菌类生产基地。目前公司计划扩大肉牛育肥养殖规模，并新增了生猪养殖业务，已建成可养殖 100 头生猪的猪舍。

公司目前由于扩大生产经营规模（准备开展生猪养殖和购买肉牛育肥后于年前销售），而目前的肉牛及乳鸽暂未到销售期，故需要一定流动资金周转。此次向××小额贷款公司申请 6 个月期 60 万元贷款，主要用于购买肉牛及仔猪进行育肥于年底前销售。借款人今年肉牛销售规模预计在 900 头左右，扣除育肥成本后的毛利润预计在 100 万元左右，其他养殖业务利润预计为 60 万元。

3. ××牧业有限公司

××牧业有限公司（以下简称“公司”）成立于 2007 年 11 月 30 日，位于××县××镇××村，占地 30 亩，牛舍、仓库及办公室建筑面积 620 m^2。公司注册资本 160 万元整，法人代表周××。公司所属行业为养殖农业，主营业务为奶牛养殖所产原料奶的生产及销售，拥有员工 5 名。

公司目前养殖奶牛 30 头，日产原料奶 650 公斤，产品全部销售给××白帝乳制品有限公司。公司拥有牛舍 2 栋，共计 1 000 m^2，发电机、挤奶机、饲料粉碎机、制冷罐各一台。公司计划未来育成奶牛 400 头，年产原料奶 2 000 吨。公司目前由于扩大生产经营规模，计划建150头牛位的牛舍一栋，需要流动资金周转。此次向××小额贷款公司申请6个月期15万元贷款，主要用于饲料采购及牛舍的建造。

二、担保措施分析

此次××县××养殖场、××畜牧养殖有限公司、××牧业有限公司三户企业向××小额贷款公司分别申请40万元、60万元、15万元，共计115万元贷款，采取三户联保的贷款方式，并由以上三户企业实际控制人（或股东）出具连带责任保证承诺书。三户企业拥有一定的资产且其经营人均为诚实合法的经营者、具有较高的信誉，具备保证能力。

三、贷款情况和变故情况

××县××养殖场、××畜牧养殖有限公司、××牧业有限公司三户农业企业拥有一定的实力、经营稳定。经过实地调研和客观分析，三户企业所经营的项目均具备较高的盈利能力，在贷款期间内，营业收入及利润可正常实现，所以第一还款来源具有充分保证。三户企业资产丰厚且其经营人均为诚实合法的经营者、具有较高的信誉，所以第二还款来源有保证。××小额贷款公司同意分别给予××县××养殖场、××畜牧养殖有限公司、××牧业有限公司三户企业40万元、60万元、15万元综合授信额度，月利率××‰，期限均为6个月。贷款方式为以上三户企业组成三户联保的方式，并由以上三户企业实际控制人（或股东）出具连带责任保证承诺书。

此次借款，三户联保企业都按时支付了利息，到期偿清了贷款。

201×年×月×日，三户企业又向××小额贷款公司申请贷款，以扩大养殖经营规模为由，××县××养殖场、××畜牧养殖有限公司、××牧业有限公司三户企业贷款额度分别增加到120万元、150万元和30万元，期限为12个月。担保方式为维持3户联保和连带责任保证外，又分别追加奶牛进行质押。

××小额贷款公司对三户企业分别发放了共计300万元的贷款。三个月以后，三户企业利息支付发生困难，目前此笔贷款已经逾期，非常有可能发生损失。

四、风险因素分析

1. 有毒有害病菌、传染病及自然灾害风险

公司从事农牧业种养殖，一是容易遭受病虫害及自然灾害等风险因素的影响，二是牲畜传染病的发生有害病菌的危害，将会使公司遭到严重的经济损失。

2. 规模过度扩展导致的风险

三户企业近期购置了大量的生物性资产，整体养殖规模迅速扩张，若遇回款不畅或初级农副产品价格（养殖用饲料等）较大幅度的上涨，则会造成公司运营资金的紧张。

3. 专业性的缺陷风险

三户企业的专业性严重不足，沿袭了传统农户“什么都想做，什么都做不好”的结果。再加上缺乏专业技术人员，导致其不具备持续发展的能力。

4. 实际控制人普遍素质不高

××牧业有限公司的实际控制人是一名退休的老工人，××畜牧养殖有限公司的实际控制人是一名农村离异人员，××县××养殖场的实际控制人是某公司的辞职人员，普遍素质不高，缺乏专业的经营管理能力，也容易发生道德风险。

五、结论分析

作为一般的从事农牧业经营的小户、散户，支持其经营发展是

非常必要和可行的。但不能鼓励其不符合实际能力的扩展，如果这样必然带来严重的后患。××小额贷款公司的做法在这一方面犯了大忌，导致了风险的发生。如果当初在对三户企业调查了解的基础上，建议其加强专业性，维持原有规模或适当扩展，是可能规避风险的。

图 14－1 小额贷款

案例二 擅自变更用款人和用途的道德风险

借款人李××，于200×年12月6日向××小额贷款公司申请借款人民币13万元，期限6个月，月利率××‰。

一、借款原因及还款来源

该客户经营的××窗帘店需要购买一批原材料，资金不足，特向××小额贷款公司申请贷款。其计划使用其名下的××市××窗帘店的营业收入归还公司该笔贷款。

二、担保措施

担保措施之一：以李××名下的一套住房作为抵押。用于抵押的房产房屋所有权证字号为××字第××号，房产坐落位置为：××市××路×栋××室，面积为53.76平方米，市场价值约为4 500元/平方米，评估价值合计约为24万元，贷款金额为13万元，抵押率为54%。

担保措施二：由李××及其丈夫徐××提供家庭财产连带责任保证。

三、贷款情况和变故

该客户收入较高，还款能力强，且提供一套房产做抵押，抵押措施足额到位，××小额贷款公司给予该客户13万元借款，期限6个月，月利率××‰，以李××名下的房产作为抵押，并签订家庭财产连带责任保证。

贷款三个月后，无法联系上贷款人李××，利息也停止支付。

四、风险分析

经××小额贷款公司多方联系和查找，和贷款人的丈夫见了面。了解到的情况让客户经理始料未及。贷款人贷到款后，将贷款转给了其丈夫的弟弟使用，改变了实际用款人和贷款用途，贷款人自己表示不会再管此笔贷款的事。××小额贷款公司通过其丈夫也找到了实际用款人，实际用款人从事家庭装饰业务，资金十分紧张。经××小额贷款公司和法律顾问律师的多次艰难工作，实际用款人表示愿意偿还此笔贷款，并立下书面承诺。但此笔贷款目前逾期时间很长，最后可能只有通过诉讼解决。

案例三 资金流动性不足的风险

许××于200×年×月×日向××小额贷款股份有限公司申请2个月期限流动资金贷款300万元，由安徽××科技有限公司提供其两栋混合结构房屋（建筑面积共计3 269.76 m^2）房屋产权作为抵押物，并由安徽××太阳能热水器制造有限公司和安徽××科技有限公司提供连带责任保证。

一、借款人基本情况

1. 借款人概况

借款人许××，男，45岁，安徽省××县××镇人，目前居住于××县××镇。许××分别于200×年×月和200×年×月创建了安徽××太阳能热水器制造有限公司和安徽××科技有限公司，此次借款实际用款人为安徽××科技有限公司，两家公司的主营业务分别为太阳能热水器、太阳能路灯以及太阳能草坪灯。

2. 管理人分析

许××是安徽××太阳能热水器制造有限公司和安徽××科技有限公司的法定代表人和实际控制人。许××个人在全国多个地方参加太阳能系列产品的生产经营工作十余年，分别于200×年×月和200×年×月创建了安徽××太阳能热水器制造有限公司和安徽××科技有限公司。许××行业经验丰富，对太阳能行业系列产品的发展趋势有着较为深刻的认识和理解。

二、行业分析

中国在太阳能的开发和利用方面历史悠久。作为当前太阳能利用中发展最快的太阳能热水器，正以每年30%的速度递增，中国已经成为世界上最大的太阳能热水器产销国。20世纪90年代以来，我国太阳能热水器行业经历了十多年的技术完善和市场培育，正面临一个全面加速拓展的新局面。

2008 年我国太阳能年产量已经达到 3 100 万平方米，占世界总产量的 76%，总保有量 12 300 万平方米，占世界总保有量的 56%。预计到 2015 年，仅全国住宅用太阳能热水器将达到 2.32 亿平方米的拥有量，普及率将达到 20% ~30%。据不完全统计，中国家庭热水器普及率目前约为 10%，其中城镇家庭普及率约 30%，农村普及率仅约 2%。高增长的速度、巨大的市场空间和较为丰厚的利润，吸引了众多关注的目光。在这种行业前景看好的背景下，除了皇明、亿家能等太阳能热水器巨头外，也引发了国内知名家电厂商如万家乐、海尔、美菱、澳柯玛、小天鹅、华帝等，纷纷进入太阳能行业。

据官方数据统计，目前中国太阳能热水器市场上云集着 5 000 多家企业。目前我国太阳能热水器年产量约 500 万台，年生产量以每年 20% ~30% 的速度递增。这些产品外观相近，但质量、价格差别却很大。虽然我国已经颁布太阳能热水器国家标准 17 个，行业标准 3 个，但标准覆盖面很小，尤其是产业的中上游行业标准严重缺失，从而造成了行业竞争的无序。

三、公司经营管理分析

1. 安徽××太阳能热水器制造有限公司

公司主营业务为家用及商用太阳能热水器的生产和销售，生产及经营地址为××县××镇工业区，占地 11 亩左右。公司目前拥有固定资产 130 万元，目前拥有 20 余名员工，生产及办公场所占地 5 000 m^2 左右。公司已注册商标的××牌系列太阳能热水器产品为中国免检品牌和安徽省热水器行业十大品牌。公司的太阳能销售区域主要为安徽省市场，其中以皖北地区为主，共分为六大片区和 10 余名销售负责人，销售模式为经销商代理。同时，公司也采取直销方式，主要销售给房地产开发商作为所开发房产的配套设施。公司200×年、200×年、200×年1—10月销售太阳能热水器15 000台、20 000台、20 120台，分别实现销售收入2 400万元、3 200万元、3 190万元，实现净利润×××万元、×××万元、×××万元。据公司提供的近一年多时间的主要直接销售合同来看，合同销售量为6 440台，合同销售额为××××万元，平均售价为××××元。预计公司今年产量可达到×万台，则预计实现销售收入××××万元，实现净利润×××万元。结合目前公司销售和生产情况，公司今年销售状况较好，增收可顺利实现。

2. 安徽××科技有限公司

公司主营业务为太阳能路灯、太阳能草坪灯和太阳能灶具的生产制造和销售，生产及经营地址为××县××工业园集中区，占地30亩左右。目前该公司尚处于创建初期，目前土地、道路、厂房和办公建设先期已经投入700万元左右，四栋钢结构厂房框架和办公楼已建成，面积为6 800 m^2，地面及外围设施完善后即可投入运营。目前太阳能路灯和太阳能草坪灯产品的设计工作已完成。可立即投入生产。该类产品的生产，公司主要采取来料组装的方式，原材料主要从无锡尚德购买相关多晶硅材料，灯具外壳及部分零件由公司自行生产并组装。公司已于当地相关部门进行了前期接触，其太阳能路灯产品已经与庐江县相关部门形成了销售意向。

五、借款原因和还款来源分析

由于许××在2009年8月成立的安徽××科技有限公司先期投资过大，同时，安徽××太阳能热水器制造有限公司的部分销售款尚未回笼，从而造成安徽××科技有限公司缺乏资金购买原材料进行生产，形成了资金缺口。

目前安徽××太阳能热水器制造有限公司的生产和销售状况正常且处于不断发展之中，产品盈利能力高，其销售回款和利润可以作为偿还贷款本息的来源，仅其一项太阳能热水器销售合同在201×年×月可实现回笼款158万元，再加上其他销售的回笼款，可偿付贷款本息，所以第一还款来源有保障。同时，借款人此次申请的贷款由安徽××科技有限公司提供其两栋混合结构房屋（建筑面积共计3 269.76 m^2）房屋产权作为抵押物，并由安徽××太阳能热水器制造有限公司和安徽××科技有限公司提供连带责任保证。

六、抵（质）押物担保分析

由安徽××科技有限公司提供其两栋混合结构房屋（建筑面积共计3 269.76 m^2）房屋产权作为抵押物，并由安徽××太阳能热水器制造有限公司和安徽××科技有限公司提供连带责任保证。由安徽××科技有限公司出具同意抵押的股东会决议，由安徽××太阳能热水器制造有限公司和安徽××科技有限公司已出具同意为借款人提供连带责任保证的股东会决议。抵押物由××县××房地产价格评估有限公司进行评估，估价对象为已办理房地权××字第××号《房地产权证》，评估价值总额为552.09万元。抵押物为安徽××科技有限公司的2栋办公用建筑物，位于××县××镇工业园集中区。以借款人申请借款300万金额计算，抵押率为54.34%，抵押较为充足。但抵押物地理位置较偏，周边尚未开发，变现能力较弱，从而对房产价值有一定影响，所以根据以上情况，要求借款申请人追加安徽××太阳能热水器制造有限公司和安徽××科技有限公司提供连带责任保证，并要求借款人许××及其妻子××、儿子许××出具连带责任保证承诺书。

四、变故和风险分析

贷款到期后，借款人不能按时还款，出现了贷款逾期。经过多次和多方艰难的工作，逾期半年后，××小额贷款公司动用地方领导做工作，在协商免去10多万元的加罚息后，借款人终于设法还清了贷款。

借款人许××暨安徽××科技有限公司处于创立期，产品市场前景不甚明朗。公司主要风险包括：

1. 新产品运营风险

安徽××科技有限公司的主要产品为太阳能路灯和太阳能草坪灯，该类产品属于公司的新上项目，缺乏相关的生产及经营经验，从而造成一定的运营风险。

2. 竞争风险

安徽省××太阳能热水器制造有限公司的主营业务为太阳能热水器的制造，该行业进入门槛较低，市场竞争激励，低层次的价格竞争将压缩该公司的利润空间。

3. 决策失误风险

上述两家公司的实际控制人是许××，两家公司的主要经营和决策权就都由许××负责，有可能造成重大项目决策失误风险。

4. 流动性风险

借款人身在行业，对行业的经营发展过于乐观，在资金实力不强的情况下，快速扩展，导致经营和发展资金严重不足，贷款时，这种情况就显而易见。

同时，抵押物处在偏僻的地方，评估值偏高，且基本不具变现的可能。

附录

中国银行业监督管理委员会　中国人民银行

关于小额贷款公司试点的指导意见

银监发〔2008〕23号

各银监局，中国人民银行上海总部、各分行、营业管理部、各省会（首府）城市中心支行、副省级城市中心支行：

为全面落实科学发展观，有效配置金融资源，引导资金流向农村和欠发达地区，改善农村地区金融服务，促进农业、农民和农村经济发展，支持社会主义新农村建设，现就小额贷款公司试点事项提出如下指导意见：

一、小额贷款公司的性质

小额贷款公司是由自然人、企业法人与其他社会组织投资设立，不吸收公众存款，经营小额贷款业务的有限责任公司或股份有限公司。

小额贷款公司是企业法人，有独立的法人财产，享有法人财产权，以全部财产对其债务承担民事责任。小额贷款公司股东依法享有资产收益、参与重大决策和选择管理者等权利，以其认缴的出资额或认购的股份为限对公司承担责任。

小额贷款公司应执行国家金融方针和政策，在法律、法规规定的范围内开展业务，自主经营，自负盈亏，自我约束，自担风险，其合法的经营活动受法律保护，不受任何单位和个人的干涉。

二、小额贷款公司的设立

小额贷款公司的名称应由行政区划、字号、行业、组织形式依次组成，其中行政区划指县级行政区划的名称，组织形式为有限责任公司或股份有限公司。

小额贷款公司的股东需符合法定人数规定。有限责任公司应由50个以下股东出资设立；股份有限公司应有2～200名发起人，其中须有半数以上的发起人在中国境内有住所。

小额贷款公司的注册资本来源应真实合法，全部为实收货币资本，由出资人或发起人一次足额缴纳。有限责任公司的注册资本不得低于500万元，股份有限公司的注册资本不得低于1 000万元。单一自然人、企业法人、其他社会组织及其关联方持有的股份，不得超过小额贷款公司注册资本总额的10%。

申请设立小额贷款公司，应向省级政府主管部门提出正式申请，经批准后，到当地工商行政管理部门申请办理注册登记手续并领取营业执照。此外，还应在五个工作日内向当地公安机关、中国银行业监督管理委员会派出机构和中国人民银行分支机构报送相关资料。

小额贷款公司应有符合规定的章程和管理制度，应有必要的营业场所、组织机构、具备相应专业知识和从业经验的工作人员。

出资设立小额贷款公司的自然人、企业法人和其他社会组织，拟任小额贷款公司董事、监事和高级管理人员的自然人，应无犯罪记录和不良信用记录。

小额贷款公司在当地税务部门办理税务登记，并依法缴纳各类税费。

三、小额贷款公司的资金来源

小额贷款公司的主要资金来源为股东缴纳的资本金、捐赠资金，以及来自不超过两个银行业金融机构的融入资金。

在法律、法规规定的范围内，小额贷款公司从银行业金融机构获得融入资金的余额，不得超过资本净额的50%。融入资金的利率、期限由小额贷款公司与相应银行业金融机构自主协商确定，利率以同期“上海银行间同业拆放利率”为基准加点确定。

小额贷款公司应向注册地中国人民银行分支机构申领贷款卡。向小额贷款公司提供融资的银行业金融机构，应将融资信息及时报送所在地中国人民银行分支机构和中国银行业监督管理委员会派出机构，并应跟踪监督小额贷款公司融资的使用情况。

四、小额贷款公司的资金运用

小额贷款公司在坚持为农民、农业和农村经济发展服务的原则下自主选择贷款对象。小额贷款公司发放贷款，应坚持“小额、分散”的原则，鼓励小额贷款公司面向农户和微型企业提供信贷服务，着力扩大客户数量和服务覆盖面。同一借款人的贷款余额不得超过小额贷款公司资本净额的5%。在此标准内，可以参考小额贷款公司所在地经济状况和人均GDP水平，制定最高贷款额度限制。

小额贷款公司按照市场化原则进行经营，贷款利率上限放开，但不得超过司法部门规定的上限，下限为人民银行公布的贷款基准利率的0.9倍，具体浮动幅度按照市场原则自主确定。有关贷款期限和贷款偿还条款等合同内容，均由借贷双方在公平自愿的原则下依法协商确定。

五、小额贷款公司的监督管理

凡是省级政府能明确一个主管部门（金融办或相关机构）负责对小额贷款公司的监督管理，并愿意承担小额贷款公司风险处置责任的，方可在本省（区、市）的县域范围内开展组建小额贷款公司试点。

小额贷款公司应建立发起人承诺制度，公司股东应与小额贷款公司签订承诺书，承诺自觉遵守公司章程，参与管理并承担风险。

小额贷款公司应按照《公司法》要求建立健全公司治理结构，明确股东、董事、监事和经理之间的权责关系，制定稳健有效的议事规则、决策程序和内审制度，提高公司治理的有效性。小额贷款公司应建立健全贷款管理制度，明确贷前调查、贷时审查和贷后检查业务流程和操作规范，切实加强贷款管理。小额贷款公司应加强内部控制，按照国家有关规定建立健全企业财务会计制度，真实记录和全面反映其业务活动和财务活动。

小额贷款公司应按照有关规定，建立审慎规范的资产分类制度和拨备制度，准确进行资产分类，充分计提呆账准备金，确保资产损失准备充足率始终保持在100%以上，全面覆盖风险。

小额贷款公司应建立信息披露制度，按要求向公司股东、主管部门、向其提供融资的银行业金融机构、有关捐赠机构披露经中介机构审计的财务报表和年度业务经营情况、融资情况、重大事项等信息，必要时应向社会披露。

小额贷款公司应接受社会监督，不得进行任何形式的非法集资。从事非法集资活动的，按照国务院有关规定，由省级人民政府负责处置。对于跨省份非法集资活动的处置，需要由处置非法集资部际联席会议协调的，可由省级人民政府请求处置非法集资部际联席会议协调处置。其他违反国家法律法规的行为，由当地主管部门依据有关法律法规实施处罚；构成犯罪的，依法追究刑事责任。

中国人民银行对小额贷款公司的利率、资金流向进行跟踪监测，并将小额贷款公司纳入信贷征信系统。小额贷款公司应定期向信贷征信系统提供借款人、贷款金额、贷款担保和贷款偿还等业务信息。

六、小额贷款公司的终止

小额贷款公司法人资格的终止包括解散和破产两种情况。小额贷款公司可因下列原因解散：（一）公司章程规定的解散事由出现；（二）股东大会决议解散；（三）因公司合并或者分立需要解散；（四）依法被吊销营业执照、责令关闭或者被撤销；（五）人民法院依法宣布公司解散。小额贷款公司解散，依照《公司法》进行清算和注销。

小额贷款公司被依法宣告破产的，依照有关企业破产的法律实施破产清算。

小额贷款公司依法合规经营，没有不良信用记录的，可在股东自愿的基础上，按照《村镇银行组建审批指引》和《村镇银行管理暂行规定》规范改造为村镇银行。

七、其 他

中国银行业监督管理委员会派出机构和中国人民银行分支机构，要密切配合当地政府，创造性地开展工作，加强对小额贷款公司工作的政策宣传。同时，积极开展小额贷款培训工作，有针对性地对小额贷款公司及其客户进行相关培训。

本指导意见未尽事宜，按照《中华人民共和国公司法》、《中华人民共和国合同法》等法律法规执行。

本指导意见由中国银行业监督管理委员会和中国人民银行负责解释。

请各银监局和人民银行上海总部、各分行、营业管理部、各省会（首府）城市中心支行、副省级城市中心支行联合将本指导意见转发至银监分局、人民银行地市中心支行、县（市）支行和相关单位。

中国银行业监督管理委员会　中国人民银行

二〇〇八年五月四日

参考文献

1. 关于小额贷款公司试点的指导意见（银监发〔2008〕23 号）.

2. 安徽省小额贷款公司试点工作领导小组．安徽省小额贷款公司试点工作指导手册［M］. 2008.

3. 中国银监会关于印发《小额贷款公司改制设立村镇银行暂行规定》的通知（银监发〔2009〕48 号）.

4. 关于村镇银行、贷款公司、农村资金互助社、小额贷款公司有关政策的通知（银发〔2008〕137 号）.

5. 内蒙古自治区小额贷款公司试点管理实施细则（内金办发〔2008〕25 号）.

6. 何广文．小额信贷运作与管理［M］.

7. 中国金融教育发展基金会，中国人民银行金融研究所．中国小额信贷案例选编［M］. 北京：中国市场出版社，2009.

8. 王晓静．农村小额信贷发展策略研究［J］. 改革与战略，2009（11）.

9. 朱静，王卫华．商业银行经营管理［M］. 北京：电子工业出版社，2008.

10. 张朝元，梁雨．中小企业融资渠道［M］. 北京：机械工业出版社，2009.

11. 安贺新．信用管理概论［M］. 北京：首都经济贸易大学出版社，2007.

12. 胡维熊．企业信用管理理论和实践［M］. 北京：对外经济贸易大学出版社，2008.

13. 黄达．金融学［M］. 北京：中国人民大学出版社，2003.

14. 李晓梅，关新红．金融企业会计［M］. 北京：首都经济贸易大学出版社，2006.

15. 朱明. 金融法规与案例 [M]. 北京：机械工业出版社，2009.

16. 曾宪义，王利明. 担保法 [M]. 北京：中国人民大学出版社，2008.

17. 中华人民共和国担保法.

18. 最高人民法院关于适用《中华人民共和国担保法》若干问题的解释.

19. 中华人民共和国物权法.

20. 中华人民共和国公司法.

21. 中华人民共和国合同法.

22. 谷新生. 信用担保实务 [M]. 芜湖：安徽师范大学出版社，2010.

23. 谷新生. 对担保公司经营管理发展的若干思考 [J]. 供销合作会计，2007 (9).

24. 谷新生. 中小企业融资选择之分析 [J]. 中国担保论坛，2008 (2).

25. 谷新生. 科学发展　担保取胜 [J]. 供销合作会计，2008 (4).

26. 谷新生. 担保实务研究 [J]. 中国担保论坛，2009 (4).

27. 谷新生. 谈谈担保业务前端风险的识别和防范 [J]. 中国担保论坛，2010 (1).

28. 谷新生. 论担保业务的核心问题——企业持续经营能力对担保机构的重要性 [J]. 中国担保论坛，2010 (3).

后记

自从《关于小额贷款公司试点的指导意见》出台后，我国小额贷款公司试点工作如雨后春笋，不仅给中小微型企业和“三农”的融资难解了渴，带动了地方经济的发展和就业的增加，也使民间资本找到了新的出路，规范了民间融资的行为。但是，由于小额贷款公司是个新生事物，没有成功的经验可以借鉴，也没有专业的人士去经营管理，再加上监管的缺陷，小额贷款公司试点存在着不少问题和值得研究的方方面面。

本人较早地介入了小额贷款公司的工作，对之体会和感悟很深。本书的写作，就是本人对小额贷款公司工作体会和感悟的记录。

本人非常看好小额贷款公司的发展前景，但是担忧和思考也很多。

目前的情况的是：少部分从业人员是从银行过来的，大部分是传统行业里半路出家的。因此，传统行业的理念和做法给小额贷款公司带来极为不利的影响，一方面放不开手脚，另一方面，用传统经营的理念去经营金融，出现了片面追求高利润和不规范的种种做法。小额贷款公司既不能照搬照抄银行的一套，也不能学做地下钱庄的那一套，更不能没有章法地任意为之。创新是小额贷款公司的永恒追求，而如何处理好创新和风险控制的关系就是摆在我们面前的大问题，并显得尤为重要。

源于以上这些认识，本人觉得非常有必要对我们目前小额贷款公司工作进行系统总结和提升，所以，本书的写作就是一个对目前小额贷款公司工作的全面梳理和归结，不妥之处甚至错漏，在所难免。诚恳希望同行和专家批评指正。

本书主要通过对什么是小额贷款、小额贷款公司、如何开展小额贷款公司的贷款、小额贷款公司的实际流程与操作、小额贷款公司的风险控制和与之相关的法律法规的阐述，以及一些实际的小额贷款公司案例的分析来解读和诠释小额贷款公司实务，特别是对小额贷款公司经营模式的阐述和小额贷款公司的发展前景的分析具有非常独到的地方，并对一些重要知识点采取了详细介绍的方式，例如小额贷款公司的溯源、定义、特点、功能以及担保方式等。

本书涵盖广泛、内容翔实，且配有大量实例，具有很强的操作性与实践性，适用于相关从业人员的培训和实践指导，也可作为大中专院校相关专业的教学用书。

在本书的成书过程中，得到了领导和同事们的关心爱护，得到了家人的理解和帮助，得到了出版社的专业指导，特别是得到了杨宝凤女士和汪鹏生先生的热心帮助和鼎力支持，为本书的出版发行起了关键性的作用。在此，我要特别感谢。

而尤其需要感谢的是国务院发展研究中心的研究员徐东华先生，在国是研究中拨冗援笔，给我的拙著作序，予以美言推荐，实乃我三生有幸。

对于文中引用的观点和资料的作者深表谢忱并致敬意。

谷新生

二〇一一年四月三十日